LES ENQUÊTES
D'ANATOLE LE BRAZ

DU MÊME AUTEUR, AUX ÉDITIONS DU PALÉMON

Légendes
Livre I
Livre II
Livre III

Les enquêtes d'Anatole Le Braz
1. L'ouvrier de la mort

Retrouvez tous nos ouvrages sur www.palemon.fr.

CE LIVRE EST UN ROMAN.
Toute ressemblance avec des personnes, des noms propres, des lieux privés, des noms de firmes, des situations existant ou ayant existé, ne saurait être que le fait du hasard.

PRÉFACE

Dire qu'Anatole Le Braz eut une vie riche et bien remplie, tant sur le plan humain que sur le plan intellectuel, est bien en dessous de la vérité.

Il fut à la fois un homme sans façon, au sens de son rapport aux autres, mais également hors du commun, tout simplement.

Et malgré la multitude de ses œuvres : collectages, romans, nouvelles, poésies, pour ne citer que l'essentiel de ce qu'il nous a légué, malgré sa notoriété dans de nombreux domaines, de son premier rôle d'enseignant à ses talents littéraires, ce fut également un homme touché par le malheur.

Il semblerait que l'Ankou, cet *Ouvrier de la Mort* omniprésent dans la tradition bretonne et dans son œuvre, ait décidé de marquer toute l'existence d'Anatole du sceau de sa faux légendaire, prélevant au sein de sa famille et de ses proches bien plus que sa moisson « ordinaire » de vies. Et ce, dès son plus jeune âge.

Entre sa naissance en Bretagne, le 2 avril 1859, et sa mort à Menton, le 20 mars 1926, d'une congestion cérébrale, des suites d'une leucémie, Anatole Le Braz perdit vingt-et-un proches (membres de sa famille et amis), dont onze dans un naufrage le 20 août 1901, lors d'une simple promenade en mer, alors que l'embarcation était en vue de l'embouchure de la rivière de Tréguier.

Pourtant, en cette année 1901 qui ouvrait le XXe siècle, la Bretagne tenait en la personne d'Anatole Le Braz un écrivain de talent. Tout semblait lui sourire depuis le sacre de *La Légende de la Mort* parue en 1893. Professeur au lycée de Quimper, secrétaire de la Société savante d'archéologie, fondateur de l'Union régionaliste bretonne, il venait d'obtenir, en juin, sa nomination au poste de maître de conférences à la faculté de Rennes.

Elle est bien là, toute la dualité de celui que tous les Bretons connaissent, ou devraient connaître, celle d'un homme qui aimait passionnément la vie, se sentait profondément bien parmi ses semblables, ses compatriotes d'Armorique et d'ailleurs, mais que la mort a fortement marqué.

Cette vie riche fut émaillée de rencontres et de moments exceptionnels: chevalier de la Légion d'honneur en 1897, reçu par le Président Theodore Roosevelt lors de son voyage aux États-Unis fin 1906, conférencier à Cambridge, présenté à Sir Arthur Conan Doyle, le « père » de Sherlock Holmes, enseignant à l'université de Cincinnati et à celle de Columbia, invité au Congrès américain… Il croisera le chemin d'Ernest Renan – qui sera son voisin à la fin de sa vie, à Port-Blanc –, de Luzel, son mentor, et de bien d'autres.

Anatole Le Braz n'a jamais eu de destin national. Il a toujours, malgré son aura importante, notamment dans les pays anglo-saxons et aux *Amériques*, conservé l'image et la notoriété d'un auteur, d'un collecteur de mémoire, d'un *personnage régionaliste*.

Et c'est toujours le cas, pour l'essentiel, aujourd'hui…

Mais c'est là, paradoxalement, tout ce qui fait son attrait et son charme. Ce destin national, malgré les honneurs et la notoriété, il ne l'a jamais voulu, il ne l'a jamais cherché. Il est resté ce Breton qui parcourait le monde, cet homme profondément attaché à sa terre, à sa langue, au patrimoine de son *grand petit pays*, comme il aimait à l'appeler, à la richesse de son histoire souvent masquée derrière la vie simple et difficile de ses habitants, et, plus que tout, animé de la volonté de transmettre ses traditions. Jusqu'au bout…

C'est ce que j'aime chez Anatole Le Braz, depuis qu'adolescent j'ai eu le bonheur de commencer à lire son œuvre, il y a bien longtemps désormais. Et c'est cela qui m'a donné l'envie de faire de cet homme au destin « ordinairement exceptionnel » un personnage de roman. Car ne nous y trompons pas, il était doté d'un formidable charisme, avait l'intelligence d'un être extraordinaire, et la simplicité innée et non feinte de ceux qui se sentent autant à l'aise en compagnie des grands de ce monde que dans une modeste maison bretonne, près de l'âtre ou sur le pas d'une porte aux beaux jours, assis sur une simple chaise de bois, sa bicyclette – son principal moyen de transport breton – appuyée à l'angle d'un mur, à recueillir les *histoires* transmises à la veillée : de conteur en conteur, de conteuse en conteuse.

Lors de l'écriture de ma trilogie *Légendes*, rééditée et enrichie en 2022 chez Palémon Éditions, une grande partie de mon inspiration et de mes sources sur le légendaire breton m'est venue d'Anatole.

C'est pour cela que j'ai décidé de le faire revivre dans un *rôle* qui, j'en suis persuadé, lui aurait autant plu qu'il lui aurait parfaitement convenu : celui d'un « profileur » des mystères bretons, capable de décrypter, de comprendre les lignes de frontières invisibles pour la plupart, entre l'héritage des traditions et leur impact sur le cerveau de criminels particulièrement dangereux…

Je vous invite à m'accompagner, à vos risques et périls, sur les traces d'Anatole et de cette partie ignorée de sa vie. Bien sûr, il s'agira de fiction. Naturellement, l'acolyte d'Anatole, le commissaire Dantec, est le fruit de mon imagination, et leur collaboration pour résoudre de mystérieux crimes également. Mais cette fiction s'appuie sur une réalité, sur une vie, celle d'Anatole. Car tous les mystères légendaires, toutes les traditions relatives à la mort et à son approche, à sa relation unique et si particulière avec les Bretons, sont issus du travail et du collectage d'Anatole Le Braz et de ses illustres prédécesseurs : Luzel, Renan, La Villemarqué. Et, bien entendu, tous les éléments biographiques sont réels, à de rares exceptions près, que je me suis autorisé à imaginer pour les besoins de l'intrigue. Mais rien qui ne trahisse l'histoire de sa vie ni les principaux évènements qui l'ont marquée.

Pour le plaisir, je l'espère, de votre lecture, afin de favoriser l'immersion dans la narration, j'ai choisi deux approches :

L'une, littéraire, consiste à donner la parole à certains protagonistes dans quelques chapitres, à commencer par Anatole, naturellement. On n'est jamais plus proche d'un personnage que lorsque l'on voit et l'on ressent avec ses yeux…

L'autre choix, n'étant pas bretonnant moi-même et ne voulant pas encombrer l'intrigue de notes de bas de page, est d'avoir pris le parti que tous les dialogues, même s'ils sont parfois émaillés d'expressions ou de mots bretons, se déroulent en français. Naturellement, à l'époque d'Anatole Le Braz, une large partie des Bretons ne parlaient encore… que le breton. À l'aube du XXe siècle, début de mes intrigues, des décisions qui allaient créer bien des heurts et des débats furent prises par l'État pour prohiber l'usage de la langue, la réprimer. Cela renforça davantage l'attachement des Bretons à celle-ci, surtout en « Basse-Bretagne », Finistère, Morbihan et une partie des Côtes du Nord.

Ce tournant de siècle, période de grands changements, technologiques, sociétaux et humains, fut un moment essentiel. Y compris dans la réorganisation des pouvoirs de police, ce qui ne fut pas sans impact sur la criminalité, comme vous le verrez…

Je n'aime pas les notes de bas de page, je trouve qu'elles nuisent au fil de la narration ; alors, chers lectrices et lecteurs, je vous épargnerai les renvois de lecture du style « véridique » ou « authentique » et autres qui prennent parfois presque autant de place que le texte du roman lui-même. Après tout, vous lisez un roman, pas un manuel…

Cependant, en fin d'ouvrage, si le cœur vous en dit, vous trouverez des références bibliographiques. Celles que j'ai utilisées et celles qui vous donneront peut-être l'envie d'en apprendre davantage sur Anatole, sa vie, son œuvre, sa Bretagne.

Alors, partez du principe qu'à part la fiction de l'intrigue, j'ai veillé à ce que tout soit vrai et étayé historiquement.

Bonne enquête et bonne lecture !

PROLOGUE

« Le chant que me chantait ma mère,
Ma mère douce, au long des nuits,
A dû mourir avec ma mère,
Nul ne l'a chanté depuis… »
Anatole Le Braz. 1892.
La Chanson de la Bretagne.

Lorsque je mis la main chez un brocanteur du Finistère, par un hasard qui, finalement, ne devait rien au hasard, sur ces carnets de notes poussiéreux et jaunis contenus dans trois très vieilles boîtes à gâteaux « Traou Mad », je crus tout d'abord à une trouvaille sans intérêt. Je ne collectionnais pas les boîtes à gâteaux, fussent-elles anciennes, mais une de mes amies, oui.

La maison bien connue Traou Mad (« Choses bonnes » en breton) existait depuis 1920.

Le brocanteur, qui ne devait pas être spécialisé dans ce domaine, vu le faible prix d'acquisition que j'en obtins, m'avait dit : « Elles doivent dater des années cinquante ou soixante, je les ai achetées auprès d'une vieille cliente qui a habité Port-Blanc. Elles traînent sur mes étagères depuis une dizaine d'années, je vous les cède pour pas grand-chose, si cela vous intéresse. Il y a des carnets d'écolier à l'intérieur de chacune, attachés avec des ficelles. Je n'ai jamais pris la peine de les ouvrir, sauf un, plein de chiffres, de dates, il était sur le dessus de l'une des piles. Très certainement les comptes du ménage qui possédait les boîtes. J'ai failli les jeter, mais je ne l'ai pas fait. Je ne sais pas pourquoi. Pour que les boîtes aient du poids, sans doute, à défaut de gâteaux périmés. Alors, si vous les achetez, vous aurez les carnets en prime… »

J'ai donc acheté les boîtes, et j'ai eu les carnets *en prime*… Les boîtes ne dataient pas des « années cinquante ou soixante ». Ce fut la première bonne nouvelle, pour mon amie en tout cas.

« La biscuiterie Traou Mad a été fondée en 1920. Ces boîtes sont les premières utilisées pour commercialiser leurs biscuits. Elles sont en excellent état – elles l'étaient, c'est ce qui m'avait plu pour les lui offrir –, elles sont rarissimes et très recherchées aujourd'hui. »

Mon amie fut heureuse avec ce cadeau et elle me proposa de garder les carnets.

« Je te sais curieux, je suis sûre que ça t'amusera de les avoir », m'avait-elle dit.

Cela ne m'amusa pas tant que cela, mais me rendit heureux bien au-delà de mes attentes. Car la seconde nouvelle, de loin la meilleure en ce qui me concerne, fut ce que je découvris lorsque, revenu chez moi et après les avoir laissés traîner sur mon bureau quelques semaines, je défis les ficelles et libérai le contenu des carnets…

Je commençai par la pile sur laquelle le recueil, effectivement rempli de chiffres et de dates, se trouvait. Je n'y compris pas grand-chose non plus sur le moment. Ensuite, oui. Ce n'était pas une comptabilité domestique, mais un classement chronologique.

Chacun des carnets portait sur l'intérieur de la page de couverture, en papier ligné, deux dates, un titre et une signature. La première semblait indiquer un début et la seconde la fin de quelque chose. Quant aux titres, ils étaient on ne peut plus mystérieux.

Je pris soin de ne pas mélanger l'ordre dans lequel les carnets étaient classés. Une rapide vérification me permit de constater que la chronologie des dates se suivait et que tous les titres étaient aussi différents qu'étranges, sans nul doute. On eût dit des titres de nouvelles, de romans. La signature, quant à elle, était assez déchiffrable. Pas au premier regard; mais en prenant une photo avec mon smartphone et en l'agrandissant, je pus lire ceci :

Anatole Le Braz

Le « a » du prénom était un peu plus rond que ne peut le rendre une copie, et le « z » plus allongé, mais le corps de la calligraphie était très proche.

Je fus saisi d'un frisson d'exaltation. Si ces carnets étaient réellement dus à la plume d'Anatole Le Braz, je tenais entre mes mains un véritable trésor. Un trésor d'écriture, un trésor de culture.

Ma première vérification fut de m'assurer si les titres indiqués sur chaque carnet correspondaient à une œuvre répertoriée du célèbre écrivain et collecteur de mémoire. Après des recherches exhaustives sur Internet, ce ne semblait pas être le cas. Sur le moment, cela me déçut. Il s'agissait donc probablement de faux. Mais qui se serait *amusé* à noircir des pages en se faisant passer pour Anatole Le Braz ? Et dans quel but ? Aucun des titres n'aboutissait à la moindre occurrence de recherche, et les carnets paraissaient inviolés depuis plus d'un siècle.

Ce bref moment de désappointement passé, je me sentis encore plus fébrile.

Si Le Braz avait bien écrit ces carnets, cela ne pouvait signifier qu'une chose : tout ce qu'ils contenaient était certainement vierge de toute lecture, hormis la sienne. L'intégralité de ces notes – car il s'agissait bien de notes, très détaillées, et non d'une prose libellée comme des nouvelles ou un roman – était inédite.

Personne qui soit encore en vie aujourd'hui n'avait jamais lu une seule ligne de ces milliers de lignes… La plus grande surprise, la plus exaltante de toutes, se trouvait à la fin du « carnet comptable » qui n'en était pas un. Si le brocanteur avait pris la peine de le feuilleter en entier, les choses auraient probablement été bien différentes. Mais le destin semblait m'avoir désigné, à plusieurs égards. Sur l'avant-dernière page – la dernière était blanche, sans doute était-ce la raison pour laquelle celle-ci avait échappé à son regard – était écrit ceci, d'une écriture fine, appliquée et serrée dont mes vérifications ultérieures me permirent d'être certain qu'elle appartenait bien à Anatole :

Je suis né la même année que Conan Doyle. Nous eûmes tous les deux des vies bien remplies et pleines de tumulte, mais le tumulte n'est-il pas le propre de l'homme, grand ou petit ? Il est de nombreuses choses que je me suis efforcé de coucher sur le papier, pour témoigner de la passion que mon "grand petit pays", la Bretagne, m'a inspirée depuis que j'ai l'âge d'écrire. Ceux qui me sont proches m'appellent "Tole". Beaucoup d'entre eux, bien trop, sont désormais partis rejoindre les Anaons.

Avant d'entreprendre ce voyage en Égypte, dont j'ai la certitude qu'il sera le dernier car je sens que cette maladie ne me laissera pas longtemps poursuivre ma route, je veux dévoiler cette part de ce que j'ai dissimulé à tous, quelques très rares confidents aujourd'hui disparus exceptés. Je compte déjà nombre de détracteurs qui m'ont reproché de favoriser mon imaginaire au détriment de la rigueur, qu'ils qualifient non sans emphase inappropriée, de scientifique, du recueil des traditions bretonnes.

Si l'on retrouve un jour ces carnets et mes notes, j'espère que l'on en fera, sans me trahir, l'usage qu'il plaira d'en faire. Après tout, Sir Arthur Conan Doyle a créé un personnage de son vivant pour romancer ses mystérieuses investigations. Je n'ai pas la prétention d'avoir son talent pour les énigmes, mais j'ai connu, moi aussi, mon lot d'énigmes. Et certaines me firent frôler la mort de près.

J'ai souvent sollicité mon imagination, trop au gré de certains, pour apporter un supplément de beauté littéraire à la beauté innée de ma Bretagne. J'en ai volontairement laissé de côté certains aspects les plus sombres. Je laisse à qui en aura l'audace et le désir le soin de les partager et de se les approprier sur le plan littéraire, si tel est son souhait et s'il ne craint pas l'opprobre, moi qui ne l'ai jamais crainte même si j'en ai parfois souffert… que mes souvenirs lui soient alors une source d'inspiration.

Anatole L.B, Port-Blanc, avril 1924.

Cette incitation, que je ressentis comme une exhortation qui m'était directement adressée, à moi qui avais été le découvreur de ce trésor inconnu de tous, fut l'aiguillon qui me fit prendre ma décision.

Je lus l'intégralité des carnets, toutes les notes, et je voulus leur donner la dimension que cet homme exceptionnel méritait.

C'est ainsi que commença cette série d'histoires hors du commun que je m'apprête à partager avec vous. Et je le ferai dans l'ordre de leur chronologie.

Le titre que portait le premier recueil était celui-ci :

L'Ouvrier de la Mort
Oberour ar Maro

Et voici son histoire…

PREMIÈRE PARTIE

À LA RENCONTRE DES TÉNÈBRES

CHAPITRE 1

« *Les intersignes sont comme l'ombre, projetée en avant, de ce qui doit arriver.* »
Anatole Le Braz. 1893. La Légende de la Mort.

Il y avait beaucoup de monde, au Faou, en ce dimanche d'avril 1899. Pour la première fois, la grande foire coïncidait avec le pardon de Saint-Sauveur. Ce n'était pas habituel, mais l'épidémie de choléra quarante ans plus tôt avait durablement chamboulé le calendrier. Elle était encore bien présente dans les mémoires des aînés, et nombreux étaient ceux qui craignaient un retour de la maladie, malgré les efforts importants entrepris pour l'assainissement des eaux, en 1895, et particulièrement la mise en service d'un réseau d'eau potable. Certes, on était loin des huit cent cinquante morts de Brest, mais Le Faou avait été la quatrième agglomération du Finistère touchée par l'épidémie. Alors, malgré tout, subsistait la crainte…

La foule se pressait pourtant, nombreuse, dans la petite cité aux pignons du XVIe siècle. Des Bretons descendus de tous les coins du pays. Les Plougastels, sortes de colosses avec leurs habits anciens faits de tous les fragments de laine achetés comme chiffons, allaient jusqu'à la Loire vendre et acheter, derrière de grands troupeaux. Et puis les gros bouchers de Brest, de Châteaulin. Et bien d'autres, qui se mêlaient aux natifs du bourg, aux petites gens et aux bourgeois.

Un jour particulier, vraiment, et à bien des égards.

Et parmi cette populace affairée ou seulement curieuse, déambulant dans les rues et autour de l'église, il y avait *lui*…

C'était un homme grand, fort, vêtu d'un genre de houppelande de berger noire qui dissimulait presque la totalité de sa mise. On apercevait simplement le haut de ses bottes et à peine le bas d'un visage anguleux. Cet accoutrement n'avait rien de particulièrement breton, du moins pour ce que l'on pouvait en deviner, mais dans la cohue variée de ce jour, il n'aurait surpris personne si ce qui le rendait différent n'avait tenu qu'à ses vêtements.

Malgré le monde, on s'écartait devant lui, bien qu'il n'y eût rien d'inquiétant dans son attitude, même s'il marchait à grandes enjambées, comme en rase campagne. Ce n'était pas cela qui faisait qu'on lui cédait le passage. C'était inexplicable. Il semblait émaner de lui une aura particulière, une sorte de menace sous-jacente qu'on eût été bien en peine de décrire.

Simplement, il fendait l'air et repoussait les gens autour de lui, sans le moindre geste.

Et des festivités religieuses et commerciales, il n'en avait cure.

Il s'était rendu au pardon et à la foire de Saint-Sauveur avec l'espoir d'y rencontrer une *somnambule*, une voyante, assez lucide pour l'éclairer sur son cas.

Connaître sa peine, comme dit le proverbe, c'est déjà la moitié de la guérison.

La vieille sibylle qu'il était allé consulter dans son chariot, là-bas, derrière la fontaine, n'avait su que lui débiter des niaiseries, des fariboles, les mêmes exactement qu'elle avait contées à vingt autres, comme de lui assurer, par exemple, qu'il se languissait d'amour.

Amoureux, lui ! Jamais encore il n'avait regardé une femme autrement que pour le plaisir, et si rarement…

Il avait quitté la vieille la rage au cœur, traversé la foule comme Moïse fendant les flots, en bousculant un peu tout de même, parfois, au passage, sans même s'excuser.

Parvenu aux confins du bourg, alors que le soleil s'était voilé, il arriva en vue de son antique charrette. Un cheval noir de jais y était attelé, immobile, comme une statue équine.

L'homme monta sur le haut banc de guidage avec une étonnante souplesse, sa houppelande voletant autour de lui. Il fit claquer les rênes plus brutalement qu'il ne l'aurait voulu, et mit au trot son vieux postier breton qui renâcla, en signe de mécontentement.

La voix grave, rocailleuse de l'homme rassura son compagnon.

— Pardon, vieux camarade, je n'en ai pas après toi. Mais nous avons de grandes choses à accomplir ensemble, tu verras. Et qu'ils aillent au diable ; il est de mon côté désormais…

Le tombereau s'éloigna rapidement du bourg, enveloppé par un brouillard subitement levé, et qui semblait s'intensifier à son approche.

Bientôt, on ne le distingua même plus.

Seul se faisait encore entendre, faiblement, le grincement de son essieu.

L'homme n'entendit pas la rumeur qui enflait, derrière lui, dans le bourg.

Il n'entendit pas les cris d'effroi, autour de la roulotte de la voyante.

Il ne vit pas le jeunot livide et tremblant, assis sur les trois marches de bois, entouré de deux gendarmes tandis que trois autres étaient à l'intérieur. Le gamin qui était venu pour se faire dire la *bonne aventure* et qui n'avait trouvé que le malheur en poussant le rideau de la vieille. La sibylle, morte, effondrée sur sa petite table ronde recouverte d'une nappe rouge brodée de symboles occultes, ses lames de tarot éparpillées, sa boule de cristal bon marché brisée sur le sol. Et son cou, tordu en un angle impossible, le visage blafard, la bouche grimaçante, et les yeux figés dans une expression de terreur absolue.

CHAPITRE 2

> « *Parce que j'aime les légendes,*
> *on en fait courir un peu trop sur moi.* »
> Anatole Le Braz

Port-Blanc. Côtes-d'Armor (anciennement Côtes-du-Nord).

Extrait des carnets secrets d'Anatole Le Braz.
L'Ouvrier de la Mort. Préambule.
20 novembre 1901 : novembre, le mois noir, Miz Du, ainsi qu'on le nomme en Bretagne.

Trois mois, jour pour jour, après le naufrage de la Marie-Thérèse dans lequel je perdis onze membres de ma famille, à l'embouchure de la rivière de Tréguier.
Dire que mon âme et mon cœur avaient entamé véritablement leur deuil multiple serait mentir et trahir la mémoire de mes chers disparus.
J'errais dans ma maison de Port-Blanc telle une âme en peine, un Anaon, sans repos, dans le

purgatoire solitaire d'une vie suspendue. Je sortais rarement, recevais très peu de visites.

Cela ne me ressemblait guère, pourtant : j'avais la réputation d'un homme plein d'allant et de vigueur, empli de gaîté, de projets, tenant à peine en place, ayant foi en la destinée. Mais la foi, bien qu'on la dépeigne susceptible de renverser des montagnes, ne nous est en réalité d'aucun secours dans les moments où c'est la montagne tout entière qui s'abat sur nous…

La vie m'avait cependant déjà apporté son lot de tristesse. Je ne faisais pas partie de ces êtres épargnés par le malheur jusqu'à ce qu'ils avancent en âge, bien que je n'en eusse tiré la moindre amertume. Jusqu'à présent, du moins. À sept ans je perdis mon grand-père maternel ; il eut une belle vie jusqu'à ses quatre-vingt-quatre ans. Mais, lorsque j'avais dix ans, ce fut ma mère qui me quitta pour l'Autre Rive. On pourrait croire qu'un enfant se remet de tout, qu'il continue d'avancer sur ses petites jambes sans faiblir lorsqu'il perd si jeune celle qui lui donna la vie. C'est mal connaître les enfants que de penser cela. Le terrible chagrin de mon père, Nicolas Lebras – ce fut moi qui eus la coquetterie d'auteur de doter mon nom de famille d'un z final et de le couper en deux –, fut le miroir dans lequel je pris conscience de ma propre tristesse. Cette tristesse m'accompagne encore, parfois, et le parfum des cheveux de ma mère n'a jamais quitté ma mémoire alors que j'ai du mal à revoir son visage. Sauf dans mes rêves. En 1879, je perdis mon grand-père paternel, Youenn Ar Bras, Yves, comme le saint. Un des prénoms les plus répandus de Bretagne. Il avait quatre-vingts ans. J'en avais vingt. En 1892, je perdis mon petit frère Eugène, à peine âgé de seize ans, mort dans un accident. Et puis vint ce funeste jour d'août. La mer n'était pas déchaînée, mais un fort vent s'était levé, créant une méchante houle. Le matelot tenta une manœuvre, mais la manœuvre fut mauvaise et le bateau chavira dans l'estuaire du Jaudy, entre la Roche Jaune et le Port Béni, qu'ils n'eurent jamais la bénédiction d'atteindre. Car tous tombèrent à l'eau. Ceux qui ne se noyèrent pas immédiatement s'accrochèrent à la quille ; sous le poids, l'embarcation sombra. La nuit était venue, les cris des naufragés se perdirent dans l'espace, appelant, appelant, sans relâche, à portée de voix, pourtant, à peine éloignés de la côte. La mer montait, le courant était violent, la vague de plus en plus forte, et, bientôt, tous disparurent, excepté mon ami de toujours, Léon Marillier, mon frère de cœur qui avait épousé ma sœur Jeanne, ma tendre sœur, mon âme sœur, que j'appelais depuis toujours Peti'Man. Léon s'était tenu à un aviron. Un des trois fils Huin, lui, avait pu s'accrocher à une balise. Mais personne n'entendit, personne ne vint leur porter secours…

Ce fut le fils Huin qui, à l'aube, put gagner la côte à la nage et donner l'alarme.

Au matin, ma famille comptait onze membres de moins. Quant à mon cher Léon, des ramasseuses de goémon finirent par entendre ses cris. Des canots furent alors jetés à la mer, des douaniers et des habitants montèrent à bord ; Léon fut secouru mais, épuisé, trop faible, il agonisa durant quelques jours et finit par s'éteindre, rejoignant Jeanne, son amour. Ma Peti'Man, ainsi que mon père, ma belle-mère, sa seconde épouse, et trois autres de mes sœurs…

Pourtant, ma petite famille et moi, nous étions descendus du train, en gare de Lannion, pleins de gaîté, en ce lendemain du naufrage. Il faisait beau, j'étais heureux, c'était le début des vacances.

Nous allions rejoindre les nôtres. Je venais d'être nommé maître de conférences de littérature française à l'université de Rennes. Ma Légende de la Mort se vendait fort bien.

Ce fut sur la route de Port-Blanc que nous entendîmes parler d'un naufrage…

L'été était fini. L'automne, cette année-là, passa son tour, et je me retrouvai directement plongé dans l'hiver. De Léon, mon ami de toujours, on me dit que ses appels, finalement, avaient bien été entendus tandis qu'il se vidait de ses forces vitales.

Une femme de pêcheur, à qui l'on fit le reproche de n'avoir point donné l'alerte, répondit simplement: « Oh, nous entendions bien ses appels. Mais nous croyions que c'étaient les âmes de l'enfer de Plougrescant qui hurlaient… »

Et dire que certains me reprochent de donner une dimension trop littéraire et romantique aux croyances bretonnes concernant la Mort…

J'en ai perdu beaucoup, beaucoup trop, de mes êtres chers. Il n'y a pas de degrés dans la tristesse; ils me manquent tous.

Et ce ne sont pas les morts que je plains; non, ce sont ceux qui restent. Et j'en fais partie. Dans la nuit qui suivit cette sinistre nouvelle, toute ma chevelure blanchit, comme si une partie de moi avait décidé de rejoindre mes Anaons.

En cette triste soirée de novembre, j'étais dans ces sombres dispositions d'esprit. J'avais pris la décision de quitter la maison de Port-Blanc, trop entourée de malheur. Je devais poursuivre le cours de ma vie, donner aux disparus l'hommage de mon courage. La vie n'était pas finie pour moi et, en moi, ils devaient continuer de vivre. J'étais ainsi, passant de l'abattement profond au fleurissement de l'espoir. Ma force vitale m'accompagnait depuis ma naissance. Don du ciel, ou souffle mystérieux de la vie, peu m'importait...

Le bruit d'un véhicule à moteur me sortit complètement de cette torpeur mélancolique. Je quittai mon bureau et me dirigeai vers l'entrée. J'ouvris ma porte et, dans la pénombre à peine éclaircie par la lumière des lanternes, je vis s'arrêter devant mon domicile une superbe automobile que je reconnus être une De Dion-Bouton.

Un homme en descendit.

Il ôta son casque de cuir, après s'être débarrassé de ses lunettes de protection.

Il vint vers moi. Il était de taille moyenne et je distinguai à peine ses traits dans la pénombre.

— Monsieur Le Braz ? s'enquit-il d'une voix à la fois posée et mélodieuse.

— Lui-même, répondis-je, un peu surpris. Que puis-je pour vous ?

— Je m'appelle Alain Dantec, mais vous pouvez m'appeler Alan, puisque je suis de retour au pays. Je viens de Paris, et je suis commissaire délégué à la Sûreté nationale. Je dois m'entretenir avec vous ; puis-je entrer ?

— Un commissaire, ma foi... Est-il arrivé quelque malheur qui vous ramène en Bretagne ?

— Il en est arrivé plusieurs, monsieur, et bien qu'ils ne vous concernent pas directement, nous avons grand besoin de vos lumières.

Perplexe, je m'effaçai cependant pour le laisser entrer. J'ignorais encore en cet instant que nous nous lancerions ensemble, portés par son automobile en bien des lieux, sur les traces d'un monstrueux assassin.

CHAPITRE 3

« De tous les peuples celtiques,
les Bretons sont peut-être celui qui a conservé
la plus intacte l'antique curiosité de la race
pour les problèmes de la mort… »
Anatole Le Braz

31 octobre 1899. Campagne de Brasparts.
Centre Finistère.

Le hurlement le tira brutalement du sommeil, telle une carpe ferrée hors des eaux sombres et paisibles. Il se dressa vivement dans le lit clos et sa tête heurta le bois. Il ne sentit même pas la douleur.

Le *penty* était plongé dans la poix noire et presque palpable de cette nuit précédant la Toussaint. Une nuit durant laquelle on se gardait bien de sortir. Car, pendant cette nuit, au-dehors, les morts côtoyaient les vivants, disait-on. Et les vivants n'aimaient guère se frotter aux morts. On avait beau être à l'aube d'un nouveau siècle, les superstitions avaient la vie dure, en Basse-Bretagne. Et, d'ailleurs, bien que l'on s'en défende parfois, assez mollement ou trop vivement, plus la crainte était forte, peu nombreux étaient ceux qui considéraient cela comme des *superstitions*.

Un autre cri retentit. Il n'avait pas rêvé. Il venait de la chambre où sa mère reposait.

Elle délirait, tout éveillée mais comme déjà *ailleurs* depuis trois jours. En pleine journée, elle gémissait, sanglotait, murmurait ou criait, parfois : « La charrette, je l'entends, j'entends son essieu qui grince. Il approche, c'est pour moi qu'il vient. Il sait, il sait… »

Sa voix prenait alors toute la vigueur que son corps paraissait avoir perdue. La langue bretonne, la seule qu'elle parlait, semblait sonner comme une incantation et, malgré lui, il manquait de se signer tandis qu'il fuyait bénitiers et soutanes…

Il vivait à la ferme, avec sa mère. Son jeune frère était prêtre à Quimper, le père était mort depuis trois ans. Sa femme l'avait quitté pour un gars de la ville, un Brestois. Un mauvais bougre qui vivait de petits trafics, c'était du moins ce qu'on lui avait dit. On lui avait dit aussi que les femmes étaient attirées par les mauvais bougres. Il n'aimait pas entendre cela. C'était un peu comme si l'honnêteté, l'ardeur au travail et la probité, valeurs qui avaient toujours été siennes, étaient une tare. Un appel à la trahison. Il était trop tard pour retrouver une femme, et le cœur n'y était plus. La ferme n'était pas bien grande et les filles à marier étaient peu nombreuses. Il avait atteint l'âge où la vigueur s'estompe et où l'absence de biens était peu attirante. Alors, comme un vieux garçon, il vivait avec *mammig* ; à quarante-cinq ans passés. Il en avait presque honte…

Mais depuis la fin de l'été, sa mère avait soudainement décliné. Elle approchait de ses soixante-cinq ans, certes, mais il l'avait toujours connue travailleuse et en bonne santé, ne mâchant pas sa peine à la ferme, surtout depuis qu'ils étaient seuls. Cependant, elle avait basculé dans une sorte de déchéance de l'esprit et du corps. Il ignorait pourquoi. Le médecin qui était venu à deux reprises, car ils ne pouvaient guère le payer, l'ignorait aussi. Elle n'avait pas contracté de mauvaise fièvre. Elle ne paraissait atteinte d'aucun mal connu. Mais elle avait perdu tout appétit, mangeait à peine et ses forces l'abandonnaient de semaine en semaine.

Tout semblait avoir commencé en septembre, alors qu'ils revenaient du marché de Brasparts (*Brasparz*, en breton). Ils y étaient allés pour vendre quelques patates, peu nombreuses à vrai dire car l'été avait été pluvieux. Il se souvenait d'avoir vu un homme aborder sa mère. Un type bien plus grand que la moyenne. Bizarrement fagoté. Il l'avait pris pour un *pilhaouer* ou un *galouper*, un chiffonnier ou un vagabond. L'échange n'avait pas duré longtemps, juste quelques secondes. Le gars s'était penché vers elle, lui avait murmuré quelque chose à l'oreille. Il n'avait pas vu son visage, que recouvrait une grande capuche de berger alors que le temps était chaud et sec. Ils étaient à quelques mètres à peine. L'homme avait eu un geste ample du bras, puis il avait franchi à une vitesse étonnante la distance qui le séparait d'une vieille carriole et il avait littéralement disparu de sa vue. Il faut dire que *Jorj*, Georges, c'est ainsi que le fils s'appelait, avait gardé les yeux rivés sur sa mère après ce bref échange durant lequel elle était restée silencieuse. Il la reconnut à peine. Dans la lumière de cette fin d'été, c'était comme si un voile blanc était soudainement tombé sur son visage, lui ôtant toute couleur, faisant refluer son sang en un lieu invisible. C'était comme si l'inconnu l'avait emporté dans les plis de sa houppelande…

Il avait eu beau la questionner, elle avait refusé de dire ce qu'il lui avait murmuré à l'oreille. Non seulement elle avait nié avoir parlé à ce grand bonhomme, mais, pire encore, pour elle, il n'avait tout simplement jamais existé.

« Jorj, tu as eu la berlue », disait-elle.

Et jamais elle n'avait voulu en démordre.

Alors, il avait cessé d'y penser. Mais le voile blanc sur le visage de sa mère ne l'avait pas quittée. Et depuis, elle n'avait plus souri. Au fond de lui, Jorj était certain que c'est à compter de ce jour que tout avait commencé…

Le sourire enfui n'était que le début.

Le mal mystérieux qui la rongeait en silence, jour après jour, avait emporté le reste. Elle se plaignait d'une douleur sourde mais impossible à définir précisément. D'ailleurs, le lien que Jorj avait tissé avec sa mère était si fort qu'il ressentait lui aussi une vague douleur au ventre, des vertiges légers, qu'il surmontait néanmoins.

Pour ce qui était de sa mère, depuis la mi-octobre, il ne restait plus que délires, maigres collations qu'elle conservait à peine, amaigrissement épouvantable, gémissements lancinants, puis, finalement, les cris.

Mais celui-ci, en cette nuit profonde, n'était pas comme les autres.

Il était effrayant car il était provoqué par la terreur.

Jorj pénétra dans la petite pièce où sa mère dormait, ses pieds glacés par le sol, mais le cœur pris dans un vent de braise. La chambre était faiblement éclairée par la lune. On aurait dit qu'un de ses croissants, minuscule, était posé sur l'oreiller. Ce n'était pas la lune. Il sentit une main invisible serrer sa gorge. La peur, une peur indicible. La pâleur sur l'oreiller, plus blanche que le plus blanc des linceuls, c'était le visage de sa mère, les yeux grands ouverts, la bouche béante dans un horrible rictus. Elle avait le visage tourné vers l'étroite fenêtre, mais il comprit, sans porter la main vers elle ni même lui parler, qu'elle était morte.

Morte.

Il sursauta. La fenêtre avait claqué brusquement, comme si un étrange vent glacial l'avait aspirée vers l'extérieur. Dans la timide lueur lunaire, il n'avait pas vu qu'elle était ouverte en entrant dans la chambre. La vitre se fendit sur toute la longueur. Il se força à suivre le regard enfui, figé, de sa mère, vers la nuit. Alors, l'espace d'un instant, qui lui comprima la poitrine dans une étreinte terriblement douloureuse, lui provoquant un vertige inconnu, lui, l'homme fort, le fils qui pourtant n'avait peur de rien, il l'aperçut.

Il vit son *visage*, ou plutôt ce qui en tenait lieu.

Juste un bref moment, derrière le carreau brisé voilé par la brume.

Et deux yeux, couleur argent, froids comme ceux d'une statue, qui le fixaient.

Il n'avait jamais vu un tel regard, cependant il lui rappela confusément quelque chose. Un vague souvenir…

Puis un nuage masqua la lune et il ne resta plus que la nuit noire, lui et sa mère morte, sa voix tue à jamais.

CHAPITRE 4

« Les nuits d'étoiles nous apprennent
combien il y a d'âmes défuntes,
depuis que le monde est monde.
Les étoiles qui brillent très clair sont les âmes
qui jouissent de la gloire éternelle ;
les étoiles qui brillent à peine sont les âmes
qui n'ont pas encore terminé leur purgatoire ;
les étoiles qui brillent tristement et sans éclat
sont les âmes perdues. Les groupes d'étoiles sont les
morts d'une même famille, réunis. »
Anatole Le Braz. La Légende de la Mort.

20 novembre 1901. Port-Blanc.

Le commissaire Dantec franchit le seuil de la maison des Le Braz et y pénétra. Avant de refermer la porte, Anatole jeta un regard vers le ciel de Port-Blanc. Comme la plupart du temps en Bretagne, le vent du nord qui avait apporté la pluie de novembre avait cédé la place au vent d'ouest qui avait chassé les nuages. La lune gibbeuse était visible et les millions d'étoiles miroitaient, faiblement, tristement, ou plus lumineusement. Il remarqua que les étoiles groupées paraissaient plus scintillantes que celles qui étaient isolées. Il repensa à ce qu'il avait collecté pour écrire *La Légende de la Mort chez les Bretons armoricains*.

Lorsque les défunts d'une même famille sont réunis, leur rassemblement se voit dans les cieux. Il attendit presque un signe, de là-haut, lui indiquant quels astres, le contemplant des tréfonds de l'espace, symbolisaient tous les siens partis pour l'au-delà.

Il n'y eut point de signe. Il rentra chez lui et referma la porte. Dantec était resté dans l'entrée et le regardait attentivement. Les deux hommes se fixèrent un moment en silence. Ce n'était ni de l'embarras ni de l'impolitesse. C'était une prise de connaissance, un ressenti mutuel. Aucun d'eux ne jaugeait l'autre. Une communication intense, brève, mais non verbale.

Dantec apprécia immédiatement l'homme dont on lui avait vanté les nombreux mérites. Plus grand que lui d'une bonne tête, corpulent mais sans excès, le visage long, franc et ouvert, une barbe poivre et sel en pointe, une moustache fournie en guidon de vélo mais soigneusement taillée, des cheveux assortis à sa pilosité, séparés par une raie sur le côté gauche et ondulant en deux mèches vers l'arrière du crâne. Des sourcils noirs, bien dessinés.

Et un regard. Quel regard !

À la fois pénétrant et bienveillant, qui lisait en vous comme dans un livre ouvert mais sans impudeur, sans irrespect. Des yeux qui sondaient la « température » de l'être que vous étiez, en quelque sorte. Dantec avait vu une photographie de Le Braz, sur laquelle la nature de l'homme transparaissait déjà étonnamment, mais l'avoir en face de lui prenait une tout autre mesure. Il comprenait pourquoi ses étudiants l'appelaient « L'As » : cet homme bouillonnait d'intensité, mais il semblait parfaitement la contrôler pour s'adapter à ses interlocuteurs.

Fort avec les forts, bienveillant envers les faibles.

Le commissaire comprit pourquoi il avait la réputation d'être autant à l'aise derrière un pupitre de conférencier qu'assis dans la cour d'une ferme ou auprès de l'âtre, pour recueillir les témoignages, les contes, les « signes » qui lui avaient permis de rassembler les quatre cent quatre-vingt-quinze pages de *La Légende de la Mort* éditée à Paris, chez Honoré Champion, en 1893.

Il avait d'ailleurs acquis, de justesse car le premier tirage était épuisé et une réédition en cours, un exemplaire de cet ouvrage, relié en demi-basane.

Vêtu d'un costume noir de bonne facture, d'un col blanc à la lavallière nouée surmontant un gilet de laine de la même teinte, l'homme que Dantec avait devant lui était exactement le partenaire qu'il lui fallait pour mener à bien sa mission. Il ne lui restait plus, et ce ne serait probablement pas une mince affaire, qu'à l'en convaincre. Malgré sa réputation de meneur d'hommes, ses succès d'enquêteur, sa forte personnalité, Dantec se sentit impressionné par Le Braz comme il ne l'avait pas été depuis fort longtemps. Et les fines rides qu'il discerna autour de ses yeux magnétiques, le front barré d'un pli malgré la peau encore très lisse, étaient le témoignage discret mais perceptible des épreuves douloureuses que l'auteur avait traversées quatre mois plus tôt. Elles auraient jeté à peu près n'importe qui à terre.

Mais cet homme-là, non.

Et lors de cet échange muet, qui dura bien moins longtemps qu'il n'en faut pour le décrire, Le Braz, de son côté, observa Dantec, s'imprégna de ce qu'il percevait, de ce qui émanait de lui.

Sur le plan physique, l'homme était plus petit que lui, certes, mais il dégageait une force, une solidité qui ne devaient rien à sa taille. Il était comme ramassé, prêt à bondir, tel un fauve, alors que rien ne trahissait en lui la moindre agressivité en cet instant, bien au contraire. Râblé mais élégant, un visage sans beauté particulière néanmoins éminemment charismatique, et ce qui frappa le plus Anatole, des yeux semblables à la mer d'Iroise. D'un bleu aussi complexe que profond, d'une grande intensité. Légèrement turquoise, à la fois grisé et blanchi. Il n'avait jamais vu une telle couleur dans les yeux de quiconque.

Tout le reste de la physionomie du commissaire en devenait relativement banale bien qu'il ne portât ni moustache, ni barbe, ni favoris, ce qui était rare pour l'époque. Des cheveux coupés court, d'un noir de jais. Malgré son vêtement de protection automobile, sa mise était élégante et il dévoila des mains étonnamment aristocratiques alors qu'il retirait en silence ses gants de peau. Des mains pâles, assorties à son teint.

Le Braz, n'eût été sa taille plus petite, pensa immédiatement au héros de Sir Arthur Conan Doyle – qui était né à peine un mois après Le Braz –, à son enquêteur hors pair : Sherlock Holmes. On ne devait pas en conter à cet homme-là, il valait mieux se retrouver du bon côté de l'enquête, car il détenait en lui une détermination à toute épreuve, à n'en point douter.

Cela ne fut pas pour rassurer Le Braz. Car avoir un tel personnage, chez lui, à cette heure, en un soir de novembre, ne présageait pas un océan de tranquillité. Mais, après tout, la tranquillité n'était pas le meilleur moyen de le tirer de son chagrin…

L'échange muet cessa.

Anatole Le Braz le rompit.

— Passons à mon bureau, sauf si vous préférez prendre une légère collation. Vous êtes peut-être fatigué par la route ?

— C'est très aimable à vous, mais j'arrive de Lannion. J'y ai récupéré mon automobile et je n'ai parcouru qu'une vingtaine de kilomètres.

La voix était chaude, aimable, posée mais ferme. Une voix qu'il était probablement préférable, pour ceux légitimement susceptibles d'en provoquer le courroux, de ne pas voir s'élever.

— Fort bien, dit Le Braz. Alors, je vous précède ; vous pourrez vous mettre à l'aise et vous réchauffer en m'expliquant précisément ce qui me vaut votre visite…

CHAPITRE 5

« Dans la poussière du temps, dans les secrets enfouis, dans les ombres du passé, naissent les vengeances de demain… »
Extrait des carnets secrets d'Anatole Le Braz.

20 novembre 1901. Port-Blanc.

Anatole Le Braz laissa le commissaire Dantec s'installer dans le grand fauteuil trônant dans son bureau. Il prit place lui-même sur une chaise modeste et ancienne. Dantec ne sembla pas très à l'aise car le fauteuil, bien que confortable, ne mettait pas sa taille moyenne en valeur.

Face à lui, sur sa chaise, Le Braz prenait presque des allures de géant. Dantec avait l'habitude, lors des interrogatoires, de dominer les suspects, c'était une tactique assez répandue. Mais ici, pour l'heure, il se sentait en position d'infériorité. Ce n'était évidemment pas ce que Le Braz avait en tête. Son expertise en matière humaine lui fit immédiatement comprendre, à la vue du langage corporel et des regards que le commissaire lui jetait, que ce qui relevait pour lui de la plus élémentaire politesse – offrir à son hôte le meilleur siège de son antre – n'était pas interprété de cette façon.

Il se leva.

— Finalement, et si vous n'y voyez pas d'inconvénient, commissaire, je vous propose de nous asseoir de part et d'autre de mon bureau. Vous serez peut-être moins confortablement installé, mais si je dois prendre quelques notes, ce sera plus aisé.

— Avec plaisir, répondit Dantec dans un sourire.

Il avait parfaitement compris que Le Braz avait immédiatement décrypté l'inconfort mental qui était le sien dans ce fauteuil, qu'il aurait apprécié en d'autres circonstances. La route de Lannion à Port-Blanc était bien peu damée, et les suspensions de la De Dion-Bouton étaient plus que sommaires. Il avait beau être musclé, son postérieur avait été mis à rude épreuve…

Le Braz réorganisa rapidement l'espace, tirant sa chaise devant le bureau et s'asseyant de l'autre côté, sur son fauteuil de travail ; un fauteuil banc en chêne brun, à l'assise ornée de motifs celtiques et au dossier portant un couple de Bretons sculptés dans le bois.

Malgré tout, il s'avéra que Le Braz dominait encore plus Dantec ; ce dernier se retint de pousser un profond soupir et, devant l'humour involontaire de la situation, il le transforma finalement en un sourire plus large.

Décidément, que cette brève mise en scène eût été décidée ou non, cet Anatole lui plaisait beaucoup…

Le Braz lui rendit son sourire, ce qui illumina son visage en un mélange de malice bienveillante et de complicité.

— Alors, commissaire, ma curiosité est éveillée. J'ai hâte que vous m'expliquiez en quoi l'aide d'un modeste auteur et collecteur de *folklore breton* peut vous être utile.

— Tout d'abord, je vous remercie de m'accueillir dans votre demeure. Rien ne vous y obligeait et particulièrement sans que vous ayez été informé préalablement de ma venue, de quelque manière que ce soit.

— Vous accueillir est un plaisir, du moins je l'espère…

Le sourire malicieux se dessina de nouveau sur le visage d'Anatole.

— Et j'imagine que vous n'ignorez rien de ce qui est arrivé aux miens il y a peu. Bien que ce ne soit pas cela qui vous amène, puisque d'enquête, il n'y a eu nul besoin. Le destin est ainsi fait: le bonheur croise souvent la route du malheur, et généralement au moment où l'on s'y attend le moins…

Dantec ouvrit la bouche, mais Le Braz chassa d'un geste ce qu'il s'apprêtait à dire.

— Rassurez-vous, commissaire, vous n'arrivez pas au mauvais moment. Ce *mauvais moment*, l'un des pires de mon existence jusqu'à ce jour, est désormais passé. Et comme, dans cette vie, rien ne peut changer le cours du temps et de ses évènements, aussi tragiques puissent-ils être, notre lot est d'avancer, de poursuivre, même douloureusement, nos existences. Bien que j'ignore encore précisément ce qui vous amène, je ne crois pas au hasard. Car rien de ce qui fait le fruit de mon travail, depuis que je me suis mis en quête de collecter le patrimoine humain, spirituel, et la plupart du temps inexplicable, scientifiquement parlant, de notre Bretagne, n'est de mon point de vue dû au hasard. La superstition ne fait pas partie de mes convictions mais ses manifestations, que j'appellerais autrement, sont l'essence même de l'âme bretonne. Pardonnez-moi cette brève introduction, mais si vous êtes ici, en cette soirée de novembre, je suis convaincu que c'est la destinée qui vous envoie. Pour me sortir de ma torpeur délétère. Alors, si je puis vous venir en aide, de quelque manière que ce soit, je m'en réjouis, croyez-moi. Vous êtes peut-être l'aiguillon qui me fera avancer, bien que j'aie du travail en cours et des projets à mener.

Un bref silence s'installa. Dantec avait été touché, au-delà des mots, par ces paroles. Elles exprimaient la quintessence de ce qu'il avait entendu dire de Le Braz. Sincérité, intelligence, honnêteté, et une pointe de lyrisme ; sans manières, sans affectation. Auxquelles s'ajoutait un penchant inné pour ce que l'on appelait, le plus souvent avec un profond mépris, le surnaturel. L'inexplicable était le moteur même de l'existence de cet homme ; pourtant l'irrationnel ne l'entraînait pas vers la déraison. Peu nombreux étaient ceux qui pouvaient se vanter de savoir définir une frontière entre l'appel de l'inconnu, de ses énigmes, et le pragmatisme.

Le Braz était visiblement de ceux-là.

Dantec jeta un regard autour de lui, ce qu'il n'avait pas pris le temps de faire jusqu'alors.

Le bureau était de taille modeste, empli de livres, de documents, dans un désordre cependant ordonné par son propriétaire. Il ne devait pas y être aisé de faire le ménage, mais il était peu probable que cela soit tout simplement autorisé.

Dantec savait que Le Braz était marié depuis vingt ans à Marie-Augustine Le Guen, veuve Donzelot, dont il avait eu deux filles et un fils ; il élevait, comme ses propres enfants, la fille et les deux garçons issus du premier lit de son épouse.

Mais, à cette heure, la maison semblait déserte.

Ils étaient seuls.

Dantec se jeta à l'eau.

— Je vous remercie de votre compréhension. Je vais aller droit au but, mais il me faudra vous donner quelques éclaircissements. Ce que j'attends de vous n'est, ni plus ni moins, et en fonction de vos disponibilités, car je vous sais très pris, qu'une véritable collaboration dans la résolution de deux meurtres qui échappent totalement à nos investigations.

Voyant que Le Braz, les sourcils levés, s'apprêtait à l'interrompre, probablement pour témoigner ses doutes en matière de compétences policières, Dantec à son tour lui intima poliment de la main la demande expresse d'attendre.

— Je vous dirai tout ce que nous savons, et la raison de ma présence en Bretagne, sur la terre de mes aïeux; je n'omettrai rien. Mais, si je suis ici, c'est parce que dans ces crimes, des éléments dépassent largement nos compétences de police. Et, surtout, parce que, malgré les nombreuses recherches, en dépit de toutes les patrouilles, le meurtrier – car mon intime conviction me porte à croire qu'il ne s'agit que d'un seul et même individu – demeure insaisissable. Et l'on ne sait, à ce stade, ni ce qui motive ses crimes odieux ni les raisons de leurs sinistres mises en scène.

— Mises en scène? questionna Le Braz. Ma foi, il n'en demeure pas moins que je ne vois guère en quoi je puis vous être d'une quelconque utilité. Mais vous avez toute mon attention…

Dantec n'en douta pas, car il vit que l'œil de son hôte frisait, avec une curiosité quasi gourmande.

— Eh bien, tout me porte à croire que le surnaturel est à l'œuvre dans son *modus operandi.* Qu'il est même la source de son inspiration macabre, en quelque sorte…

Dans le regard de son interlocuteur, Anatole lut à quel point cette déclaration, peu cartésienne, lui coûtait.

— Le surnaturel ? Diantre ! Vous m'en voyez à la fois surpris, et, je vous dois bien de l'admettre, ravi…

— Ravi ? s'étonna Dantec en levant un sourcil interrogatif.

— Oui, confirma Le Braz. Ravi, cher commissaire, je vous le confirme, bien que mon ravissement soit tempéré par un zeste d'inquiétude, je ne vous le cache pas. Et voici pourquoi : il y a deux raisons à cela. La première est que vous n'êtes pas sans savoir que l'essentiel de mon travail durant ces dernières années fut de collecter tous les témoignages ayant trait à la présence de *l'invisible*, sous toutes ses formes, dans notre belle région, même s'il lui arrive parfois de montrer le vilain bout de son nez, et bien que cet invisible, pour beaucoup, demeure également indicible, inexprimable. Quant à la seconde raison, elle est le corollaire de la première. En revenant mener l'enquête au pays de vos pères, vous avez franchi les portes du royaume dans lequel le surnaturel règne en maître… Alors, Alan Dantec, puisque vous me permettez que je vous appelle par votre prénom breton : *Degemer mat e Breizh !* Bienvenue en Bretagne ! Et, pendant que nous y sommes, je vous saurais gré de ne plus me donner du *monsieur*, mais de m'appeler Anatole. Car j'ai le sentiment que nous allons passer bien du temps ensemble…

CHAPITRE 6

20 novembre 1901. Port-Blanc.

La conversation entre Anatole Le Braz et Alain Dantec se poursuivit tard dans cette nuit de novembre. Le commissaire avait réservé une chambre chez une logeuse de Port-Blanc, mais il ne quitta son hôte que quelques heures avant l'aube. Il était persuadé que l'accueil que lui ferait l'écrivain serait courtois, certes, mais il ne s'attendait guère à ce que leur premier échange soit aussi dense, fructueux, et, pour tout dire, cordial.

Dantec n'était pas un champion des relations humaines en général, et avec des inconnus en particulier. Cela était dû pour partie à son métier, mais, pour l'essentiel, à sa propre nature.

Sa famille avait des origines ancestrales modestes. Cependant, depuis cinq générations, les Dantec avaient plus que largement développé leur patrimoine. On pouvait les qualifier, selon les critères de l'époque, de famille fortunée.

Cette embellie était le fruit d'un aïeul, Auguste Dantec, originaire de Locronan, qui, cinq siècles plus tôt, s'était associé à un armateur pour développer l'équipement en voiles de la très importante flotte de commerce bretonne.

Le port de Penmarc'h était également le principal port d'armement européen. La manufacture de toiles des Dantec alla même jusqu'à fournir la marine de guerre anglaise. Et, bien que la fin du XVIIIe siècle vît s'amorcer la décadence de l'industrie toilière de Locronan, les Dantec réussirent néanmoins à tirer leur épingle du fil…

Tandis que leurs concurrents – peu nombreux, à dire vrai – n'avaient su s'adapter aux nouveaux vaisseaux, qui exigeaient des voiles de plus en plus grandes, les Dantec conservèrent le monopole des toiles équipant les flottilles de pêche, puis fabriquèrent des sacs, des hamacs, des habits pour les marins.

La fortune, c'est le mot, amassée au fil du temps, permit à la famille de vivre richement jusqu'au tournant du XXe siècle.

De cette famille, il ne restait plus que le père d'Alain Dantec et son frère, aux commandes de l'entreprise familiale. Les temps étaient devenus plus difficiles, mais l'argent, bien placé, était toujours là. Le frère d'Alain Dantec avait commencé à diversifier la fortune familiale dans l'armement militaire. Et même si le dernier métier à tisser cesserait de battre dans une décennie, à la veille de la guerre de 1914, l'avenir financier était serein.

Le père Dantec allait vers ses soixante-quinze ans; au fils aîné, il avait cédé les affaires familiales en mettant de temps à autre son grain de sel dans leur conduite, ce qui ne réjouissait guère le grand frère ; quant à *Alan*, qui avait toujours été un peu à part, il n'avait pas voulu reprendre le flambeau, au grand dam de son père, mais à la satisfaction de Pierre, son frère.

Ces deux-là n'allaient pas jusqu'à se battre froid, mais on peut dire qu'ils ne s'entendaient guère…

Cependant, le patriarche, dans un souci d'équité, et ayant une profonde affection pour son plus jeune fils, avait tenu à ce que le puîné dispose d'une rente annuelle plus que confortable, qui dépassait très largement sa solde.

Alain Dantec, à la veille de ses seize ans – il en avait maintenant trente-deux – avait décidé de quitter la Bretagne pour s'engager dans l'armée, à Paris, dans la gendarmerie. Puis, après cinq ans d'engagement, il avait brillamment passé le concours d'entrée dans la police parisienne, gravi les échelons avec une rapidité étonnante en suscitant au passage nombre de jalousies.

Il était désormais l'un des plus jeunes et des plus talentueux commissaires de France.

La séparation des pouvoirs de Police, en 1884, leur rattachement aux préfets et aux maires, accentuèrent les errements entre police municipale, gendarmerie, et Sûreté nationale. Pour le plus grand bonheur des malfaiteurs en tous genres, car les informations entre les différents corps ne circulaient guère, voire pas du tout…

Cependant, ces rivalités entraînèrent une conséquence plus que positive pour le jeune commissaire Dantec.

Alors que la police scientifique et technique naissait, sous l'impulsion d'Alphonse Bertillon et d'Edmond Locard, les prémices de ce qui allait devenir quelques années plus tard Les Brigades du Tigre de Clemenceau, les brigades mobiles de police judiciaire, voyaient également le jour.

Rattachés directement au ministère de l'Intérieur, érigés en service autonome depuis 1887, quelques commissaires vinrent renforcer les différentes polices régionales défaillantes et mal équipées. Et tout particulièrement dans le cadre d'enquêtes complexes, de crimes de sang difficiles à résoudre. L'origine bretonne de Dantec, bien qu'il ne fût pas bretonnant, ou très peu, lui valut un rôle d'enquêteur haut de gamme, détaché en Bretagne.

La Bretagne était l'une des trois régions françaises dans lesquelles le nombre de *policiers* par habitant était le plus faible. Beaucoup de criminels, s'ils n'étaient pas pris sur le fait ou dénoncés, avaient les plus grandes chances d'échapper à la justice.

Pour Alain Dantec, ce qui lui valait sa présence dans le bureau d'Anatole Le Braz en cette nuit de novembre 1901 était de loin la première enquête la plus complexe qu'il ait dû superviser et instruire.

C'était, en termes de complexité, son baptême du feu. Mais le jeune commissaire était un homme pragmatique, sachant bien s'entourer plutôt que de s'enliser.

Alors, dès qu'il avait eu connaissance des compétences de l'auteur et collecteur breton, de sa notoriété qui dépassait largement le cadre de la Bretagne, il n'avait pas hésité une seconde à venir lui demander son aide.

L'aisance financière qui était la sienne faisait de lui le seul commissaire doté de sa propre automobile.

Un atout qui allait s'avérer fort utile, pour ne pas dire vital…

Ce soir-là, en Bretagne, à une époque où les « profileurs criminels » n'existaient pas encore – il faudrait attendre quasiment un siècle avant leur naissance outre-Atlantique –, Dantec, en demandant l'aide de Le Braz, allait sans le savoir en inventer le concept.

CHAPITRE 7

31 octobre 1900. Forêt de Huelgoat.

Levée durant le début de la soirée à l'horizon de la presqu'île de Crozon, la tempête avait traversé Sizun, La Feuillée, Berrien, avant de venir frapper la forêt de Huelgoat alors que la nuit était avancée. Une sacrée tempête, comme le Finistère n'en avait pas connu depuis des années. Pas de bulletins météo pour prévenir quiconque, pas de flashs infos ; ce serait pour plus tard, bien plus tard…

Alors, il y avait juste le ressenti de ceux qui connaissent leur terre, qui sentent dans les variations de l'air, qui perçoivent dans le silence des rares oiseaux d'automne, ou dans le cri des corneilles et des corbeaux, que quelque chose de dangereux, quelque chose de dévastateur, peut-être, se prépare.

Ces signes avant-coureurs, Pierrig les avait sentis bien avant tout le monde. Peut-être même avant les bêtes. Pourtant la journée avait été calme. Trop calme, justement. Comme si le vent, fréquent en octobre, avait décidé de faire une pause, de ne plus même faire frémir la moindre feuille encore accrochée à sa branche, de retenir son souffle pour s'apprêter à joindre avec fracas ce qui se préparait, là-bas, sur l'océan. Le vent de noroît que tous redoutaient sur la côte mais que l'intérieur des terres craignait davantage, car, lorsqu'il prenait son élan et puisait une force nouvelle à chaque kilomètre parcouru, il était capable des pires dommages. Aux habitations, aux bêtes que l'on n'avait pas eu le temps de rentrer, aux hommes dont l'insouciance ou le manque de temps n'avait pas permis de rejoindre l'abri rassurant, mais pas invincible de leur demeure.

Pierre, *Pierrig*, n'était ni insouciant ni imprévoyant.

Mais son chien n'avait pas regagné sa maison depuis le matin.

Et le vent, soufflant calmement, en prélude, comme pour assoupir, rassurer ceux qui ne connaissaient pas ses traîtrises, s'était levé. Quelques rafales, presque tendres et attentionnées, après une journée sans la moindre manifestation. Une journée bien trop calme pour *Here*, octobre, qui désignait les semences et précédait les mois noirs, *Du*, novembre, et *Kerzu*, décembre, le plus sombre, celui qui figeait tout avant le renouveau.

Octobre était un traître. Il paraissait bienveillant, il prenait parfois des airs de retour d'été, faisait tomber la veste de travail ou le gilet, laissait la sueur imprégner la toile, préparant le terrain aux brises fraîches qui survenaient sans crier gare, qui vous rendaient frissonnants et malades, parfois.

Pierre ne s'en laissait pas conter par octobre. Il se méfiait de lui depuis qu'il avait emporté son père, alors qu'il était gamin, victime d'une mauvaise fièvre.

Son habit de garde champêtre le rendait visible de loin. Mais Pierre n'était pas que ce représentant de l'autorité communale, à la fois familier mais aussi respecté et craint. Son pouvoir de police local lui conférait une autorité, certes, mais elle était tempérée par son autre notoriété, plus mystérieuse, plus *encensée*, en quelque sorte. Il était *aozer, diskonter*. Un rebouteux doublé d'un guérisseur. La nuance pouvait sembler subtile pour d'aucuns, mais ici, en Basse-Bretagne, elle ne l'était pas. C'était une chose de remettre une vertèbre et une autre de chasser un mal, et particulièrement lorsque celui-ci venait de quelqu'un d'autre. Un ou une *strobineller*, notamment, un ensorceleur ou une jeteuse de sorts. Alors, dans ce cas, ce n'est pas Pierre Goadec le garde champêtre que l'on venait voir, c'était *Pierrig ar Diskonter*, en espérant qu'il lèverait *l'œil* que l'on avait jeté sur vous.

On venait à lui avec un respect tout particulier, qui n'avait rien à voir avec la politesse due au garde champêtre, qui laissait à l'entrée la familiarité avec celui que l'on connaissait depuis toujours, y compris les anciens qui l'avaient connu gamin. On venait à lui avec un présent, qui était le plus souvent fort modeste, mais c'était la règle, un bien pour repousser un mal. Mais jamais d'argent, jamais. Il y avait une bonne raison, une raison toute simple mais essentielle à cette déférence particulière, dans ces circonstances particulières.

Et l'on se gardait bien de l'oublier :

Qui sait ôter le sort sait aussi le jeter…

Pierre Goadec, sur le pas de sa porte, appela de nouveau son chien.

Sa voix portait loin et le vieux bâtard ne passait jamais la nuit dehors.

Il ne servait pas à grand-chose d'autre qu'à lui tenir compagnie.

Le célibat ne pesait pas au garde champêtre. Quand la nature appelait, il savait où aller pour prendre son plaisir. C'était bref, sans tralalas. Elle était veuve mais non sans vertu ; elle aussi, tout simplement, avait des besoins à satisfaire. Et bien que peu de mots soient prononcés à l'occasion de ces étreintes, elles n'étaient ni rudes ni dépourvues d'une sorte de tendresse. Cela convenait parfaitement aux deux amants, mais personne, étonnamment, n'était au courant de leurs relations.

Et quand bien même !

Le vieux cabot demeurait silencieux aux appels de son maître. Il devait avoir faim, pourtant. Les premières bourrasques arrivaient, portées par les ombres de la nuit qui s'installaient, sournoisement, à la manière des fins de jour d'octobre.

Ce n'était pas que Pierrig craignait qu'il ne passât la nuit dehors ; c'était déjà arrivé.

Mais la nuit qui se préparait n'était pas comme les autres. Le mauvais temps et la tempête, qui agitait ses bras de vent en secouant les cimes des arbres, n'étaient pas les seules raisons qui donnaient à Goadec l'envie de voir rentrer son vieux compagnon. Pour un connaisseur de l'*Agrippa* tel que lui, ce livre maudit porteur de sorts, de malédictions et des moyens de les combattre, la nuit précédant la Toussaint n'était pas à prendre à la légère. Il n'ouvrait jamais son grimoire trois nuits avant, trois nuits après. C'était un livre dangereux. Tant qu'on n'a pas à le consulter, on doit le maintenir fermé, à l'aide d'un cadenas. Il ne doit jamais être à portée de main. Pierre Goadec conservait le sien à l'abri des regards, dans un petit appentis derrière la maison, suspendu au moyen d'une chaîne à la plus forte poutre. Et cette poutre ne devait en aucun cas être droite, mais tordue. Près de Huelgoat, il était probablement le seul à posséder le livre. Même s'il était de notoriété publique que les curés, eux aussi, en possédaient généralement un exemplaire, identique au sien, aux feuilles rouges et aux caractères noirs. L'on disait que l'homme qui possède un *Agrippa*, *Ar Vif*, comme on le nommait dans cette partie du Finistère, ne pouvait s'en défaire qu'à l'article de la mort et impérativement, justement, avec le secours d'un prêtre…

Un jappement lointain se fit entendre.

Il y avait quelques chiens errants, en quête de pitance, qui traînaient dans les bois de Huelgoat. Mais Pierre reconnaissait les aboiements d'*Hanternoz*, minuit, entre tous. Son nom le faisait toujours sourire, surtout lorsqu'il le prononçait à voix haute devant témoins. À sorcier, nom de chien de sorcier, pensaient les gens. Il ne cherchait à dissuader personne. *Hanternoz* était né à minuit pile, en plein printemps, il y avait treize années de cela. Et il était le seul de sa portée à avoir survécu, le reste de sa fratrie emportant leur mère fragile et épuisée. Il n'y avait rien de surnaturel, ni dans le nom ni dans les circonstances. C'était la vie, tout bonnement. Ce n'était pas parce que Pierre Goadec savait des choses que les autres ignoraient qu'il était illuminé. Il avait toute sa tête, avec une cloison bien étanche entre celles que le garde champêtre devait maîtriser et celles que le *diskonter* qu'il était devait connaître mais tenir en laisse…

C'est justement la laisse et le collier à la main que Pierrig quitta le pas de sa porte pour s'avancer vers l'ombre des arbres à la recherche de son chien. Une ombre dense dans laquelle il ne restait plus désormais que des lambeaux de jour, qui s'accrochaient désespérément aux cimes, tentant de se frayer un chemin dans l'épaisseur des branches encore garnies des feuilles jaunies.

Un autre jappement. Bref. Un jappement de souffrance.

La maison de Pierre n'était pas loin du bourg, proche du moulin à eau de Huelgoat. De sa fenêtre on apercevait la Roche-Tremblante, *Ar Roc'h 'gren*, l'une des attractions les plus prisées des visiteurs de la forêt, que les gars qui savaient s'y prendre – et surtout comment… – réussissaient à faire légèrement vaciller pour épater les filles, le dimanche.

Plus de cent trente tonnes d'un coup d'épaule, « *gast*! t'as vu ça?! ».

Le juron étant à utiliser avec modération si la donzelle était de la ville, ce qui arrivait assez peu souvent…

Le cri du chien provenait du côté de la pierre massive.

Pourvu que ce vieux couillon ne se soit pas brisé une patte, ou pire, en voulant escalader le roc…

Pierre courait presque; le vent soufflait fort, il mugissait dans le chaos des pierres plus vieilles que l'Homme, dans le fatras moussu des rochers enchevêtrés de Huelgoat, chargés de légendes et du mystère des millénaires innombrables.

Un nouveau cri, un cri d'agonie lui glaça le sang tandis qu'il arrivait au pied de la Roche-Tremblante. La nuit était quasi tombée désormais, il n'avait pas pris de lampe, il ne voyait rien. Il fit le tour par le nord, scrutant la pierre, de son sommet jusqu'à terre.

Il appela :

— *Hanternoz, Hanternoz,* où t'es, mon chien ?

Les bourrasques, les arbres grinçants, les rochers gémissants, mais rien d'autre…

Et puis, il le vit. Le bas de son corps noir, pattes arrière, maigre dos, échine saillante. Ce n'était pas un bien gros chien, mais il semblait vraiment petit ou était-ce la faible lumière ? Et, surtout, il paraissait manquer quelque chose…

Il s'approcha au plus près, se baissa, s'accroupit, même. Il passa la main sur le flanc de l'animal qui tressauta à son contact puis s'immobilisa, pour toujours.

Les jambes de Pierre Goadec ne le portaient plus. Ce n'était pas la fatigue de la marche à vive allure, ce n'était pas le vent glacé qui lui fouettait le dos. Ce fut ce qu'il vit. La tête de son vieux compagnon, le museau familier d'*Hanternoz* n'étaient plus. Ils étaient broyés sous les cent trente-sept tonnes de la Roche-Tremblante…

Peu d'hommes savaient comment faire bouger légèrement le mastodonte de granit, à quel endroit porter l'effort, mais jamais il n'aurait bougé seul. Et aucun animal au monde n'aurait pu le mouvoir et se retrouver coincé dessous.

L'angoisse saisit Goadec, poussant le chagrin hors de son cerveau. Une révélation brutale prit jour dans son esprit.

Quelqu'un avait fait ça…

Derrière lui, une branche craqua. Encore les genoux à terre, il détourna le buste. Une imposante silhouette le dominait, à peine détachée dans la maigre clarté. Le vent agitait un long manteau, comme il l'aurait fait d'un épouvantail.

Pierrig leva les yeux. Un pâle visage se découpa, émergeant d'une capuche comme un spectre d'un suaire. Le sang de Goadec sembla quitter tout son corps.

— *Toi ?!* prononça-t-il, douloureusement surpris par la faiblesse inhabituelle de sa propre voix.

Il n'y eut pas de réponse. Ou, du moins, s'il y en eut une, il ne l'entendit pas, car le coup qui lui fut porté fut la dernière chose que le garde champêtre, guérisseur et sorcier à ses heures, ressentit.

Ce fut comme une bienveillance, car ce qu'il advint ensuite de lui fut bien pire.

CHAPITRE 8

20 novembre 1901. Port-Blanc.

Les explications fournies par le commissaire Dantec à Le Braz furent aussi précises que le permettait l'avancée de l'enquête. En réalité, elles se limitèrent aux constats effectués par les gendarmes, c'est-à-dire à bien peu de choses…

Deux morts qui, à première vue, n'avaient rien à voir, et dont il était même difficile de conclure formellement que l'une d'elles, la plus ancienne, soit d'origine criminelle.

La première victime était décédée durant la nuit de la Toussaint 1899. La seconde, un an plus tard.

Elles avaient tout de même un point en commun, bien que la première soit une femme de cinquante-sept ans et la seconde un homme de quarante-trois ans. La nuit de leur mort était celle précédant la Toussaint, à un an d'intervalle.

Anatole Le Braz avait beau être un enquêteur des traditions bretonnes, de leurs mystères et de leurs relations avec la mort notamment, il avait beau être un lettré curieux de *savoirs*, curieux de tout, en réalité ses compétences s'arrêtaient là. À quarante-deux ans passés, et malgré les nombreuses épreuves familiales qu'il avait subies, rien ne l'avait préparé, de près ou de loin, à participer à une enquête criminelle.

La nuit était fort avancée, la fatigue commençant à se faire sentir, la présence chez lui de ce commissaire perdait tout à coup de son *charme*. La curiosité initiale cédait le pas à une sourde inquiétude. La crainte que cet homme, d'une certaine manière, ramène chez lui, sous son toit, l'ombre de la mort qui avait déjà recouvert et endeuillé sa demeure, sa famille, quatre mois plus tôt.

Cette présence titillait le côté cartésien de Le Braz.

Quelque chose ne collait pas.

— Vous me permettez de vous poser quelques questions ? fit Le Braz. Il ne lui échappa pas que sa voix était un peu moins cordiale qu'il ne l'aurait souhaité.

Cela, visiblement, n'échappa pas non plus à Dantec.

— Je vous en prie, répondit-il. Je comprends parfaitement que vous puissiez vous demander en quoi ma présence chez vous se justifie en regard de ces deux meurtres.

— Eh bien, ma foi, je ne vous le fais pas dire. Mais j'irai même plus loin…

— Je vous écoute.

— Vous m'avez expliqué que la première *victime* semblait avoir subi un choc psychologique dû à une sorte de terreur, et que ce choc, en présence de son fils qui l'avait entendue hurler, avait provoqué sa mort. C'est bien exact ?

— Oui et non, répondit laconiquement Dantec.

— Oui et non?! s'emporta légèrement Le Braz, qui regretta aussitôt d'avoir élevé la voix.

Non qu'il craignît de susciter l'ire d'un commissaire, mais parce qu'après tout, celui-ci était son hôte, sous son toit, bien qu'un peu contre son gré, à vrai dire…

— Anatole, je vous prie de m'excuser. Je suis conscient de la bizarrerie de cette situation, de l'incongruité de ma présence chez vous, et de la gêne qu'elle peut vous causer, à bien des égards. Évoquer la mort devant vous n'est certainement pas une bonne idée, surtout après…

Dantec laissa la fin de la phrase en suspens; il prenait tout à coup conscience de ce que sa visite avait de déplacé. Il n'était pas homme à manifester, voire à ressentir, des états d'âme, et l'empathie n'avait jamais été sa vertu cardinale, mais il se sentait curieusement proche de cet homme qui lui était étranger à peine quelques heures auparavant.

— La mort me pèse, c'est exact, répondit Le Braz en baissant légèrement la tête. Mais elle et moi sommes déjà de vieux compagnons de route. Et pas uniquement parce qu'elle remplit une bonne part de mes collectes et de mes écrits. C'est d'ailleurs, fort probablement, ma façon de me tenir éloigné d'elle, bien qu'elle ait une forte propension à vouloir se rapprocher en permanence de moi. Elle m'observe tandis que je la dissèque, d'une certaine façon. Et plus je la côtoie en analysant le poids qu'elle fait porter aux autres, à mes compatriotes, aux Bretons, la *place* qu'elle tient dans leur vie quotidienne, comme un filigrane à peine visible et cependant bien présent, plus je m'efforce de croire qu'elle se contente de me jauger, de me respecter. Elle m'a pris beaucoup, déjà. J'espère qu'elle arrêtera là sa moisson. Et qu'elle comprendra que je ne suis pas disposé à me laisser faucher facilement… Je suis persuadé, voyez-vous, Alan, que ce qui fait la force des Bretons, c'est justement cette familiarité qu'ils entretiennent avec la Mort. Ils la craignent autant qu'ils l'apprivoisent. Un peu comme un chien qui vous accompagne tout au long de la route, dont on ne sait jamais quand il va vous mordre, mais dont on est certain que la dernière morsure sera inattendue et mortelle.

Le Braz semblait à la fois las et satisfait d'avoir exprimé ce qu'il ressentait en cet instant. Il releva la tête, comme s'il prenait conscience qu'il n'avait pas monologué en solitaire, et regarda Dantec droit dans les yeux.

— Je ne sais toujours pas en quoi je peux vous aider, mais je vais vous demander la plus grande franchise. Je veux tout savoir. Je veux que rien de ce que vous savez, de ce que j'ai à entendre, ne soit omis, ne me soit épargné. Nous avons quelques années de différence, et je ne doute pas que votre position vous ait mis en situation de rencontrer la mort sous bien des aspects; et des plus terrifiants ou sordides. Mais, soyez-en convaincu, ce que l'on me raconte depuis que j'ai commencé mes collectes, ce que j'ai ressenti, en certains lieux, à certains moments, n'a rien à envier à vos rencontres avec la faucheuse. Vous avez vu son œuvre, une fois son passage effectué. En ce qui me concerne, je connais les signes qui annoncent son passage, je les connais tous. Je sais à quoi l'on reconnaît ceux qu'elles marquent. Et celles qu'elle affectionne le plus. Ce que je sais, par-dessus tout, c'est ce que peuvent devenir ceux qu'elle a frappés, après son passage.

— Devenir ? lâcha Dantec dans un souffle.

— Oui, devenir… car si la Mort nous prend tous, une fois qu'elle nous a pris, nous n'avons pas tous le même *sort*. Elle n'est qu'un début, ce qui nous attend ensuite ne dépend que de nous avant qu'elle ne nous fauche. Et cela peut s'avérer bien plus horrible que la façon dont nous sommes fauchés quand vient notre heure. Les portes qu'elle ouvre sur le néant n'en sont pas. Ce sont des passages vers l'éternité. Et il est des éternités que je ne souhaite à personne…

Le regard de Le Braz ne trahissait pas la moindre ferveur, pas le moindre signe de fanatisme religieux ou mystique. Juste une profonde certitude. Et cela n'en rendait que d'autant plus effrayantes ses paroles.

Dantec, cartésien dans l'âme, se sentit ébranlé jusqu'aux tréfonds de lui-même.

Il prit alors une profonde inspiration, douloureuse.

— Très bien, Anatole. Je vous ai compris. Il n'y aura désormais pas le moindre secret entre nous. Et ce que vous venez de m'expliquer confirme que vous êtes bien celui, le seul probablement, qui peut m'aider. Je vais tout vous dévoiler, je n'omettrai rien. Il y a un lien entre ces deux meurtres, car il s'agit bien de meurtres. Nous en avons la preuve, et je vais vous en donner la teneur. Et cette preuve me persuade que nous n'en sommes qu'au début, qu'il y aura d'autres victimes, même si j'ignore combien. Alors, sauf si vous êtes las et que vous souhaitez que nous reportions cela à demain, je me dois de vous dire que je suis persuadé que le temps presse.

— Le temps nous presse toujours, Alan. Alors gardons la main sur l'horloge, tant que nous le pouvons, ne le laissons pas décider à notre place. Je suis tout ouïe…

CHAPITRE 9

« *C'est aux petites heures de la nuit que viennent à l'Homme les grandes révélations.* »
Notes secrètes d'Anatole Le Braz.

À Port-Blanc, dans la lumière pâle du bureau d'Anatole Le Braz, toute trace de fatigue semblait avoir disparu. Pendant tout le temps durant lequel le commissaire Dantec s'exprima, à aucun moment Le Braz ne l'interrompit.

Dans le premier carnet retrouvé, Anatole avait reproduit, de mémoire, et j'en suis convaincu, *in extenso*, les termes de cette première révélation. Il n'y a pas d'imagination littéraire qui ne puisse remplacer la réalité, alors je vous livre cela tel que je le lus…

Premières constatations sur les deux crimes initiaux de celui que l'on appela par la suite « L'Ouvrier de la Mort », telles que recueillies par moi-même, Anatole Le Braz, de la bouche-même du commissaire Dantec dans la nuit du 20 novembre 1901.

« La première victime était une veuve de soixante-cinq ans, nommée Marie-Anne Morvan, vivant dans un hameau non loin de Brasparts, centre Finistère. Le bourg de Brasparts se situe à quasi-équidistance de Pleyben, au sud, et de Sizun, au nord-ouest. Les villes les plus proches sont Landerneau et Châteaulin. Inaugurée en 1862, la ligne Savenay-Landerneau est la première ligne de pénétration du chemin de fer en Bretagne sud pour y desservir les principales villes que sont Vannes, Auray, Lorient et Quimper. Elle permet des liaisons grandes lignes avec Paris, via Rennes ou Nantes, par le nœud ferroviaire de Redon. Cet aspect ferroviaire peut avoir son importance dans les deux affaires qui nous concernent, car nous avons noté que, depuis que les transports humains par rail se sont développés en Bretagne, une criminalité provenant d'autres territoires bretons, et même largement limitrophes, s'est développée, rendant encore plus difficiles non seulement les enquêtes, mais également les arrestations des individus impliqués.

La veuve Morvan vivait seule depuis quelques années, en compagnie de son fils, âgé de quarante-cinq ans. Le père était décédé et ils cultivaient chichement ensemble une petite exploitation agricole. Quelques vaches, quelques moutons, quelques poules et des plantations, de pommes de terre notamment, dont ils faisaient commerce au marché de Brasparts.

Dans la nuit du 31 octobre au 1er novembre 1899, le fils Morvan, Georges de son prénom, fut tiré du sommeil par des cris provenant de la chambre de sa mère. Lorsqu'il fit irruption dans celle-ci, il y trouva sa mère morte.

Dès le lendemain, aux premières lueurs du jour, il alla quérir Yves Le Roux, que tout le monde connaissait sous le nom de Ewenn ar Bras, « Yves le Grand », le garde champêtre. Il est intéressant de noter que le prénom Yves donne lieu à plusieurs traductions bretonnes approximatives, mais que Ewenn est l'une des moins répandues, elle équivaut à « fier et impétueux », ce qui semble assez bien correspondre au personnage, à la fois par sa stature et par ce qui émane de lui, aux dires des gendarmes que nous eûmes l'occasion d'interroger dans le cadre de l'enquête. Ce fut d'ailleurs ce garde champêtre qui fit quérir le médecin pour constater le décès et se chargea de prévenir la gendarmerie de Brasparts, dont la notoriété était fort importante dans la région. Le fils Morvan nous a rapporté avoir dû insister auprès du garde champêtre pour requérir la présence des gendarmes, car, selon lui, la mort de sa mère n'était pas provoquée par des causes naturelles. Dans un premier temps, le médecin conclut à un décès par arrêt cardiaque, à la suite d'une attaque massive. Mais il déclara aussi que le visage de la morte semblait refléter une terreur extrême, que ses traits étaient déformés d'une manière elle-même terrifiante, symptôme peu courant dans le cadre d'une défaillance du cœur. Le médecin, d'abord peu enclin à revoir son diagnostic, devant l'insistance du fils, appuya la requête de faire déplacer la gendarmerie.

Lorsque les gendarmes se présentèrent, ils furent également frappés par l'aspect physionomique de la défunte. Ils ne constatèrent cependant aucune marque, aucune effusion de sang, pas la moindre trace de lutte dans la chambre. Le carreau de la petite fenêtre était néanmoins fissuré sur toute la longueur, ce que le fils mit sur le compte du claquement subit de celle-ci lorsqu'il avait pénétré dans la chambre.

Toutefois, quelque chose dans l'attitude du fils surprit les gendarmes. Il semblait lui-même très fébrile, inquiet, quasi désorienté. Il était difficile d'attribuer cela uniquement à la disparition de sa mère. Ils décidèrent alors de le convoquer à la gendarmerie ; non pour un interrogatoire formel, mais pour tenter de comprendre les raisons éventuelles de ce désarroi. Cette convocation se fit dès le surlendemain du décès, ce qui est inhabituel, mais s'avéra digne de la réputation de la brigade de Brasparts.

Un élément d'importance, comme vous le verrez, conforta les gendarmes dans la nécessité d'essayer d'en apprendre davantage sur ce décès. Alors qu'il faisait le tour du lit pour s'approcher de sa mère, dont le regard désormais sans vie était affreusement rivé sur l'unique fenêtre, Georges Morvan remarqua que la main droite de sa mère paraissait fermée et que quelque chose en dépassait. La rigidité cadavérique n'ayant pas encore accompli son œuvre, il parvint, non sans difficulté, car la morte semblait avoir concentré toute la force qui fuyait son corps sur ce qu'elle tenait entre ses doigts repliés, à extraire un objet. Cette démarche lui fut d'autant plus pénible qu'il lui semblait sacrilège de toucher le corps de sa mère morte. Ce qu'il retira de sa main était on ne peut plus étrange. Il s'agissait d'une petite faux de bois, assez délicatement taillée, en bois d'if. Elle mesurait à peine dix centimètres, mais la représentation était néanmoins parfaitement identifiable, compte tenu de la qualité particulièrement impressionnante du travail. Outre sa toxicité, le bois d'if a la réputation d'être particulièrement difficile à tailler ou à sculpter, surtout pour d'aussi petites pièces. Ce qui dépassait de la main de sa mère, et qui avait attiré son attention, était la partie figurant la lame de cette faux. Elle était étrangement tournée vers le haut, et non vers le bas. Aucune faux réelle ne pouvait remplir son office dans cette configuration et il était ardu de croire que celui ou celle qui avait pris la peine de sculpter cet outil ait pu commettre involontairement une erreur aussi grossière.

Georges Morvan indiqua qu'il n'avait pas montré ce petit artefact au garde champêtre ou au médecin. Un instinct, dont il expliqua les causes aux gendarmes lors de sa convocation, l'avait poussé à garder cela pour le porter à leur connaissance. Et à personne d'autre.

Mais cela ne s'arrête pas là. Lorsque les gendarmes l'entendirent, alors que le corps de sa mère reposait dans la morgue de Châteaulin, Brasparts n'en disposant pas, il leur fit une déclaration qui les ébranla profondément. Il leur expliqua que, pour lui, sa mère n'était pas morte de cause naturelle, mais qu'elle avait été tuée. Il leur raconta qu'elle avait croisé un homme dont il n'avait pu distinguer le visage, trois mois auparavant, lors du marché ; que cet homme lui avait brièvement murmuré quelque chose à l'oreille, qu'il n'avait pu entendre compte tenu du bruit et de la distance les séparant, et qu'à partir de ce moment sa mère avait commencé à décliner d'une façon terrible et inexorable, jour après jour, semaine après semaine, jusqu'à cette dernière nuit qui lui fut fatale. Excepté des douleurs sourdes au ventre, que lui-même avait également ressenties avec une moindre ampleur, et qu'il attribuait à l'inquiétude qu'il éprouvait pour elle, elle ne manifestait pas de symptômes particuliers, mais perdait toute vitalité, ne gardait plus sa nourriture depuis deux semaines et, sur la fin, ne s'alimentait même plus.

Lorsque les gendarmes lui firent la demande d'éventuels soupçons ou suppositions sur les causes de sa mort, il leur fit cette étonnante déclaration :

« L'Ankou l'a abordée, ce jour-là, au marché, j'en suis persuadé. Il est venu lui signifier que sa mort approchait. Il lui a murmuré à l'oreille. Et depuis ce jour, à chaque

instant écoulé, elle sentit qu'il se rapprochait d'elle, elle savait qu'il allait venir la chercher. Elle le savait, elle le savait… »

Quand les gendarmes, qui connaissaient la crainte profonde que suscitait « l'Oberour Ar Maro », l'Ouvrier de la Mort, chez leurs compatriotes, et pour être franc dans leurs propres rangs, entendirent ce témoignage, ils ne voulurent pas lui attribuer davantage que la manifestation d'une superstition profondément ancrée.

Mais lorsque le fils Morvan sortit de sa poche la petite faux en if qu'il avait retirée de la main de sa mère morte, lorsqu'il la posa devant eux sur la table de la salle d'audition, aucun d'eux ne voulut s'en saisir.

Il les regarda alors, à tour de rôle, les yeux fiévreux, les lèvres tremblantes, et eut ces mots :

« Il est venu la prendre, comme il lui avait promis, vous dis-je ! Et en signe de sa présence, il lui a donné ceci. Mais ce n'est pas tout. Lorsque je l'ai trouvée morte, avant que la nuit ne l'emporte, par la fenêtre brisée de la chambre, j'ai aperçu son horrible visage. Et je serai hanté par cette vision jusqu'à ce qu'advienne ma propre fin… »

CHAPITRE 10

L'autre mort…

Le Braz avait pris des notes, rares. Il possédait une fabuleuse mémoire, largement et fréquemment sollicitée lors de ses collectages. Lorsqu'il sillonnait la Basse-Bretagne au guidon de son vélo, presque par tous les temps, pour glaner ici un chant, là un conte, ailleurs un des nombreux *intersignes* témoignant de la présence quasi omniprésente de l'au-delà, des légendes entourant les Anaons, ceux qui avaient gagné, par une vie exemplaire, leur passeport pour une éternité sereine, ceux à qui le purgatoire et l'errance temporaire étaient inévitablement dévolus.

Et les autres…

Les autres ; ceux qui ne partent pas, qui ne le peuvent. Les âmes malfaisantes qui paient leurs vies dévoyées ou mauvaises, et que seule une conjuration en bonne et due forme peut éventuellement délivrer de leur malédiction. Ces Anaons qu'il vaut mieux ne pas croiser.

On dit qu'il y a un moyen assuré de ne jamais retrouver une personne morte sur son chemin : c'est d'embrasser son cadavre avant la mise en cercueil.

Pour certains morts, cela ne fonctionne pas ainsi, oh non…

Anatole était convaincu que la mère de Georges Morvan ne faisait pas partie de cette catégorie, mais il savait également que les circonstances de sa mort, si elle avait bien été assassinée, ne rendaient que plus difficile son *passage* vers l'autre monde.

On avait beau dire que les sonneurs, qui sonnent le glas pour quelqu'un qui a péri de mort violente sans que l'on ait pu découvrir pour quelle cause, savent, d'après la *voix* des cloches, si la mort est naturelle ou criminelle ; Le Braz ne croyait pas un seul instant que cette pauvre femme soit en mesure de reposer en paix. Et, bien entendu, il se garda de faire part de ces allégations au commissaire Dantec. D'une part, parce que ce n'était pas ce qui procédait couramment du cadre d'une enquête criminelle – auditionner les sonneurs ayant fait tinter les cloches lors de la mort de la veuve Morvan – d'autre part, parce qu'il réservait ses premières impressions, qui ne manqueraient pas de lui être demandées par Dantec, à des constatations plus *factuelles*. Mais que pouvait-il bien avoir de factuel dans une érudition essentiellement basée sur les archétypes, les mythes, les savoirs mystérieux transmis de génération en génération sur le monde des morts, leurs présences et leurs comportements ? En quoi ce qu'il savait, aussi importante que fût sa somme de connaissances, pouvait-il raisonnablement influencer le cours d'une ou plusieurs enquêtes sur leurs résolutions ? Cette question ne faisait pas que le tarauder, *a fortiori* après avoir entendu le compte-rendu détaillé, professionnel, analytique, du commissaire. Elle lui apportait même une forme de découragement pesante, lancinante. Cela ne fonctionnerait pas ; il n'aiderait en rien. Rien de ce qu'il savait ne pourrait aider. Et pourtant. Ce qui venait de lui être narré éveillait en lui quelques pistes.

Il ne s'agissait pas de convaincre que les manifestations du surnaturel, ou plutôt de la partie scientifiquement improbable des formes inconnues de la nature et de la destinée humaine, étaient fondées.

Il était question d'étayer que les croyances fondées par des siècles, des générations de Celtes, pussent être le terreau inspirant un ou plusieurs esprits criminels.

La clé, oui, elle était là. Et nulle part ailleurs.

Il réalisa que Dantec le regardait, comme s'il s'attendait à ce qu'Anatole le questionne. Il n'en fit rien. Il tourna une page de son carnet de notes, releva son regard vers le commissaire, et prononça simplement :

— Parlez-moi de la seconde mort, Alan. N'omettez aucun détail.

L'ombre d'un sourire se dessina sur le visage de Dantec ; il prit une gorgée de l'excellent whiskey que l'auteur leur avait versé – un goût qu'ils semblaient partager – et il poursuivit. La transcription suivante est également celle qui figure dans les carnets secrets d'Anatole Le Braz.

Premières constatations sur les deux crimes initiaux de celui que l'on appela par la suite « L'Ouvrier de la Mort », telles que recueillies par moi-même, Anatole Le Braz, dans la nuit du 20 novembre 1901. Seconde partie : L'autre mort.

« Le second crime, à première vue, ne semble en rien être relié au premier dont je viens de vous faire un fidèle compte-rendu. Et pourtant, je suis convaincu qu'il est en étroite relation avec le précédent, et j'ai l'intime conviction qu'il s'agit, dans les deux cas, du même meurtrier. Cette quasi-certitude se fonde sur deux éléments, sur lesquels je reviendrai, et tout particulièrement sur l'un d'eux, qui semble ne laisser aucun doute.

Mais je me garderai d'anticiper ; comme je vous en ai fait la promesse, je vais tout d'abord vous relater les faits.

Ce crime, car comme vous allez le voir c'en est bien un, sans la moindre présomption d'accident ou de mort naturelle, eut lieu un an plus tard, jour pour jour, dans la nuit du 31 octobre au 1er novembre 1900. Il y a donc un an et vingt jours. Cette nuit précédant la Toussaint également ; ce qui ne manquera pas, j'en suis certain, de grandement vous interpeller et de lui faire revêtir quelque sens que moi-même, bien que n'ayant pas votre érudition en la matière, je suis en mesure d'imaginer…

La victime a pour nom Pierre Goadec.

L'homme avait cinquante ans, était célibataire, et vivait seul dans une modeste demeure héritée de ses parents, eux-mêmes décédés alors qu'il avait une trentaine d'années. La mort de ses deux parents, en soi, est restée assez mystérieuse bien qu'elle n'ait jamais fait l'objet d'une enquête.

Le père était journalier, la mère nourrice. Apparemment, pour des raisons que la gendarmerie n'a pu détailler, la mère aurait fait une mauvaise chute dans la forêt de Huelgoat, en se rendant au bourg par un raccourci serpentant aux abords du chaos rocheux. L'accident se produisit en décembre 1880. Le mari était rentré chez lui à la nuit tombée. Ne voyant pas sa femme, mais sachant qu'elle lui avait dit devoir aller au bourg, il partit à sa recherche en empruntant le même sentier. Arrivé aux alentours d'un trou profond, non loin de Huelgoat, lieu de sinistre réputation appelé "Le Trou du Diable", il entendit probablement quelque chose : un appel à l'aide, peut-être. Tout ce que l'on présume, c'est qu'il avait dû tenter de porter secours à son épouse, car il n'y eut aucun témoin, ni de la chute de madame Goadec ni de la suite des évènements.

La pierre était humide, glissante, le trou profond ; il s'agit d'ailleurs davantage d'une grotte qui a été depuis aménagée pour que l'on puisse s'approcher sans risque.

Toujours est-il que l'on retrouva le corps sans vie des deux époux le lendemain, au fond de la cavité. La femme était morte visiblement des suites d'une profonde blessure à la tête, son mari de multiples contusions, attribuées à sa propre chute. Sa cage thoracique était enfoncée, les côtes brisées perforant les poumons et l'ayant fait succomber, étouffé dans son sang.

Ces deux morts me semblent également plus que suspectes, mais rien ne me permet de les relier actuellement à nos deux affaires.

Il est à noter qu'au moment du drame, Pierre, le fils, n'était pas à Huelgoat.

Il avait tout d'abord effectué sa conscription à Brest pour une durée d'un an. Il avait eu la chance de bénéficier d'un tirage au sort favorable, puisque, depuis 1872, les modalités du tirage avaient été modifiées : les numéros les plus bas faisant un service de cinq ans, les autres d'un an seulement. Comme le veut l'expression populaire : "Il avait tiré le bon numéro."

Nous reviendrons ensemble sur ces deux morts et sur le lieu où elles survinrent ; j'imagine que vous aurez des choses à m'apprendre sur les légendes qu'on lui attribue…

Toujours est-il, pour revenir au fils Goadec, qu'après sa conscription, ayant été fort bien noté par la hiérarchie militaire, on lui avait proposé de rempiler. Il avait accepté et s'était engagé pour cinq ans. L'essentiel de son engagement s'était effectué hors de France.

Il avait refusé de prolonger, à l'issue de cette période, car un poste de garde champêtre venait de se libérer à Huelgoat, et comme il souhaitait rentrer chez lui, il n'eut aucun mal à l'obtenir.

Vous n'ignorez pas, bien que les choses aient changé depuis une vingtaine d'années, qu'il s'agit d'une position importante dans le village, ne pouvant être attribuée qu'à une personne digne de confiance, nommée par le préfet, après présentation du candidat par le maire.

Le maire soutint donc la candidature de Pierre Goadec et le préfet le nomma à ce poste. Il mena apparemment une vie sans histoire, du moins jusqu'à sa mort.

Or, il s'avère que Pierre Goadec, que les habitants de Huelgoat appréciaient tous, mais dont la réputation s'étendait visiblement bien au-delà de la commune, avait une autre "corde" à son arc d'officier de police municipale local.

Instruit, bien plus que la moyenne, en parfaite forme physique, estimé de ses concitoyens, il avait également, semble-t-il, hérité de sa mère plusieurs dons particuliers.

En effet, on lui prêtait de grands talents de "rebouteux", pour lesquels on venait le consulter de fort loin, mais qui plus est, bien qu'il me fût assez difficile de délier les langues des gendarmes sur ce point – je pencherais pour la probabilité que certains d'eux ou des membres de leurs familles l'aient sollicité dans ce domaine –, on lui conférait le pouvoir de "passer les sorts" jetés sur certaines personnes par d'autres, malveillantes à leur égard.

D'aucuns disaient que ses voyages militaires l'avaient mis en relation avec certaines pratiques magiques, certaines "sorcelleries" locales…

Après son décès, lorsque son domicile fut fouillé à la recherche d'indices éventuels, on retrouva chez lui, dans des bocaux, de nombreuses herbes aromatiques, d'autres réputées magiques, des racines de mandragore, plusieurs chandelles noires, une sorte de petit autel de fortune dans un appentis attenant à sa maison, ainsi que deux grimoires enchaînés et fermés d'un cadenas, attachés à une poutre tordue ; l'un était en latin, l'autre en français.

Les gendarmes furent assez réticents, je ne vous le cacherai pas, à me parler de ces ouvrages, mais ils étaient néanmoins conservés comme "pièces à conviction" dans un local contigu à la gendarmerie.

Je ne saurais dire de quelle "conviction" il peut bien s'agir, mais ce dont je puis témoigner, c'est que lorsque je m'enquis de savoir pourquoi ils n'étaient pas conservés dans la gendarmerie elle-même, la seule réponse que j'obtins de la bouche d'un des gendarmes, embarrassé et jetant des regards inquiets à ses collègues, fut : "Un Agrippa n'a pas sa place entre nos murs, et d'ailleurs, il n'a sa place nulle part en un lieu où se trouvent de bons chrétiens."

Je ne suis pas sans savoir que nombre de pandores bouffent de la calotte en chaque occasion qui se présente, mais il semblerait que dans certains domaines, la "foi du charbonnier" face aux ouvrages suspects passe bien avant la foi républicaine…

La mort de Pierre Goadec, surnommé Pierrig ar Diskonter, "Pierre le Guérisseur", par les habitants du bourg et de ses environs, fit dresser les cheveux sur la tête de toute la population et suscita une crainte quasi religieuse qui, encore aujourd'hui, semble faire éviter les parages de l'endroit où son corps fut retrouvé, le 1er novembre 1900, *par une pauvre femme qui se rendait au village. Ce lieu vous est certainement familier : on l'appelle "la Pierre Tremblante" ou "la Roche Tremblante". Il se situe dans la forêt, mais relativement proche du bourg.*

La femme, une servante, allait prendre son service chez l'un des notables de Huelgoat.

Elle passait régulièrement à côté du roc massif. Il y avait, ce matin-là, un vilain brouillard, froid et dense. Arrivée en vue du rocher, elle distingua une forme qui semblait recouvrir partiellement la pierre. Elle s'approcha. Il paraît qu'on l'entendit hurler depuis le bourg. Elle courut à en perdre haleine jusqu'à la maison du notaire, chez qui elle servait.

Elle était terrorisée et s'exprimait à grand-peine.

Le notaire comprit qu'un drame était survenu et lui proposa d'aller quérir le garde champêtre…

"C'est lui, Monsieur, c'est lui, c'est Pierrig!" fut la seule réponse qu'elle répéta en boucle. Le notaire finit par comprendre, et se fit accompagner par son clerc, qu'il alla chercher chez lui. Les deux hommes se rendirent à la Roche Tremblante et en revinrent blancs comme des linges. Le notaire disposait d'un des très rares postes téléphoniques de Huelgoat, il fit appeler en premier la gendarmerie du bourg par l'opératrice, puis également celle de Brasparts. En ce jour de la Toussaint, à Huelgoat, il n'y avait que deux hommes présents au casernement. Mais lorsqu'ils entendirent ce que le notaire leur annonça, ils allèrent chercher trois de leurs collègues et se rendirent sur place. La gendarmerie de Brasparts fut tenue informée de leur constat.

Le procès-verbal qu'ils rédigèrent décrit l'un des crimes les plus sinistres et sordides qui aient été portés à ma connaissance depuis que je suis en fonction…

En résumé et de mémoire :

"Le corps est celui de Pierre Goadec, garde champêtre de Huelgoat. Il a été attaché par les poignets et les chevilles, écartelé sur la Roche Tremblante à l'aide de quatre grandes cordes de chanvre d'une longueur considérable, reliées entre elles, en position de crucifixion. La tête a été tranchée grossièrement et séparée du corps, elle-même fermement maintenue, à hauteur du front, par une cinquième corde faisant le tour de toute la roche et reliée, à sa base, aux quatre autres. Entre la tête et le tronc, une pierre noire couverte de sang figurant une croix a été disposée. Nous prîmes tout d'abord cette pierre pour le cou de la victime avant de constater la décapitation. Le corps est entièrement nu, les vêtements assemblés en tas au pied de la roche. Le cadavre du chien de la victime a été également retrouvé, la tête broyée sous l'énorme roc, à l'endroit habituellement utilisé pour le faire vaciller légèrement. Le crime n'a pas eu de témoin et a probablement été commis durant la nuit ou au crépuscule, tandis que la tempête venue de l'océan faisait rage."

Je vous avais promis, Anatole, deux indices qui me permettaient de rattacher ces deux morts l'une à l'autre.

Les voici :

En décrochant le corps, les gendarmes découvrirent une faux en if taillé, semblable à celle trouvée dans la main de la veuve Morvan par son fils, mais celle-ci était profondément enfoncée dans la bouche de Pierre Goadec, à tel point que les gendarmes, qui eurent déjà une répulsion légitime à détacher le lien enserrant la tête tranchée et à la déposer dans une couverture, ne la virent qu'une fois le corps et la tête ramenés au bourg, chez le médecin, à défaut d'autre lieu provisoire. Ce fut le médecin qui la retira de la bouche du cadavre.

Les gendarmes me confirmèrent, les différences inhérentes à la sculpture du bois mises à part, et bien qu'elle soit un peu plus grande d'environ cinq centimètres que celle trouvée sur la veuve, que l'ouvrage provenait probablement du même et sinistre sculpteur.

Le second indice est primordial : au domicile de Pierre Goadec, outre les deux grimoires précités, il fut retrouvé une lettre, écrite de sa main.

Son contenu, les termes employés, en fait une sorte de testament et d'avertissement. Le garde champêtre voulait visiblement qu'il fût trouvé, au cas où il lui arriverait malheur. Ce document confirme ceci :

Non seulement ces crimes sont liés, mais ils en préfigurent probablement d'autres, à venir.

Et qui ne sauraient certainement tarder à se produire… »

CHAPITRE 11

La fin de la nuit.

La maison retrouva son silence.

La fin de la nuit fut brève.

La famille d'Anatole Le Braz était allée passer quelques jours à Tréguier. Son épouse espérait chasser les ombres du deuil.

Les cinq enfants du couple, ceux qu'il avait eus avec Augustine, Anne-Yvonne-Jeanne-Augustine, dix ans, dite *Reine Anne*, *Nannik* ou *Nanon*, et Jeanne-Françoise-Marie-Marguerite, huit ans, dite *Maggie*, *Barque*, ou *Barcotte*, ainsi que les trois enfants nés du premier lit de sa compagne, devenue veuve assez tôt, Édouard, Andrée et Victor, plus âgés que ceux d'Anatole, avaient besoin de changer d'air.

La perte des membres de sa famille n'avait pas plongé Le Braz dans la dépression profonde, ce n'était pas dans sa nature, mais *la mélancolie* qui le tenait s'en approchait dangereusement, certains jours. Même s'il vivait avec l'Ankou penché par-dessus son épaule, sinistre compagnon de route depuis l'enfance, avoir perdu onze proches d'un coup avait néanmoins de quoi ébranler sérieusement un homme de sa trempe, le faire vaciller profondément sur ses bases, en dépit de son trop-plein d'énergie vitale.

La perte de *Peti'Man*, Jeanne, son âme sœur, celle qui l'avait toujours soutenu, avait été de loin la plus douloureuse, si tant est que l'on puisse graduer autant de deuils. Vivante, elle avait été sa confidente, sa vitamine durant les périodes de doute et de sous-estime de lui-même, qui furent nombreuses. Son soleil… Morte, elle commençait, doucement et douloureusement, à intégrer son parcours intérieur, sa proximité avec la Mort, déjà nourrie à l'aune des pertes subies depuis son enfance.

Jeanne avait été sa conseillère et son miroir bienveillant mais lucide ; elle allait, peu à peu, devenir sa muse…

Dantec et Le Braz se quittèrent quelques heures à peine avant que le jour morne de novembre ne pointât le bout de son nez.

Les deux hommes convinrent de se retrouver, après quelques heures de sommeil, pour déjeuner, et décider ensemble des premières bases concrètes de leur collaboration.

Dantec regagna à pied la chambre prise auprès d'une logeuse dans le bourg. Il laissa sa De Dion-Bouton devant la porte d'Anatole afin de ne pas réveiller tout Port-Blanc.

Anatole lui avait proposé de passer la nuit chez lui, dans l'une des chambres, mais Dantec déclina poliment, considérant sans doute qu'il avait déjà trop abusé de l'hospitalité de son hôte, de surcroît pour une première rencontre.

Il tenait également à garder une forme d'intimité, à ne pas accélérer une sorte de rapprochement amical avec Le Braz, alors que sa visite était professionnelle, car dormir sous le toit de quelqu'un avait du sens, surtout pour Dantec dont la réserve naturelle était largement plus prononcée que celle de l'auteur.

Leur rapprochement se ferait néanmoins, par la suite, et plus rapidement que ne se tissent certaines amitiés, même s'ils l'ignoraient encore tous deux.

Il serait forgé par des liens plus forts que la simple sympathie mutuelle.

Mais, pour l'heure, les convenances l'emportaient.

Dantec s'endormit comme un bébé, à peine sa tête eut-elle touché l'oreiller, une fois dévêtu à la hâte. Il sombra dans un sommeil sans rêves, bienfaiteur. Sa rencontre avec Le Braz semblait avoir levé une partie de ses inquiétudes. Il avait l'intime conviction qu'ensemble ils progresseraient rapidement. Pour un homme aussi cartésien que pouvait l'être le jeune commissaire, cette présomption était parfaitement inhabituelle ; cependant il l'accueillit avec soulagement. Et la fatigue fit le reste.

Quant à Anatole, il ne ferma quasiment pas l'œil jusqu'au lever du jour.

Durant ses brèves périodes de sommeil, des cauchemars l'assaillirent ; mélange des informations dramatiques de Dantec, de souvenirs des histoires les plus sombres qu'il avait collectées, et de tragédies personnelles, très récentes ou plus anciennes.

La mort en était le dénominateur commun, mais pas seulement.

Dans chacun de ces songes chargés d'angoisse, une silhouette menaçante et sinistre commençait à prendre forme. Elle n'avait rien de symbolique, elle ne devait rien aux légendes, aux *intersignes* qu'il avait réunis.

Et bien que cette esquisse ait des similitudes avec les représentations imagées de l'Ankou, *celui* qui l'inspirait avait bien forme humaine.

Dans l'esprit d'Anatole, le texte laissé par le garde champêtre assassiné tournoyait, se mêlant aux visions erratiques du passé et aux deux morts qui avaient conduit le commissaire jusqu'à lui.

Le texte, dont Dantec lui avait fait lire une copie car l'original était aux scellés, était aussi intrigant qu'inquiétant. La mémoire quasi eidétique, quasi absolue de Le Braz faisait danser le texte sous ses yeux clos, leurs caractères formant une sarabande, revenant en boucle au milieu des images désordonnées de son inconscient.

Et puis, après s'être mêlés, mélangés, donnant des mots sans aucun sens, ils reprenaient leur juste place, celle des quelques lignes de ce que Dantec appelait le *testament* de Pierre Goadec.

Et ces mots, censés être chargés d'une signification encore dissimulée aux yeux du commissaire étaient les suivants :

> *Je ne veux me convaincre que ce puisse être « lui ».*
> *Je préfère me persuader que cela est le fruit de mon imagination et qu'il est impossible, après toutes ces années, après tout ce qui advint, que ce qui ne fut le résultat que des enchevêtrements du destin, et d'une responsabilité qui ne repose pas sur mes épaules, devienne pour moi une sorte de malédiction.*
> *Et, s'il en est ainsi, quelle en sera l'issue ?*
> *Cela me fait chanceler rien que d'y songer.*
> *Elle est morte, je l'ai appris.*

Depuis, je surveille ma propre ombre comme s'il pouvait s'y tapir.
Aller voir la gendarmerie ne ferait que me faire passer pour un fou, et c'est impossible, je jouis d'une réputation que je dois tenir.
Je suis chez moi, ici. Les gens me respectent et me craignent.
Je n'en tire aucune fierté mais une certaine satisfaction, je me dois de l'admettre. Je n'ai nulle envie que cela change.
Pourtant, je suis convaincu qu'il m'observe.
Parfois, je sens sa présence, toute proche.
Même si je m'efforce de n'en laisser rien paraître, cela m'obsède, me rend fou.
Je suis désormais en permanence sur mes gardes.
J'ai toujours une arme prête, un couteau bien tranchant, que je porte quotidiennement sur moi et, chez moi, mon fusil est chargé.
Mais je doute que cela me soit d'une aide quelconque s'il décidait de s'en prendre à moi…
S'il m'arrive quoi que ce soit et que l'on trouve ceci, et bien que je ne puisse donner un nom à mes craintes, car pour l'instant je n'en ai aucun à fournir, je veux que l'on sache que tout est lié.
Que rien de ce qui est advenu ne l'a été sans raison et rien de ce qui pourrait se produire, que cela me concerne, moi ou « les autres », ne serait le fruit du hasard.
Si vous lisez ceci avant que je n'aie jugé bon de le détruire, c'est que je serai sans doute mort. Cela n'aura probablement rien d'un accident. Si c'était le cas, traitez-moi de fou ; mais si cela devait prendre une horrible tournure, ce dont il serait fort capable, alors, à qui trouverait ces mots, je n'ai qu'une chose à dire :

Fouillez le passé.
Le mien, et le sien, à elle.
Et aussi, si le malheur devait s'étendre, celui des autres.
Le passé, là est la clé.
Le passé, et rien d'autre.
Pierre Goadec
Fait à Huelgoat, le 30 août 1900.

Comme éclairés par une lumière vive, semblable à celle d'une nuit de pleine lune, les mots s'alignèrent, brillèrent, dans l'esprit d'Anatole Le Braz. Cette lueur brûla ses rétines bien que ses yeux fussent fermés.

Il se dressa sur son séant, en sueur, parfaitement réveillé.

Il faisait jour.

Il décida de se préparer rapidement, sans prendre de collation matinale, et d'aller trouver le commissaire avant l'heure prévue pour leur rendez-vous.

Ses rêves n'étaient peut-être pas aussi décousus qu'il y paraissait.

L'ébauche d'une théorie prenait sens dans son esprit.

Il avait des choses à dire à Dantec.

Il avait l'intime conviction que l'esquisse qui prenait forme, celle d'un vengeur aux mobiles encore inconnus, indéfinis, pourrait s'avérer étrangement prémonitoire…

CHAPITRE 12

21 novembre 1901. Port-Blanc. À bicyclette…

Lorsque Anatole Le Braz sortit de chez lui, la pendule de l'entrée sonna huit heures.

À sa grande surprise, la De Dion-Bouton n'était plus là.

En revanche, il découvrit une enveloppe qui avait été glissée sous sa porte. Il l'ouvrit. Elle contenait un mot bref, d'une écriture serrée et volontaire :

J'espère que vous avez pris un peu de repos et que mes déclarations ne vous ont pas trop perturbé…
Je dois me rendre à Lannion, mais je serai de retour pour douze heures trente.
Je vous propose de nous retrouver directement à l'hôtel des Voyageurs de Penvénan ; j'y ai réservé une table.
J'aurai de nouvelles informations à vous communiquer pour l'avancement de notre enquête…
Votre dévoué,
Alan

Anatole fut un peu déçu, mais également agréablement surpris. Déçu, car il était prêt à en découdre avec cette enquête, encore sous l'exaltation fiévreuse de cette nuit, sommeil empli de mystérieuses prémonitions inclus ; agréablement surpris, car le ton du commissaire Dantec était cordialement proche. Non pas que Le Braz soit en quête d'amitié virile conclue à la hâte, non. Mais sa nature empathique se réjouissait que le formalisme néanmoins légitime créé par la fonction de Dantec puisse s'estomper pour donner lieu à un échange constructif et sans manières inutiles.

Il se sentit étonnamment ragaillardi. Il s'amusa légèrement que Dantec appelle ce qui portait désormais le nom de Grand Hôtel de Port-Blanc par son vocable plus modeste d'origine : l'hôtel des Voyageurs.

La table n'y avérait pas aussi fameuse que son nouveau nom pompeux ne pouvait le laisser entendre, mais l'on y mangeait cependant correctement, et Anatole, qui avait toujours eu un fort bon appétit, à l'exception des quatre mois écoulés, se sentit disposé à faire honneur au menu.

Mais, diantre, il n'était que huit heures ! Il y avait encore plus de quatre heures à tuer avant de retrouver Dantec – à condition que son aller-retour à Lannion l'amène à l'heure dite – et il se demanda ce qu'il allait bien en faire…

L'hôtel ne se trouvait qu'à quelques minutes de sa demeure, il offrait une belle vue sur la mer, sur la petite île Saint-Gildas et son amer : ses deux maisons et sa chapelle.

Anatole n'hésita pas longtemps. Les tergiversations ne faisaient guère partie de sa nature, bien que son tempérament impulsif lui valût souvent certains désagréments, notamment auprès de ses pairs…

Il se demanda s'il devait retourner dans sa bibliothèque pour sortir quelques ouvrages, prendre quelques notes, afin de faire part à Dantec de ses premières impressions. Ce questionnement fut de très courte durée. Il n'y avait rien qu'il ne sût déjà, et peu de choses qui ne fussent le fruit de ses propres collectages, de ses propres connaissances. Le temps s'était levé, l'air était pur, revigorant. Il rentra simplement se munir d'un quignon de pain et d'un morceau de bonne andouille de Guémené, achetée au marché, d'une gourde d'eau fraîche, enfila son macfarlane – manteau ample et imperméable venu d'Écosse, offert par son épouse – et sortit sa bicyclette de l'appentis puis, son havresac rempli de son en-cas sur les épaules, il enfourcha sa bécane et prit la direction de la petite route côtière.

L'espace d'un bref instant, il se dit que s'il possédait une automobile, comme Dantec, il gagnerait bien du temps lors de ses pérégrinations en quête de collectages. Et puis, dans un sourire moqueur envers lui-même, il chassa cette sotte idée. S'imaginant débarquer dans une cour de ferme, une fête de village, un pardon, dans un tel équipage, le moteur attirant l'attention dans tous les alentours, la poussière volant sur les routes vicinales, les dorures rutilantes encadrant le moteur flanqué des deux lanternes dorées, le siège d'évêque à deux places, et le « *hard top* » amovible à la belle saison…

Certes, cette auto inaugurait l'ère des déplacements motorisés « abordables », mais pour ceux qu'il visitait, qui le considéraient même comme l'un des leurs, il serait passé immédiatement pour un prétentieux.

« Arriviste! » On n'aurait peut-être pas osé le lui dire à haute voix, mais la confiance ne se serait pas installée et les narrations passées d'ancien à ancien, de conteuse en conteuse, de chanteur en chanteur ne lui auraient pas été confiées en sillonnant la Basse-Bretagne au volant d'un tel engin…

« *An douar zo kozh met n'eo ket sod* », *la terre est vieille, mais elle n'est pas folle*, disait le proverbe breton.

Il ne fallait pas impressionner, il fallait écouter, humblement, en encourageant d'un mot ou d'un geste. Il n'était pas difficile de perdre la confiance, bien plus facile que de la gagner. Il était l'un des leurs, pas un m'as-tu-vu de la ville.

Bien sûr, ce n'était pas ce qu'il pensait de Dantec, mais il songea que ce ne serait pas en tous lieux une mince affaire que de délier les langues en débarquant dans son automobile…

Sa bicyclette avait été sa compagne, son outil de travail le plus précieux, au fil des années. Il en avait parcouru des kilomètres. Des centaines, davantage sans doute. Du nord au sud du Finistère, d'ouest en est des Côtes-du-Nord, en toutes saisons, par tous temps. Il avait la chance d'avoir un physique bien charpenté et une constitution robuste. Cela avait toujours été le cas. Lors de sa plus tendre enfance, il avait été placé chez une *nourrice sèche*, sa mère ne pouvant l'allaiter. *Lolo*, tel était son surnom, le nourrit ensuite du lait amer de ses chèvres, tels les enfants grecs…

Des onze enfants mis au monde par sa mère, seulement trois survécurent. Lui et deux sœurs. Il semblait avoir condensé en lui toute la robustesse qui aurait pu être le lot de sa fratrie disparue. Dès son plus jeune âge, cette vitalité faisait l'admiration de tous, de ses petits camarades avec lesquels il courait, dans les fermes, gardant les vaches avec un talent particulier pour les mener aux champs, entourés de filles et de garçons de son âge. Et, déjà, s'éveillait en lui, lors de ces jeux simples et pleins de joie, l'attrait pour la féminité, sa sensibilité aux charmes de l'autre sexe, qui allait être sienne durant toute sa vie.

Sa bicyclette, ses carnets de notes, ses crayons dans son havresac. Un monde, tout proche, à explorer dans ses moindres recoins, avant que de parcourir celui, tellement plus vaste et mystérieux, au-delà de la fin des terres, par-delà les côtes de sa Bretagne, à l'horizon de l'océan.

À pied, le bâton ferré en main, la lavallière flottant au gré des vents d'Armorique, en dépit de son allure d'artiste, il fréquentait les humbles en toute complicité, toujours bien reçu, toujours aimable et plein d'entrain. Et ces moments où le *chien noir* frappait à sa porte, réveillant d'anciennes mélancolies, il les gardait pour lui et jamais ne les infligeait aux autres.

Il allait bon train sur la route côtière, l'esprit exalté par cette nouvelle aventure qui s'offrait à lui. Il n'avait pas la moindre prémonition sur la dangerosité de cette quête à laquelle on l'associait, bien qu'il sût que ce ne serait pas une partie de campagne, bien évidemment. Pourtant, le danger le guettait, encore invisible, fourbissant des périls auxquels il ne s'imaginait pas devoir être confronté.

Il pédala gaillardement jusqu'à Trestel, puis gagna Port Le Goff.

Il coucha son vélo sur le sable, enleva chaussures et chaussettes, laissant les minuscules grains de quartz s'insinuer entre ses orteils.

On était en novembre, mais une parenthèse douce paraissait s'être installée, temporairement, rien que pour lui, en ce coin reculé du monde.

Il ôta son manteau, le replia, s'assit dessus, puis ouvrit son sac et s'octroya une bonne tranche de pain accompagnée d'une généreuse portion d'andouille.

Le ressac lui jouait la plus douce des musiques ; pour lui, le *fils des monts adopté par la mer*, tel qu'il aimait à le dire.

Il serait à l'heure au rendez-vous avec Dantec, sa montre de gousset le lui confirma.

Au loin, en silence, se préparait une sombre tempête qui ne devait rien aux éléments.

Mais, en cet instant de bonheur paisible, qu'il savourait pour la première fois depuis ce tragique jour d'août, il en ignorait tout…

CHAPITRE 13

21 novembre 1901. Port-Blanc.
Quiproquo hôtelier.

À douze heures quinze précises, Anatole posa son vélo contre le muret qui bordait le Grand Hôtel de Penvénan. Il y pénétra, jetant au passage un coup d'œil aux différents travaux de réfection et d'embellissement qui avaient transformé les lieux en vue d'accueillir les touristes en villégiature, et, accessoirement, d'augmenter les tarifs d'hébergement et de restauration.

Un petit homme replet, déguisé en maître d'hôtel, surgit de nulle part et se précipita vers lui, tout en déférence. Anatole n'avait pas remis les pieds ici depuis l'arrivée de sa famille après l'acquisition de la maison de Port-Blanc. Il n'y avait alors pas de maître d'hôtel, juste un patron accueillant qui ne parlait que le breton.

Le petit homme s'adressa à lui en français, mais avec un curieux accent, difficile à identifier, qui ne devait rien à la langue bretonne que, naturellement, Le Braz parlait couramment sous ses différentes variantes. Il n'ignorait rien des pressions énormes, imposées par le pouvoir central, depuis le début de la Troisième République visant à éradiquer la langue bretonne. Cela avait commencé par le clergé, pour l'enseignement du catéchisme et se poursuivait sans trêve, bien que les décrets pris eussent été diversement respectés, voire pas du tout…

Sous le prétexte d'assurer l'unité française et de faciliter la promotion sociale au sein de la nation, on voulait tuer la langue bretonne. Depuis le milieu du XIXe siècle, quelques serviteurs zélés de l'État appelaient le breton *yezh ar moc'h*, « la langue des oies et des cochons ». Bien que né neuf ans après le début de cette croisade, Anatole en était furieux. Il savait qu'avec la bataille menée contre la langue, la guerre pour la disparition du patrimoine, de la culture et des traditions, de tout ce qui faisait l'âme bretonne, avait été déclarée par le pouvoir central.

Il n'en demeurait pas moins que le petit bonhomme, vêtu en pingouin, qui venait de l'accueillir, n'avait certainement pas une goutte de sang breton dans les veines.

Anatole s'étonna que l'hôtel fût ouvert en cette saison. Le tourisme commençait à se répandre sur les côtes bretonnes, mais pas au point d'attirer la clientèle en plein novembre. Il y avait des limites à la hardiesse touristique…

— Vous désirez peut-être déjeuner, Monsieur ? demanda onctueusement l'étrange personnage.

— Eh bien, je suis attendu, mais je crains d'être en avance, répondit Le Braz. Avez-vous une table réservée au nom de monsieur Alan Dantec ?

Ce faisant, il jeta un œil sur la salle de restaurant qui se tenait sur la droite. Elle était entièrement vide, à l'exception toutefois d'un couple en tenue du dimanche qui occupait une table proche de la grande fenêtre donnant sur la mer.

En tendant l'oreille, il comprit qu'il s'agissait d'Anglais. La langue lui était familière car il la maîtrisait également, et l'appréciait grandement, notamment au travers de ses auteurs et ses poètes.

Tout à son écoute de la conversation, banale et de circonstance touristique, il n'entendit pas la réponse faite par le petit homme à sa question. Celui-ci se racla la gorge afin d'attirer l'attention sur lui…

— Pardonnez-moi, dit Le Braz dans un sourire cordial, j'avais la tête ailleurs…

— Monsieur a sans doute remarqué nos hôtes. Figurez-vous qu'ils sont de noble naissance, et nous sommes fiers de les accueillir dans notre établissement.

— Je n'en doute pas une seconde ! Surtout à la morte-saison… mais je n'ai pas entendu votre réponse : monsieur Dantec vous a bien réservé une table pour deux ?

— Je vais vérifier, Monsieur, je vais vérifier de ce pas. C'est précisément, veuillez m'en excuser, ce que je venais de vous dire.

— Eh bien, faites donc, fit Le Braz.

Il se dit, *in petto*, que si le maître d'hôtel avait du mal à se souvenir du nom des clients dans un établissement quasi vide, les choses se compliqueraient bien davantage à partir du prochain printemps…

Le bonhomme trottina jusqu'au comptoir de la réception, attrapa cérémonieusement un livre noir, presque aussi large que sa poitrine, et l'ouvrit.

— Voyons, voyons… Dantec, Dantec… l'entendit murmurer Anatole, cependant de façon suffisamment distincte pour que le nouvel arrivant puisse apprécier son professionnalisme hôtelier.

Le Braz retint à grand-peine un éclat de rire.

— Ah, Monsieur, j'ai bien un Dantec et une réservation pour deux, dit piteusement le petit homme en revenant vers lui, portant péniblement l'encombrant registre entre les bras. Mais il se trouve que ce Monsieur ne se prénomme pas *Alan*, comme vous me l'avez indiqué, mais ALAIN – le maître d'hôtel avait haussé le ton tout en gardant une certaine déférence, comme s'il était devant une énigme qu'il tenait absolument à partager. Et je dois dire à Monsieur que cette coïncidence de nom est d'ailleurs intrigante…

Le fou rire montait chez Le Braz.

C'est alors qu'une voix forte et claire se fit entendre derrière Anatole, le faisant presque sursauter.

— Vous, vous n'êtes pas breton, n'est-ce pas ? lança le commissaire Dantec, comme s'il interrogeait un suspect.

— Euh… non, Monsieur, répondit craintivement le maître d'hôtel. Je suis belge.

— Eh bien, cher ami d'outre-Quiévrain, désormais vous saurez qu'en Bretagne, *Alan* et Alain, c'est la même chose ! Et, sur ce, merci de nous conduire à notre table…

Le petit homme replet baissa la tête et s'exécuta.

En passant à la hauteur de Le Braz, Dantec lui tapota l'épaule et lui fit un clin d'œil.

— J'ai une faim de loup, dit-il, et beaucoup de nouvelles à vous apprendre et de choses à entendre de vous pour m'éclairer. *The game is on !* ajouta Dantec, dans un anglais parfait.

« La partie reprend ! ».

Le Braz, qui avait lu l'intégrale anglaise des enquêtes de Sherlock Holmes, reconnut la célèbre phrase du détective lorsque l'excitation le lance sur les traces d'un mystère à résoudre.

Il se sentit frémir lui-même d'excitation et emboîta le pas à Dantec.

CHAPITRE 14

21 novembre 1901. Port-Blanc.
Un repas plein d'enseignements.

Dantec et Le Braz prirent place à l'extrémité de la salle de restaurant opposée à l'entrée.

Le maître d'hôtel belge leur avait d'abord proposé une table proche de celle du couple anglais, *de noble origine*, ainsi que le petit homme les avait décrits, mais Dantec avait décliné poliment en secouant la tête.

— Nous ne sommes pas ici pour contempler la Manche, mais pour travailler. Nous nous installerons là-bas, lâcha-t-il en désignant de la main une table d'angle, à proximité du mur.

Le maître d'hôtel eut une moue légèrement renfrognée, mais se garda bien de tout commentaire. Une fois les deux hommes assis, il s'inclina cérémonieusement, sortit de la salle, puis revint avec la carte du jour et celle des vins.

— Je reviens prendre votre commande rapidement, Messieurs, si ces Messieurs sont pressés, naturellement.

— Ils le sont, lâcha laconiquement Dantec en tempérant avec un sourire plus inquiétant qu'engageant.

Ils choisirent un repas assez copieux, sur l'initiative du commissaire, qui avait déclaré sa faim dès son entrée, au grand plaisir d'Anatole qui appréciait particulièrement faire bonne chère lorsque l'occasion s'en présentait. Le quignon de pain et la portion d'andouille de Guémené du début de matinée n'étaient plus que souvenirs.

Dantec proposa une bonne bouteille de Bordeaux et Le Braz accepta, bien que leurs plats ne s'accordent pas vraiment à ce choix. Mais Anatole ne voulut pas le contrarier.

Ils échangèrent quelques banalités, le temps des allées et venues du maître d'hôtel, qui céda la place à une jeune et jolie serveuse que l'auteur avait déjà eu l'occasion de croiser dans le bourg. La Belgique accueillait, mais la Bretagne faisait le service.

Dès que le premier plat fut servi, Dantec, qui avait visiblement attendu ce moment, mit un terme aux échanges de politesse. Le Braz n'osa lui dire qu'il avait voulu devancer l'heure du rendez-vous et se contenta de mentionner la balade à bicyclette et de lui communiquer des informations sur l'usage qu'il en faisait depuis de nombreuses années à des fins de collectage. Lorsque Dantec lui suggéra d'acquérir une automobile pour s'épargner de la fatigue et gagner du temps, Anatole éluda les questions financières liées à une telle acquisition ainsi que la contre-productivité d'un achat de ce genre, impossible pour l'heure, auprès de ceux qu'ils visitaient et côtoyaient.

Dantec devait penser que les auteurs sont tous riches et que les braves gens qu'ils fréquentent pour leur travail se laissent impressionner par le modernisme.

Les deux déductions étaient fausses, mais Le Braz se garda de le dire, bien qu'il ne pût s'empêcher de penser à nouveau à l'effet, probablement négatif, qu'ils feraient en débarquant en pleine campagne dans la « De Dion » du commissaire…

— Alors, Anatole, que vous ont inspiré nos échanges d'hier soir, de cette nuit ?

— Quelques réflexions dont je ne manquerai pas de vous faire part, répondit Le Braz en portant à sa bouche une cuillère de soupe de poisson, fort délicieusement préparée. Mais, si vous le permettez, la curiosité et, peut-être, l'orientation du fruit de ces réflexions me poussent à vous demander de prendre la parole en premier. Je serais enchanté que vous m'indiquiez en quoi consistent les nouvelles que vous rapportez de Lannion. Si vous en êtes d'accord, bien entendu.

— Naturellement, répondit Dantec. Je ne suis guère surpris que vous me demandiez cela.

Anatole ne chercha pas à en savoir davantage sur les conclusions du commissaire ; il n'était pas là pour jouer au chat et à la souris, et mit sur le compte de la *petite musique interne* de l'enquêteur ce ballet un peu dialectique à son gré.

Il se contenta d'écouter Dantec avec intérêt. Un intérêt grandissant, au fur et à mesure que le commissaire développait ses informations…

— Lorsque la veuve Morvan a été retrouvée morte par son fils, dans sa chambre, rien, *a priori*, n'indiquait qu'il puisse s'agir d'un meurtre. Le fils, Georges, ou *Jorj*, en breton, si vous préférez, a simplement relaté plusieurs éléments aux gendarmes : le premier étant, comme je vous l'ai dit la nuit dernière, son intime conviction que sa mère n'était pas morte de cause naturelle. Rien, au moment de son audition, ne permit de vérifier si ses dires n'étaient pas dus à quelque superstition. Cependant, il a évoqué un mystérieux homme, un inconnu, selon lui croisé au marché par sa mère, dont il n'avait pas vu le visage. Que cet homme lui fût étranger ne signifie pas qu'il le fût de sa mère… Il avait affirmé que c'est à partir de là que *tout avait commencé*. À savoir les premières altérations, les dégradations, de l'état de santé morale puis physique de sa génitrice. Les gendarmes ont alors poussé leurs investigations, ce qui est d'ailleurs assez étonnant de leur part.

Anatole crut sentir une intonation légèrement méprisante dans la voix du commissaire, qui poursuivit :

— *Jorj* leur a indiqué, avec une certaine réticence et après qu'ils eussent longuement insisté, allant même jusqu'à lui laisser entendre qu'il pourrait avoir quelque chose à voir avec son décès, que sa mère, outre la dégradation de son état, montrait des signes d'angoisse de plus en plus marqués. La fameuse nuit, il avait entendu sa voix terrifiée hurler à deux reprises, juste avant de pénétrer dans sa chambre. Puis il finit par leur révéler aussi autre chose : outre la vitre qui s'était fendue en se refermant violemment, il vit le regard mort de sa mère figé sur celle-ci, et alors, dans un souffle à les en croire, Jorj leur avoua avoir aperçu fugitivement un visage derrière le carreau. Cela ne dura qu'un bref instant, puis le visage disparut, emporté par la nuit. Le fils Morvan avait eu tellement de mal à dire cela, de peur sans doute que les gendarmes le croient fou ou que cela accentue leurs présomptions, que cela eut l'effet exactement inverse. Ils le crurent…

— Et vous? demanda Le Braz en fixant attentivement le commissaire. Le croyez-vous?

— Eh bien, je n'ai pas interrogé Georges Morvan pour le moment, mais cela est prévu. Donc, pour l'heure, cela m'est difficile de vous répondre avec certitude…

Dantec sembla embarrassé, ce qui ne lui ressemblait guère, mais fit réfléchir Anatole.

L'atavisme breton reprendrait-il le dessus chez ce cartésien parisien?

Il décida de ne pas pousser le bouchon pour savoir quelle pouvait être, dans ce cas précis, la frontière qui séparait Dantec de la certitude et de l'intime conviction ancestrale. Et d'ailleurs, il ne lui en laissa pas le temps.

— En revanche, mon déplacement à Lannion me conforte sur une piste, dit le commissaire en reprenant le contrôle. Les gendarmes ont fouillé la maison avant que la veuve ne soit mise en terre. Ils n'ont rien trouvé de particulier pouvant incriminer le fils.

— Mais que diable auraient-ils pu trouver?

— Le chef de la brigade, un brillant représentant de la loi, soit dit en passant, se posa la question de savoir si le fils aurait eu un quelconque intérêt dans la disparition de sa mère. Il n'en avait apparemment aucun. Pas d'héritage autre que la jouissance de la ferme et des quelques biens, maigres choses qu'il possédait déjà, *ipso facto*. Pas d'argent, placé ou caché, visiblement et après vérification des gendarmes. Bref, aucun mobile matériel. Aucun mobile personnel non plus, *a priori*. Le fils aimait sa mère et la mère aimait son fils. Cela leur fut corroboré par son frère, plus jeune, que la mort de sa mère désespérait, mais qui était absent au moment des faits et qu'ils entendirent par la suite. Celui-ci, pour sa part, n'avait aucune raison de reprendre la ferme et son vœu le détachait des possessions matérielles, avec sincérité, semblait-il. Jean Morvan, le frère cadet de cinq ans, est prêtre au diocèse de Quimper. Le père est décédé il y a cinq ans, on l'a retrouvé mort au bord du chemin menant au champ où paissent leurs bêtes. On a conclu à un arrêt cardiaque, à l'époque…

Dantec marqua un court temps d'arrêt, comme si quelque chose lui venait à l'esprit, qu'il parut ranger dans sa mémoire, pour plus tard. Il reprit :

— La femme de Georges l'a quitté. On ne lui connaît pas de nouvelle liaison.

— Et qu'ont donné les investigations au domicile ?

— Rien, répondit Dantec. Rien au domicile…

— Mais alors ?

— Alors, les gendarmes, après avoir envisagé l'hypothèse d'un empoisonnement, et n'ayant rien trouvé chez les Morvan qui soit susceptible de valider cette thèse, eurent l'idée, sur l'initiative zélée de leur capitaine, de prélever de l'eau du puits. Le fils s'était plaint de quelques douleurs abdominales, légères, mais identiques à celles ressenties par sa mère. Il mettait cela sur le compte de l'inquiétude qu'il éprouvait pour elle. Malheureusement, ce prélèvement ne fut pas analysé rapidement.

— Étonnant, fit Le Braz.

— Pas vraiment, en réalité. Le brigadier-chef a été muté deux semaines après le décès de la veuve Morvan, il a pris du galon. Il est aujourd'hui à Brest. Comme les gendarmes prenaient la poursuite éventuelle des investigations pour une lubie de leur chef, les échantillons d'eau sont restés aux scellés.

Fort heureusement, ils n'ont pas été jetés dans un quelconque évier… Dès que j'ai repris l'enquête, j'ai immédiatement contacté la gendarmerie. Et j'ai fait envoyer ces prélèvements à Rennes, pour analyse chimique. Les résultats ont été transmis à Lannion. Ils devaient y parvenir hier, mais le télégramme n'était pas encore arrivé. C'est ce que je suis allé quérir, à la première heure, ce matin. Je craignais, naturellement, qu'étant donné que ces prélèvements ont été effectués il y a deux ans, ils ne révèlent absolument rien, si tant est qu'ils aient pu révéler quoi que ce soit. Nous avons eu de la chance. Ce n'est pas le cas. L'eau du puits était contaminée. Il semble qu'elle ne le soit plus, car j'ai fait effectuer de nouveaux prélèvements. Il n'y a plus la moindre trace d'aucun produit toxique, bien que l'eau soit loin d'être totalement pure, mais c'est rare dans la région. Cependant, rien de dangereux, pour qui a l'habitude d'en boire depuis l'enfance.

— Et que révèlent ces premiers prélèvements ? questionna Le Braz, dont l'intérêt croissait de seconde en seconde.

— Un *cocktail explosif* et hautement dosé de substances susceptibles de provoquer des troubles mentaux fort avancés, je ne rentrerai pas dans les détails, pouvant conduire à des dérèglements de comportement, à de profondes angoisses, à un détachement rapide du sens de la réalité…

— La veuve Morvan n'a donc pas été empoisonnée *stricto sensu* ? Mais pourquoi son fils n'a-t-il pas subi les mêmes dommages ? Il vivait sous le même toit, il buvait la même eau que sa mère, chaque jour.

Dantec eut un léger sourire.

— Il s'avère que Georges ne boit quasiment que du vin ou du cidre, tandis que sa mère ne buvait que de l'eau. Par ailleurs, sa constitution n'est évidemment pas la même. Le gars est très robuste, et il a une bonne descente…

— Donc, si l'on n'a pas voulu empoisonner sa mère, à proprement parler, ce qui eût été la façon la plus rapide et radicale de la faire mourir, quel fut le but poursuivi ?

— Oh, c'est très simple. Du moins, c'est désormais mon intime conviction. On a voulu la droguer, progressivement, mais assez rapidement néanmoins, en augmentant les doses, qui devaient culminer au plus haut point au moment de sa mort.

— J'entends bien, mais je me permets de réitérer. Pour quelle raison ?

— La tuer, bien sûr, mais indirectement. Lui suggérer quelque chose. Un fait ou une action provoquant le premier ébranlement psychique. L'inconnu mentionné par Jorj lors du fameux marché lui aurait murmuré quelque chose à l'oreille, peut-être l'a-t-elle reconnu, peut-être lui a-t-il annoncé quelque chose. Il a pu induire dans son esprit une pensée, ou un fait, qui a germé, qui a pris corps… Et puis, droguer l'eau, la déstabiliser totalement, lui faire perdre tout repère, pour la rendre folle, folle de peur.

— La rendre folle au point…

— Oui, au point de lui porter le coup de grâce en se montrant à elle, par une sombre nuit, et pas n'importe laquelle, alors qu'elle est au paroxysme du délire.

— Et la faire mourir de terreur…

— Précisément ! Et c'est ce qui s'est produit. Certainement.

— Mais alors, cela signifie…

— Cher Anatole, coupa Dantec, cela signifie deux choses : la première c'est que celui – car c'est bien un homme – qui a fait cela avait un compte à régler avec la pauvre femme, et la seconde, c'est que nous n'avons pas affaire à n'importe qui. Non seulement le bonhomme est fortement perturbé, et le second meurtre, s'il y est lié, en est la preuve flagrante, mais de plus il possède une intelligence hors norme et des connaissances en sciences de la nature et de la psyché humaine dont peu d'experts peuvent se targuer ; à l'aune de la façon dont il a opéré, psychologiquement et criminellement pour tuer la veuve Morvan… Ce qui m'intéresse, c'est de comprendre le, ou les mobiles, bien sûr, mais j'ai besoin de vous pour saisir le mode opératoire. Non *techniquement*, mais dans les rituels accompagnant les meurtres.

— Vous faites allusion aux faux sculptées en bois d'if retrouvées sur les deux victimes ?

— Pour commencer, oui. Mais il nous faudra aller plus loin. Beaucoup plus loin. J'ai quitté la Bretagne depuis longtemps, cependant je n'ai pas tout oublié de mon enfance et de ma prime jeunesse pour autant. Mais il y a un début à tout. Alors, parlez-moi de l'Ankou, Anatole…

À peine Dantec eut-il fini sa phrase que deux choses se produisirent simultanément : la lumière déclina brutalement, d'un coup, dans la grande salle de l'hôtel, et un fracas se fit entendre à quelques pas de leur table. Le Braz, qui tournait le dos à l'entrée, jeta un œil en direction de la large baie vitrée. Les deux Anglais avaient disparu ; ils étaient seuls, désormais.

Un immense nuage avait chassé toute la pâle lumière de ce jour de novembre, le vent du nord s'était levé, le mois noir avait repris ses droits. Dantec se poussa légèrement et se tourna sur sa chaise, en direction du bruit. Tout à leur échange, ils n'avaient pris garde à la petite serveuse qui s'était approchée d'eux, deux assiettes contenant leur plat principal en main. Elle avait surpris la fin de la phrase du commissaire ; les deux assiettes étaient brisées, au sol, leur contenu répandu tout autour. Elle fixait les deux hommes, blanche comme un linge, tremblante, et visiblement cela ne tenait pas uniquement à la chute de vaisselle, mais bien davantage à ce qu'elle avait entendu. Et tout particulièrement la fin de la phrase de Dantec.

Le Braz réprima un frisson, ne voulant rien laisser paraître au commissaire, mais celui-ci avait le visage fermé, sans moquerie aucune.

La petite commença à se baisser pour ramasser les débris épars, mais avant cela, toujours aussi pâle, elle se signa, nerveusement.

— Allons, Maryvonne ! Que vous êtes maladroite, ma fille ! Veuillez pardonner, Messieurs, nous allons immédiatement remédier à cela, tonna le petit homme en accourant à toute vitesse, étonnamment plus bravache avec la domesticité qu'avec la clientèle.

— Il n'y a pas de mal, rétorqua Le Braz d'une voix ferme. Et vous, mademoiselle, ne vous inquiétez pas, poursuivit-il doucement en breton, à l'intention de la jeune servante.

Puis, s'adressant de nouveau au maître d'hôtel :

— Comme le dit fort justement mon compagnon, cher monsieur, on voit bien que vous n'êtes pas breton. Si vous l'étiez, vous sauriez qu'ici il est des *noms* que l'on ne prononce pas à la légère ! Aidez donc cette jeune femme, plutôt, à moins que cela ne soit trop vous demander, et donnez-nous de la lumière, je crains qu'un fort grain ne s'annonce…

CHAPITRE 15

« L'Ankou est l'ouvrier de la mort.
En breton, on l'appelle Oberour ar Maro. »

21 novembre 1901. Port-Blanc.
L'Ankou s'invite au Grand Hôtel.

Les plats de remplacement tardèrent à venir. Mais cela ne dérangea nullement Le Braz et Dantec. Le maître d'hôtel alluma les imposants lustres de la salle, ainsi qu'Anatole le lui avait intimé, les ampoules à incandescence illuminèrent la pièce, au grand étonnement de Le Braz, car la technique était très récente et il ne s'attendait guère à ce qu'un hôtel des Côtes-du-Nord soit équipé d'un éclairage probablement fort coûteux. Le propriétaire de l'établissement fondait de grands espoirs de retour sur investissement, visiblement. L'avenir devait montrer qu'il n'avait pas tort…

Les nuages s'amoncelaient, accouraient vers la côte. Le Braz les distingua, tels des flots déchaînés par les cieux, qui n'allaient pas tarder à trouver leurs échos sur les eaux de la Manche. Une tempête approchait.

L'Ankou…

Anatole ne craignait pas d'en parler ; il se demandait simplement par où commencer. Il avait tellement côtoyé, lors de ses multiples collectages, cette figure mythique du panthéon breton, et entendu tellement de choses à son égard, que le résumer en quelques phrases était tout bonnement impossible.

Il resta muet durant un laps de temps que Dantec respecta.

Le commissaire paraissait comprendre qu'il était important que Le Braz rassemblât ses idées, qu'il ne se lançât pas dans un cours didactique. C'était sous-estimer l'auteur que de penser qu'il pût évacuer ainsi la question posée par Dantec.

En réalité, son esprit fonctionnait à vive allure, les rouages de sa pensée s'imbriquaient afin de relier les circonstances aux explications qu'il allait fournir et, plus important que tout, de tenter une approche cohérente et utile en regard de l'enquête et de la personnalité du meurtrier. Pour tout dire, Le Braz n'était pas absolument convaincu qu'il n'y en ait qu'un. Il aurait eu bien du mal à justifier cette intuition, alors il préféra s'abstenir de l'évoquer. Et puis, après tout, ce n'était pas ce que Dantec lui demandait, pour l'heure.

Anatole s'éclaircit la gorge et se lança.

— Cher Alan, je vais vous parler de l'Ankou. Je vais m'efforcer d'être aussi concis que possible, bien que cela ne soit guère aisé. Si vous vous demandez pourquoi, je vous répondrai simplement que c'est parce que l'Ankou n'est pas *un*. Il est multiple. Multiple dans les représentations que l'on en donne, multiple dans les interprétations que l'on en fait en Bretagne. Et d'ailleurs, c'est un personnage typiquement breton, que l'on ne trouve caractérisé à l'identique dans aucune terre de Celtie. L'Ankou est la personnification de la mort au cœur de la mythologie et du *folklore* breton. Bien sûr, il puise sa légende dans les fondamentaux celtes en regard de la mort, mais il nous appartient. C'est *notre ouvrier*. C'est d'ailleurs ainsi qu'on le nomme *Oberour ar Maro*, l'Ouvrier de la Mort. Pour autant, ce n'est ni un dieu, ni un diable, ni un ange, ni un démon. Et, lorsque je dis qu'il est multiple, j'entends par là qu'il l'est également en termes d'identité propre, si je puis dire. Il n'y a pas *un* Ankou, dont la fonction est immuable ; il est différent, chaque année que Dieu fait. Et son office est dicté par le Divin, non pas par une quelconque malédiction. Car, chaque année, le dernier défunt de décembre devient l'Ankou de l'année à venir. Et, lorsque dans une année il y a davantage de morts que d'habitude, les Bretons ont une phrase pour cela : *war ma fé, heman zo eun Anko drouk ;* sur ma foi, celui-ci est un Ankou méchant… Je ne m'étendrai pas sur les représentations. Qu'il soit squelette dans les églises ou sur les murs des ossuaires, tel celui de la Roche-Maurice, sculpté dans la pierre, qui nous déclare « Je vous tue tous », qu'il soit un grand homme maigre, conduisant une vieille charrette à l'essieu grinçant, aux longs et blancs cheveux, à la figure ombragée d'un large feutre, toutes ses représentations ont un point commun : sa faux. Oh, ce n'est pas une faux ordinaire, non. Elle diffère des autres, celles que l'on utilise comme outil – bien qu'il s'agisse symboliquement du sien, en quelque sorte –, la faux de l'Ankou a le tranchant tourné en dehors, vers les cieux. Et lorsqu'il l'utilise pour sa sinistre moisson, contrairement à ce que font les faucheurs de foin et les moissonneurs de blé, il ne la ramène pas à lui pour récolter une vie, non, il la lance en avant…

Dantec attendait que Le Braz poursuive, mais ce dernier marqua une pause. Rien ne venant, il posa une nouvelle question. Un peu abrupte.

— Et c'est tout ?

— C'est tout ?! répondit Anatole avec un grand sourire. Mais, mon cher Alan, je puis vous en parler des heures. Vous dire que chaque Breton a la même réaction que notre jeune serveuse, rien qu'en évoquant son nom, que son *char*, que l'on appelle *karrig an Ankou*, est traîné d'ordinaire par deux chevaux attelés en flèche, telles les charrettes dans lesquelles on transportait autrefois les morts, que le cheval de devant est maigre, comme son maître, efflanqué, qu'il tient à peine sur ses jambes tandis que celui du limon est gras, a le poil luisant et est franc du collier. Je pourrais vous dire que, pour créer davantage de frayeur, quand l'Ankou se met en route, sa charrette est chargée de pierres, afin de faire davantage de bruit, de rouler plus lourdement, et que lorsqu'il arrive près de la maison où se trouve le moribond qu'il doit *cueillir*, il décharge brusquement son vaisseau de mort afin de charger son nouveau *lest*. Et que c'est ce fracas que l'on entend, juste après avoir entendu l'essieu grinçant, dans les logis où l'on veille un mourant, à l'instant précis où il rend son dernier soupir…

Dantec ouvrit la bouche, mais Le Braz l'interrompit d'un geste. Il fallait qu'il évoque ce point, qui le taraudait ; le faire à l'instant, que ce fût utile ou non à ce stade, était de peu d'importance ; il se devait de le dire, plus que tout autre chose relative à l'Ouvrier de la Mort.

— Alan, une partie de la tradition relative à l'Ankou veut que, contre toute attente, il ne soit pas un *solitaire*. Ce point est peu souvent évoqué, car le personnage attire sur lui toute la lumière, si je puis dire... Donc, on le dit escorté, par un ou deux compagnons, cheminant à pied. Lorsqu'ils sont deux, le premier a pour rôle de conduire par la bride le cheval de tête, la fonction du second est d'ouvrir les barrières des champs ou des cours. Ainsi que les portes des maisons. Et c'est lui qui empile dans la charrette les morts que l'Ankou a fauchés.

— Intéressant, fit Dantec dans un souffle.

— Intéressant, cher commissaire, je l'ignore. Mais ce que je puis vous dire, c'est que votre meurtrier a marqué ses forfaits du signe de l'Ankou, en laissant derrière lui cette faux particulière, taillée dans le bois qui borde nombre de cimetières, car on le dit maudit mais surtout toxique, ce que les animaux sentent et ce qui évite qu'ils ne viennent dégrader les tombes. Mais ce point crucial mis à part, à savoir cette marque qui semble *signer* les crimes, ce que j'imagine comme hypothèse, bien qu'un peu hasardeusement, je vous le concède, mérite à mon sens d'être envisagée.

— N'ayez crainte de la partager, répondit Dantec. À ce stade, je suis preneur de toute piste potentielle, et je me fie à votre instinct...

— Fort bien. Cela tient en une phrase : soit votre meurtrier se prend pour l'Ankou ou veut revêtir ce rôle, soit il se considère comme un compagnon désigné dans l'accomplissement de ces sinistres tâches. Ou bien il se pourrait...

— ... il se pourrait qu'il n'agisse pas seul ! conclut Dantec, hochant la tête en signe d'intérêt. Et une vive lueur d'excitation brilla dans son regard.

CHAPITRE 16

« *Monsieur le Comte est beau garçon,*
c'est le plus bel homme du canton,
Plein de sagesse et de prudence,
mais l'on dit qu'il aime les jupons,
C'est lui, qu'en mon cœur je porte,
mais ce n'était pas suffisant,
Car, de lui, je porte autre chose,
c'est quelque chose de son sang,
Mais jamais un tel gentilhomme,
ne voudra d'une fille de ma sorte,
Un homme aux trente mille écus de rente,
ne peut aimer une servante,
Un homme de sa condition,
ne peut aimer une souillon… »
Complainte de Mari la servante.

Juillet 1873. Vingt-huit ans plus tôt, rives de l'Odet. Finistère sud.

On était en juillet, le beau mois de juillet.

Mais la pluie était battante, et le jour à peine levé.

Elle courut en traversant la grande pelouse, simplement embuée de rosée lorsqu'elle s'était levée, à l'aube, mais désormais détrempée par la pluie glacée.

Ses sabots de bois lui faisaient mal, son ventre lui faisait mal, son cœur lui faisait mal. Elle n'était que peine et douleurs, que tristesse et souffrance.

Mais elle courait cependant, aussi vite qu'elle le pouvait, jusqu'à la grande grille, jusqu'à la route du manoir, le plus loin possible, le plus rapidement possible. Ses larmes se mélangeaient à la pluie, et la pluie couvrait ses larmes.

Son souffle était court, ses vêtements trempés.

Elle voulait partir. Elle souhaitait mourir.

Elle y avait pensé, la plus grande partie de la nuit, mais elle n'avait pas trouvé le courage. Elle avait failli passer à l'acte, juste avant l'aube, se condamnant à la damnation éternelle, et pour plus d'une raison…

Cette damnation certaine lui avait paru faire preuve de courage. Endurer la mort, puis l'enfer, le courage de lui laisser un dernier témoignage de ce qu'elle ressentait pour lui, mais surtout de ce qu'il lui avait ôté : un espoir fou, impossible, elle le savait.

Mais ôter l'espoir est plus aisé pour qui l'enlève que pour qui l'a conçu.

Elle jeta un coup d'œil en arrière.

Il semblait que ce manoir qu'elle avait aimé, dans lequel, bien que servante, elle avait passé les deux plus belles années de sa jeune vie, refusait de s'éloigner. Le rideau de pluie créait l'illusion qu'il avançait en même temps qu'elle, qu'elle était condamnée à demeurer prisonnière de ce domaine, de cette vie, de cet homme pour qui elle était devenue une étrangère, à nouveau…

Ah, de l'amour, pourtant, il y en avait eu.

Elle ne s'était pas bercée d'illusions ; il y avait eu des mots, des promesses, des serments, même.

« Tu es désormais la seule qui compte pour moi, et qu'importe nos différences. Qu'importe ton âge et le mien, qu'importe que tu sois pauvre et moi riche. Qu'importe ! Je te veux à mes côtés ; je te veux mienne… Pour toujours ; et au diable le qu'en-dira-t-on ! »

Il avait eu ce qu'il voulait, elle le lui avait donné sans peine, avec joie même. Et ce n'était pas l'argent qui l'avait conquise. L'argent, elle s'en fichait. Elle savait qu'il avait deux héritiers et qu'elle ne pourrait jamais prétendre à rien. Il avait parlé de fiançailles intimes, d'union secrète, et puis, un peu plus tard, lorsque son monde s'y serait accoutumé, de mariage.

« L'amour triomphe toujours, tu verras… »

L'amour avait triomphé d'elle ; cela au moins était vrai. Elle avait été bercée par ses paroles, enivrée par ses jolies phrases, son intelligence, touchée qu'il s'intéressât à elle, que leur différence de condition ne soit pas un problème. C'était du moins ce qu'il disait. Ce qu'il jurait. Bien sûr, il y en avait des hommes de son rang *troussant* des servantes ; c'était de notoriété publique, cela faisait même presque partie des traditions. Surtout lorsque, telle Mari, la servante était jeune et belle comme un jour d'été.

Mais elle ne voulait pas être troussée : elle avait rêvé d'être aimée. Elle avait sincèrement cru l'être.

S'il en avait été autrement, s'il s'était comporté comme nombre d'hommes tels que lui, il ne se serait rien passé. Elle aurait refusé de partager sa couche. Elle n'était pas une traînée. Depuis qu'elle était entrée à son service, elle gagnait maigrement mais honnêtement sa vie, elle avait un toit sur la tête et à manger chaque jour dans son assiette. Elle n'en demandait pas davantage. Avec ses huit frères et sœurs, et sa *mammig*, morte en donnant le jour au benjamin qui lui survécut à peine une heure, entrer comme servante dans une telle maison était une bénédiction céleste.

Leur père n'était pas jeune, et il ne pouvait que difficilement faire vivre la maisonnée. Alors il lui trouva l'emploi et elle quitta la ferme. Il connaissait le métayer qui gérait les terres du comte, il travaillait pour lui, comme journalier.

Le métayer en avait parlé au comte, et le comte avait accepté de la prendre à son service.

Pendant les six premiers mois, elle était restée à *sa place*. À peine si elle croisait le comte, de temps à autre. Elle ne servait pas à table, ne cuisinait pas ; elle était dévolue aux tâches ménagères, à l'entretien du feu, portant les lourds paniers de bûches, au lavage du linge, à son repassage. Elle était belle mais vaillante, jamais elle ne ménageait sa peine. Elle ne pénétrait dans la chambre du maître de maison que pour y changer les draps, épousseter, aérer, lorsque le temps le permettait.

Le comte approchait la quarantaine. Il portait beau. Sa femme était morte lors de l'épidémie de choléra qui s'était abattue sur le Finistère, causant la mort de près de huit mille personnes, hommes, femmes et enfants. Les conditions de vie de la noblesse bretonne, du moins ce qu'il en restait, bien que sans conteste des lieues au-dessus de celles du *petit peuple,* les paysans, avaient cependant frappé au cœur de ce beau domaine, ne faisant qu'une victime : l'épouse du comte.

Alors que Mari venait juste d'entrer à leur service, elle avait vu agonir la comtesse, elle avait assisté à sa fin. La noble dame fut l'une des premières victimes du département ; malgré l'eau filtrée, la nourriture réputée saine.

Lorsque le diable veut se glisser dans une demeure, aussi belle et *protégée* soit-elle, il trouve toujours un moyen d'y entrer…

Au début, le médecin avait attribué les nausées à autre chose ; on pressentait même un nouvel heureux évènement. La comtesse avait dix ans de moins que son mari, tout était encore possible. Un troisième héritier, une petite héritière, peut-être, car ils avaient eu deux fils, une jolie gamine, qui courrait partout dans la maison, dès qu'elle le pourrait, l'égayant de ses cris joyeux.

Puis survinrent les abondantes diarrhées sans la moindre douleur, les vomissements de liquide clair.

Et, finalement, malgré les efforts du médecin – au diagnostic hésitant et trop tardif –, vint la déshydratation, accompagnée de fatigue extrême.

Précédant, de quelques jours, la mort.

Quant au diable, il s'éclipsa comme il était venu, pour aller frapper la campagne environnante avant d'étendre son ombre sur tout le sud Finistère.

Personne d'autre au domaine ne fut atteint. *An Diaoul,* Satan, avait ciblé celle qu'il devait emporter.

Il avait son plan, il en a toujours un.

Le comte pleura sa femme, qu'il semblait aimer sincèrement. Mari se sentit triste, et pas seulement parce qu'elle avait encore peu connu la mort autour d'elle, hormis celle de sa mère. La peine de cet homme la toucha.

Ce deuil changea ce qu'il était précédemment à ses yeux : il redevint un être *ordinaire*, comme elle, comme les siens. Un être que la mort peut atteindre, dont la maladie peut faucher les proches, chez qui, en dépit de la grande grille magnifiquement forgée, ouvragée du manoir, malgré les deux lions de pierre montant la garde de chaque côté, la charrette de l'Ankou peut s'introduire pour faire sa besogne.

Ce fut cette tristesse, transformant en fantôme l'homme fort qu'il avait été, qui la toucha en premier.

Son cœur d'enfant, à peine devenue une jeune femme, n'avait jamais frémi.

Le chagrin du maître le fit frémir.

Il était encore bel homme, mais il semblait avoir perdu toute lumière.

La servante principale dut quitter le domaine pour se rendre au chevet de son père qui se mourait à son tour. Mari sortit de l'ombre et se rapprocha du comte, faisant le service à table, craignant sa maladresse au début, mais elle s'en acquitta vaillamment.

Il mangeait peu, parfois rien.

Puis l'appétit revint lentement, et, à défaut de sourire, il finit par lever le regard vers elle. Elle avait l'air d'un ange et le sien l'avait quitté.

Cela ne se fit pas en quelques semaines, cela prit presque un an. Elle osa, timidement, lui offrir son sourire. Et il lui fit don du sien.

Jamais elle n'avait eu pitié. La pitié ne mène pas à l'amour ; la pitié est la fin de l'amour.

Elle avait eu de la peine pour lui, ce qui n'est pas du tout la même chose. Si elle s'était contentée d'une pitié silencieuse, elle ne serait pas retrouvée en train de fuir le domaine, le cœur en miettes et son ventre empli de l'enfant qu'il y avait mis.

S'il avait senti qu'elle le prenait en pitié, après la perte de son épouse, il l'aurait sans doute chassée. La fierté l'emporte trop souvent sur la compassion que l'on vous offre. La fierté, dans ce monde-là, l'emporte presque toujours sur tout…

Il avait senti son amour naissant, et il s'en était nourri ; il s'en était servi pour redresser la tête, poursuivre le chemin. Il s'était miré dans cet amour, et ce qu'il y avait vu lui avait plu.

De la table à la chambre, de la chambre au lit. Leur secret était bien gardé avec elle. Il le serait, toujours.

Il s'était lui-même illusionné de promesses impossibles, et elles les avaient toutes bues, sans réserve. Elle s'en était enivrée. Comment lui en faire reproche ? Elle était jeune, mais pas naïve. Pour elle, tout était simple ; sa vie de femme débutait. Elle était devenue son amoureuse et elle avait cru qu'il pourrait être le sien. Tout simplement…

Lorsqu'elle avait ressenti les premiers malaises, les premières nausées, elle avait craint d'avoir attrapé le choléra, à son tour, alors que l'épidémie avait quitté le Finistère. Une punition tardive pour avoir occupé la place de la comtesse dans le lit du maître. Mais elle n'avait aucun autre symptôme.

Elle en fit part à la cuisinière, une femme âgée – elle avait au moins cinquante ans – mais bienveillante. Elle lui avait appris qu'elle était certainement enceinte, avec un petit sourire en coin. Bien entendu, la matrone ignorait que ce fût du comte, car il avait été le premier, mais aussi le seul, et Mari garda le secret. Elle accepta, sans broncher, les remarques vachardes sur ses amours secrètes avec un garçon du village, qu'elle serait allée retrouver dans le bois, nuitamment.

Lorsqu'elle finit par se persuader qu'elle était grosse des œuvres du comte, elle crut que l'amour ferait des miracles. Que les promesses d'amour qu'elle avait reçues valaient également pour les conséquences de l'amour.

Alors, un soir, nue dans le lit à ses côtés, elle lui avoua qu'elle portait son enfant. Pleine d'espoir. Et, surtout, de confiance. En un éclair, l'homme qu'elle avait connu disparut sous ses yeux. Il l'avait poussée violemment hors du lit, comme une catin ivre, la faisant tomber à terre. Il grimaçait, la menaçait du poing, l'insultait. L'enfant ne pouvait être de lui ; comme si sa semence ne pouvait s'abaisser à engrosser une vulgaire domestique.

Un homme de son rang. Un comte ! Non mais, quelle audace d'envisager cela ! Il la chassa de sa chambre, de sa vie. Il se ferma et ne lui adressa même plus la parole, la faisant redescendre aux tâches subalternes et remplacer pour le service. Il la traita comme une intrigante. Pire, comme une chienne.

Elle s'effondra, se sentit morte à l'intérieur, alors qu'elle portait la vie en elle ; elle tenta de faire bonne figure, en espérant que cela ne soit pas visible, mais cela l'était. Lorsque son ventre commença à s'arrondir, elle sut qu'elle se devait d'agir.

C'est pourquoi, la nuit précédant ce jour de mai, elle voulut se pendre dans sa petite chambre.

Au dernier moment, juchée sur le lit, les jambes tremblantes, une corde récupérée dans la grange enroulée autour d'une poutre et de son cou, elle fit une ultime prière qu'elle savait inutile.

Mais le courage lui manqua, à la dernière seconde. C'est pour cela que ce matin-là, sous la pluie battante de Bretagne, elle courait, courait. Elle ne savait pas encore où aller ; retourner dans sa famille était trop infamant, impossible.

Elle verrait, elle verrait bien.

Pour l'instant, elle se fichait de ce qu'elle deviendrait. Il fallait partir. Le plus loin possible.

Elle finit par distancer le manoir, qui s'obstinait à la poursuivre, par atteindre les grilles ; un dernier regard en arrière, le tout dernier.

Elle crut l'apercevoir derrière la fenêtre de sa grande chambre, la regardant courir sous la bourrasque.

Oui, il la regardait…

Il allait ouvrir, braver la pluie, elle l'avait bien fait, elle. Il irait sur le balcon, dans sa belle robe de chambre, trempé, comme elle.

Tant pis pour l'étoffe coûteuse, tant pis… Il allait crier son nom. Et, s'il le faisait, malgré sa poitrine douloureuse de sa course, malgré son ventre qui tiraillait, elle reviendrait à lui, heureuse et en pleurs, en courant de nouveau.

Mais il n'y avait personne derrière la baie vitrée.

Il dormait dans son lit, du sommeil du juste.

Elle avait rêvé, comme pour tout le reste, depuis le début.

S'il avait été là, pour elle, s'il avait juste crié : « Mari ! » de sa belle voix grave, en couvrant le bruit du vent, rien de ce qui advint ensuite ne serait arrivé…

En franchissant la grille du parc, le souffle court, elle se sentit presque heureuse.

Mais cela ne dura qu'un bref instant.

Le dernier moment fugace de bonheur, un peu stupide, pour le reste de ses jours.

CHAPITRE 17

21 novembre 1901.
Déductions sans conclusions.

Lorsque le commissaire Dantec s'était rendu chez Anatole Le Braz, il semblait ne pas douter un instant que celui-ci acceptât de lui prêter main-forte.

Ainsi, il avait pris un certain nombre de dispositions.

Et pour le lendemain même.

Leur déjeuner, au Grand Hôtel de Port-Blanc, se prolongea une bonne partie de l'après-midi, au grand dam du maître d'hôtel importé de Belgique, qui venait régulièrement jeter un œil dans la salle de restaurant en se demandant si ces deux *messieurs* comptaient s'établir durablement dans l'établissement.

Une fois l'Ankou évoqué, décrit par Anatole, la conversation s'était poursuivie sur les liens potentiels entre les deux crimes et l'Ouvrier de la Mort breton.

À ce stade, les hypothèses étaient minces. Les deux meurtres n'ayant en commun que les deux symboles découverts sur les cadavres : les petites faux de bois d'if sculptées, qui paraissaient par ailleurs avoir été faites « sur mesure » ; l'une pour être déposée dans la main morte de la veuve Morvan, l'autre d'une longueur suffisante pour dépasser des lèvres de la tête tranchée de Pierre Goadec. Cela n'avait probablement rien d'un hasard et le meurtrier s'était donné beaucoup de mal pour la dramaturgie.

En revanche, les modes opératoires différaient de façon spectaculaire.

Le premier, un crime insidieux, machiavélique, axé sur la psyché d'une femme et se déroulant en plusieurs actes, que Dantec résuma ainsi. Acte 1 : Suggestion ou menace effectuée par un individu non identifié (la fameuse rencontre sur le marché de Brasparts décrite par le fils Morvan). Acte 2 : Empoisonnement progressif, non pour tuer mais pour droguer, opéré à l'aide d'un mélange savamment dosé de produits ayant un effet délétère et psychotique sur l'esprit de la veuve, la poussant dans un état de terreur extrême. Dernier acte : le « coup de grâce » porté à la pauvre femme, d'une manière probablement destinée à symboliser ce qu'elle redoutait le plus, causant sa mort par arrêt du cœur. Si l'analyse décrivant le déroulement de ce forfait pouvait tenir la route, elle était cependant pleine de lacunes insolubles pour l'heure.

Pourquoi elle ? Quelles probabilités d'atteindre avec succès l'objectif final : la tuer, sans utiliser de méthodes plus radicales et moins hasardeuses ? En résumé, pourquoi se donner tant de mal et qu'avait bien pu faire cette femme pour s'attirer un tel scénario macabre ? La question soulignait également le fait que le fils n'avait pas été affecté par l'eau qui avait amené sa mère aux portes de la folie et de la mort ; cela impliquait probablement une bonne connaissance des habitudes des deux membres de la famille, et notamment que, malgré des travaux physiques importants, le fils Morvan n'aimait l'eau que pour ses éventuelles ablutions ou pour y taquiner le poisson…

Le meurtrier les avait observés, il avait pris son temps avant de déclencher ses actes, ou, possibilité envisageable… il les connaissait, connaissait leurs habitudes, leur mode de vie.

Dans le cas du second crime, on passait du machiavélisme digne des Borgia aux horreurs du Grand-Guignol, ouvert en avril 1897 et dont Dantec avait assisté à une représentation alors qu'il était en poste à Paris.

Du brutal, du sauvage, de l'épouvante. De l'horreur pure. Crucifixion, chien à la tête broyée, homme à la tête tranchée, croix de sang, lieu emblématique et chargé de légendes et de malédictions.

La mise en scène variait à tel point qu'il paraissait impossible, n'eût été la fameuse faux, de les relier entre eux. Mais il y avait la faux…

Anatole avait émis une hypothèse que Dantec retint avec intérêt. Cependant, il s'avéra qu'il fit fausse route, ne prenant en considération qu'une partie de la proposition.

Et cela changea bien des choses.

La déduction de Dantec était que le meurtre de la veuve avait été commis selon ce mode opératoire, moins brutal mais plus machiavélique, car il s'agissait d'une femme, et que celui du garde champêtre guérisseur et un peu « sorcier » était marqué du sceau de la sauvagerie destinée à un homme.

Mais cela n'ouvrait pas davantage de pistes, pour l'heure du moins, sur l'identité du meurtrier.

De Pierre Goadec, la victime de Huelgoat, ne restait que la lettre trouvée à son domicile, mystérieuse, mais donnant matière à creuser : les menaces qu'il considérait pesant sur sa tête, les corrélations entre ce qu'il pressentait et d'autres crimes passés ou à venir, l'invitation, en cas de malheur – et malheur il y eut – à fouiller dans le passé.

Oui, mais dans le passé de qui ? Le sien ? Qui d'autre ?

Il n'y avait qu'un seul chemin à suivre, avant d'aller plus loin, et sans oublier qu'un an séparait ces deux crimes. Il n'y avait qu'une seule personne susceptible, éventuellement, de les éclairer. Et, avec un peu de chance, l'arme par défaut du détective, de relier les deux crimes entre eux ou d'en prévenir d'autres. Ce qui semblait être l'intime conviction, ne reposant sur rien de concret, de Dantec.

D'autres meurtres suivraient.

Cela laissait Le Braz grandement dubitatif.

Mais il ne pouvait nier qu'une part de son esprit, celle qui était coutumière de l'irrationalité des forces occultes régnant sur le monde, malgré les progrès de la science, ressentait intuitivement que le commissaire pourrait bien avoir raison. Que tout cela ne s'arrêterait pas là…

Et son intuition allait au-delà, même s'il se morigénait de raisonner ainsi : en allant fouiller dans les terres de l'Ankou, en évoquant sa présence, ils pourraient bien le *réveiller*, le pousser à aller plus loin, à faucher davantage de vies. Comme le disait la tradition : l'année n'était pas terminée, il restait un peu plus d'un mois avant que le prochain Ankou ne prenne le relais ; si cet Ankou-là était un *Ankou méchant*, selon le dicton, il était possible qu'il trouve sa moisson insuffisante. Ou qu'il sente qu'il devait la finir rapidement, avant qu'on ne retrouve sa trace…

Alors, Dantec proposa à Le Braz de l'accompagner à Brasparts, où Georges, le fils Morvan, avait été convoqué à la gendarmerie, le lendemain en fin de journée.

La distance était de cent kilomètres, mais les routes étaient relativement praticables, bien que très dégradées par les pluies d'octobre et de novembre, et surtout très peu fréquentées à cette époque de l'année.

Et, bien entendu, en 1901, lorsque l'on parlait de *circulation par voie terrestre*, l'automobile n'y avait pas encore sa place, à quelques très rares exceptions.

Charrettes, malles-poste, y occupaient l'essentiel du trafic routier.

Avant de quitter l'hôtel, Le Braz fit envoyer un télégramme à son épouse, à Tréguier, pour la prévenir qu'il allait devoir s'absenter quelques jours, peut-être. Elle en était coutumière, et, naturellement, il s'abstint de rentrer dans les détails afin de ne pas l'inquiéter.

Une fois chez lui, après le Grand Hôtel, il prépara quelques vêtements de rechange qu'il rangea dans une valise, y ajouta un petit nécessaire de toilette, mangea frugalement et se mit au lit de très bonne heure.

La nuit fort courte qui avait précédé ainsi que les cogitations criminelles et policières avaient eu raison de son énergie.

Il était convenu que le lendemain ils prendraient le chemin de Brasparts juste après le lever du jour, vers huit heures trente. Dantec passerait le prendre.

Un peu excité par cette aventure routière à venir, Anatole trouva néanmoins facilement le sommeil.

Avant de sombrer, il eut cependant une fulgurance mentale dictée par le *petit bout de sa raison*, comme le dirait six ans plus tard Rouletabille, le détective de Gaston Leroux, dans *Le Mystère de la chambre jaune.*

L'Ankou est un « ouvrier », Tole, l'Ankou n'est pas un meurtrier. Ce n'est pas sa mission. L'Ankou ne tue pas ; il est l'instrument désigné de la destinée.

Il est celui qui accomplit l'œuvre divine, pas celui qui la détermine…

La partie finale de cette évidence, essentielle, à l'aune de sa connaissance des traditions se révéla à lui, avant que Morphée, le fils d'Hypnos et de Nyx, divinités du Sommeil et de la Nuit, ne l'emporte aux pays des rêves :

L'Ankou du premier meurtre pouvait-il être vraiment le même que celui de l'année suivante ?

À chaque nouvel an son Ankou, Anatole, jamais deux ans de suite, jamais…

Et, sur ce, il s'endormit.

Mais, à son réveil, cette dernière partie s'était envolée avec les ombres de la nuit.

CHAPITRE 18

22 novembre 1901. Gendarmerie de Brasparts. Finistère.

Après la guerre de 1870, une nouvelle caserne avait été construite pour les gendarmes de Brasparts, qui devait progressivement s'étendre grâce à des rénovations et aménagements de bâtiments supplémentaires. Le propriétaire du terrain était le futur maire de Brasparts, Yves Lazennec.

Lorsque Le Braz et Dantec arrivèrent, dans l'automobile du commissaire, devant la nouvelle caserne, dont les travaux étaient désormais achevés, l'après-midi était très avancée. Les différentes voies départementales qu'ils avaient empruntées étaient de qualité diverse. La traversée de Lannion avait été un calvaire, malgré leur départ matinal, car ils ignoraient que c'était jour de marché. De Lannion à Plestin-les-Grèves, la chaussée était en piteux état et le dos d'Anatole fut mis à rude épreuve tandis que Dantec ne laissa rien paraître. La voie s'améliora légèrement jusqu'à Morlaix, mais le temps, lui, s'était dégradé et le reste de la route se fit sous une pluie fine, froide et pénétrante dont le « *hard top* » de la De Dion-Bouton – fort heureusement installé… – suffit à peine à les protéger. La dernière partie, traversant les Monts d'Arrée, fut très pénible du fait de la route étroite, sinueuse et mauvaise, et de la pluie qui redoubla. Lorsque la voiture arriva à destination, Le Braz se jura de ne pas investir dans une automobile et de se contenter des transports ferroviaires et de sa fidèle bicyclette.

En 1896, un cas très grave de typhoïde s'était déclaré à la caserne.

Il devait entraîner un bras de fer entre le propriétaire et maire Lazennec, et les autorités qui refusèrent d'admettre que cela pouvait venir de la qualité de l'eau, mais imputèrent ce début d'épidémie à un problème sanitaire, provenant du mélange de l'eau à destination des gendarmes avec celle des chevaux.

Inutile de dire que cet évènement avait particulièrement sensibilisé la gendarmerie, et que le cas de la veuve Morvan, dont l'eau avait été droguée, leur avait fait porter une attention toute spéciale au dossier. Cela expliquait également pourquoi les échantillons prélevés au moment de sa mort avaient été fort heureusement conservés.

Il s'avéra qu'en ce qui concernait la typhoïde ayant frappé la caserne, l'enquête menée par la suite, accompagnée des résultats des nouvelles analyses, aboutit à la déduction que l'eau déclarée potable en 1892 avait été rendue dangereuse en raison d'une contamination venue des fosses d'aisances, du fumier, des écuries.

Les présomptions initiales, désavouées, se révélaient justes.

Cela eut un impact sur l'enquête concernant la veuve Morvan : il ne faut jamais réfuter l'évidence même lorsque l'évidence n'est pas la réponse la plus plaisante.

Dantec et Le Braz pénétrèrent dans la caserne alors que le jour tombait.

Anatole était fourbu, Dantec faisait bonne figure. Le Braz songea avec appréhension que le lendemain, probablement, il leur faudrait faire la route en sens inverse sous le même temps.

Il se trompait ; cela ne se passa pas ainsi.

Les deux hommes étaient attendus par celui qui commandait la gendarmerie de Brasparts.

Il avait été nommé peu après le décès de la veuve Morvan.

Il s'appelait Henri Quentin, était originaire d'Ille-et-Vilaine. Après « l'incident » de la typhoïde, les hommes formant la brigade avaient été renouvelés. Ils étaient quatre et tous pères de famille.

Les deux voyageurs avaient à peine franchi la lourde porte de la caserne que le brigadier-chef Quentin les accueillit, probablement alerté par le bruit du moteur. Il se tenait droit comme un « i », dans l'entrée.

Il les considéra en silence, des pieds à la tête, à tour de rôle.

Force était d'admettre que le commissaire et l'auteur n'avaient pas fière allure. La route et les intempéries ne les présentaient pas sous leur aspect le plus flatteur. Le macfarlane d'Anatole avait limité les dégâts, mais le manteau de laine de Dantec, qu'il avait omis de troquer contre sa tenue d'automobiliste, par souci de dignité de sa fonction probablement, sentait le chien mouillé à plusieurs mètres.

Vouloir préserver l'apparence n'est pas une bonne idée sous la pluie bretonne, surtout lorsqu'elle se met en devoir de vous tremper peu à peu ; insidieusement mais sûrement…

Anatole constata que les nouveaux uniformes des gendarmes, qui devaient être modifiés trois ans plus tard, avaient encore un aspect martial, même s'ils étaient moins seyants que les précédents, d'avant l'avènement de la Troisième République. Haut du corps boutonné à droite, bleu foncé, en beau drap de laine, aux neuf boutons rutilants, chacun marqué d'une grenade et des mots « *Gendarmerie, Ordre Public* », le pantalon demi-collant en drap bleu clair, le képi, les galons et les fourragères.

Avec sa moustache en guidon de bicyclette, bien cirée, sa barbiche noire en pointe et ses yeux clairs, le chef de la brigade avait tout pour en imposer. Il avait à peine la quarantaine, cependant un début d'embonpoint commençait à tendre légèrement le haut de l'uniforme.

Moins de chevauchées et plus de temps passé derrière un bureau, songea Le Braz.

Le brigadier-chef, après ces quelques secondes d'observation assez inconfortables, se fendit d'un sourire poli puis se présenta, leur serrant la main.

Il savait qui était Dantec, mais celui-ci devait avoir omis de lui faire part de sa venue en compagnie de Le Braz, qu'il scruta d'un regard interrogateur, en relevant légèrement le menton.

Anatole se présenta lui-même. À l'énoncé de son nom, et contre toute attente, le sourire de Quentin s'élargit.

— Monsieur Le Braz ! C'est un honneur. J'ai parcouru votre *Légende de la Mort* avec le plus grand intérêt, chez moi, en Ille-et-Vilaine. C'était avant que je ne sois muté ici, *au pays de l'Ankou*...

Et sur ces mots, il serra de nouveau la main d'Anatole. Chaleureusement.

La poigne réservée à Dantec avait été brève, et le regard assez froid.

Le poète breton avait visiblement meilleure presse ici que le commissaire trublion parisien revenu au pays. La hache de guerre entre la Sûreté et la Gendarmerie, superbe corps militaire qui abordait cependant son déclin en matière de prestige, était apparemment loin d'être enterrée.

Le Braz sentit sur lui le regard de Dantec ; il s'attendait à ce que le commissaire soit un poil contrarié de la différence d'accueil, mais, bien au contraire, son œil pétillait de malice.

Anatole était un atout dans sa manche ; décidément cet Alan était malin...

Le brigadier-chef Quentin reprit un ton de circonstance.

— Le fils Morvan vous attend depuis plusieurs heures, messieurs, ne tardons pas davantage. Je vous précède...

Un sobre escalier menait à l'étage, des gravures représentant les différents stades de la gendarmerie depuis le Second Empire ornaient les murs et, sur le palier, un grand cadre dans lequel un portrait d'Émile Loubet, qui présidait la République depuis 1899, accueillait les visiteurs. Ceux qui avaient maille à partir avec la gendarmerie n'avaient pas droit à l'accueil du Président, leurs cas se traitaient au rez-de-chaussée. Dantec nota mentalement que Georges Morvan n'avait pas été conduit dans la salle d'interrogatoire du bas, mais probablement dans le bureau du brigadier-chef, à l'étage. La famille Morvan avait bonne réputation et le fils n'était nullement suspect, néanmoins Dantec aurait préféré un « entretien » plus formaliste.

Bah, se dit-il, *après tout, si cela le met plus à l'aise, nous en apprendrons peut-être davantage de lui ; si tant est qu'il nous reste quelque chose à apprendre…*

Anatole, de son côté, ne pensa à rien. Son attention avait été attirée par la fenêtre qui donnait sur l'extérieur, tandis qu'il arrivait sur le palier, à la suite de Dantec.

En bas, il apercevait l'automobile du commissaire, sous la pluie battante, pauvrement éclairée par un réverbère.

Sur le moment, il crut que sa vue lui jouait des tours. La pluie, ou la faible lumière, un reflet peut-être…

Tandis que les deux hommes avançaient dans le couloir, il s'approcha de la vitre.

Il n'avait pas la berlue. À côté de la voiture, penchée vers l'intérieur du véhicule, se tenait une grande silhouette. Indistincte. L'espace d'un instant, ce fut comme si une connexion s'opérait entre ce mystérieux individu et Le Braz. La silhouette se redressa lentement et il aperçut un long visage, levé vers lui. Ce visage semblait fait de pluie ruisselante.

— Anatole, vous venez ?

Le Braz sursauta et tourna la tête vers Dantec, qui allait pénétrer dans le bureau du brigadier.

— Un instant, Alan, il y a…

Anatole se tourna de nouveau vers la fenêtre, regarda à l'extérieur.

La voiture était bien là, mais la silhouette avait disparu.

— Qu'y a-t-il ? demanda Dantec, interpellé par le ton et la figure de l'écrivain.

— Non, rien. Juste le fruit de mon imagination…

Il passa la main sur ses cheveux trempés de pluie, les lissa en arrière pour se donner une contenance, et rejoignit Dantec.

CHAPITRE 19

22 novembre 1901. Gendarmerie de Brasparts. Finistère.

Georges Morvan les attendait, assis sur une chaise, à l'extrémité d'une grande table en bois. Le dos tourné à la porte. Anatole ne vit d'abord qu'une silhouette courbée, car la lumière était chiche et la nuit quasi tombée.

Le bureau du brigadier-chef n'en avait que le nom. Il s'agissait d'une vaste pièce, embarrassée d'étagères remplies de documents et de registres, dans laquelle une table plus petite, couverte de papiers, faisait office de bureau pour le chef de brigade, assortie d'un fauteuil en bois qui n'avait visiblement rien de confortable. Après tout on était dans une gendarmerie bretonne, pas chez le chef de la Sûreté ou chez un général de brigade.

En entendant Anatole pénétrer dans la pièce, le « fils Morvan », ainsi que tout le monde semblait vouloir l'appeler, pivota et parut se déplier, telle une marionnette sortie de sa boîte, puis leva les yeux vers le dernier entrant. Dantec et le brigadier-chef Quentin avaient déjà pris position sur deux des trois chaises encore vacantes disposées autour de la grande table.

Ce *déploiement* du fils de la veuve créa chez Le Braz une étrange impression, une sorte de malaise inexplicable. Georges était un très grand homme. Costaud, vêtu d'un habit de travail breton, il avait des mains comme des battoirs, posées bien à plat sur la table de bois grossier, mais son corps se voûta de nouveau après avoir dévisagé Le Braz, comme s'il cherchait à s'ôter une bonne vingtaine de centimètres. Le brigadier-chef Quentin s'était installé dos à la fenêtre, à l'autre extrémité de la table, présidant, en quelque sorte ; Dantec était assis assez proche du fils. Anatole se positionna sur le dernier côté disponible, après avoir hésité un instant ; il aurait préféré se trouver entre le chef de la brigade et Dantec. Pourtant, cela ne lui ressemblait guère. Il ne craignait pas la proximité des gens, il en faisait même son habitude, son ordinaire, surtout pour créer le lien de confiance qui lui permettait de recueillir leurs récits.

Mais Le Braz sentait des choses que les autres ne sentaient pas.

Georges exsudait une aura négative ; bien que Le Braz ne se considérât pas comme un médium, il avait une capacité hors du commun pour ressentir ce que certains individus *dégageaient*, en positif comme en négatif.

Le visage de Morvan accentuait ce malaise. Il ne collait pas avec le reste du bonhomme. Il avait simplement dépassé la quarantaine, mais on lui aurait donné vingt ans de plus. Un visage marqué de rides, des yeux en apparence las, rentrés dans leurs orbites, d'un noir de jais, mais des yeux scrutateurs, comme si l'homme cherchait à dissimuler sous une grande fatigue des revers de vie, du chagrin, une observation aiguë des autres. Et ce regard pénétrant restait fixé sur Anatole. Il en détacha difficilement le sien et posa les yeux sur Dantec. Les deux hommes ne se connaissaient que depuis deux jours, mais ils étaient d'ores et déjà reliés par quelque chose qui ne devait rien aux mots, quelque chose d'également inexplicable. Deux esprits connectés sans effort, sans contrainte, sans faux-semblants. Une affinité élective comme on en rencontre peu dans une vie.

Le Braz sentit dans le regard du commissaire que son ressenti était partagé et le bref hochement de tête qu'il lui adressa ne fit que le lui confirmer.

— Georges, je vous présente monsieur Anatole Le Braz, dit le brigadier-chef.

Le grand Georges ne se leva pas pour serrer la main d'Anatole ; il resta replié sur sa chaise, lui jetant un nouveau coup d'œil appuyé. Mais, en revanche, il parla. D'une voix étonnamment douce pour un tel gaillard. Douce, mais non pour autant agréable.

— Vous m'avez bien fait attendre, dit-il.

Et il semblait que ce reproche s'adressât directement à l'écrivain. En entendant ces mots, Le Braz ne sut dire s'il faisait allusion à leur arrivée tardive à la gendarmerie, ou à autre chose.

— Nous en sommes désolés, dit Le Braz, la route fut plus longue que prévu.

— C'est pas à ça que j'pensais, répondit Georges.

Et il promena ses yeux perçants de Le Braz à Dantec en prenant son temps.

Dantec prit la parole d'une voix forte, rompant cet étrange échange de regards.

— Eh bien, monsieur Morvan, j'ignore à quoi vous pouviez bien penser, mais figurez-vous que nous sommes là pour en apprendre davantage sur la mort de votre mère. Alors, ça tombe bien, le moment est venu pour chacun d'exprimer ce qu'il a en tête !

CHAPITRE 20

« Les intersignes annoncent la mort.
Mais la personne à qui se manifeste l'intersigne
est rarement celle que la mort menace… »
Anatole Le Braz. La Légende de la Mort.

22 novembre 1901. Gendarmerie de Brasparts. Finistère.

Quand les langues se délient, le mystère s'épaissit…

À peine Dantec eut-il fini sa phrase, destinée à l'évidence à prendre le contrôle de l'entretien, qu'il jeta un bref coup d'œil au brigadier-chef Quentin, qui prit la parole.

— Monsieur Morvan – Georges n'était plus de mise, le gendarme avait compris que le commissaire souhaitait donner le ton formel, nécessaire à cet échange –, vous êtes bien évidemment ici de votre plein gré, et nous vous en remercions.

— Un peu que j'suis là d'mon plein gré, comme vous dites. Manquerait plus qu'ça! Mais y s'fait tard et j'travaille demain. J'suis pas un rond de cuir, moi. Les bêtes vont pas s'nourrir tout 'seules. J'ai cinq bornes sous la flotte à m'farcir pour rentrer chez moi ; et d'nuit, en plus…

— Nous avons bien compris, monsieur Morvan, nous allons essayer d'être brefs, temporisa Dantec. Mais si nous sommes là, et croyez bien que nous apprécions votre aimable coopération – ces derniers mots avec une infime nuance ironique que saisit Le Braz, mais vraisemblablement pas l'intéressé –, c'est pour tenter d'élucider rapidement ce qui est arrivé à votre mère. Et pourquoi on l'a tuée…

Dantec cherchait probablement à déstabiliser le bonhomme en rappelant le décès de sa mère de façon un peu brutale. Cela ne fonctionna guère.

— Rapidement, qu'vous dites ?! rétorqua Georges. Ça fait plus d'deux ans qu'elle est *passée* et personne a r'trouvé çui qu'a fait ça…

— Vous êtes donc également convaincu qu'on l'a tuée ? fit Dantec en se penchant légèrement en avant vers Morvan, se rapprochant de lui.

Finalement, il semblait que Dantec savait précisément où il allait et que sa présentation abrupte était tout sauf improvisée ou malencontreuse.

— J'suis convaincu de rien, répondit Georges. On m'a dit qu'elle avait été droguée, mais pas qu'c'est ça qui l'avait tuée. Et encore, c'est pas vieux…

— Justement, vous en pensez quoi ? fit Anatole d'une voix douce, attirant sur lui tous les regards.

Après tout, il n'était pas là et ne s'était pas mis le dos en compote pour faire de la figuration. Dantec laissa filer. En réalité, c'était probablement exactement ce qu'il attendait. Que Le Braz prenne la parole. Que l'on sorte du domaine criminel, que l'on passe *de l'autre côté*.

— C'que j'en pense ? De quoi ?

— Allons, Georges, répondit Anatole d'un ton de connivence. Vous savez qui je suis. La police n'est pas mon domaine et les investigations criminelles, encore moins. Mais il est un *domaine* dans lequel j'ai une certaine expertise et une certaine pratique. C'est la raison de ma présence ici aujourd'hui. Il y a les choses de la science… et puis il y a la science de certaines autres choses. Vous voyez ce que je veux dire ?

Contre toute attente, et à la grande surprise de Dantec, le fils voyait. Très bien.

Il était devenu livide.

— C'est d'l'Ankou qu'vous voulez que j'parle ? C'est ça ?

— Je ne vous demanderai pas de me parler de l'Ankou ; ce n'est jamais très agréable, n'est-ce pas ? Surtout par un début de nuit de novembre…

Dantec buvait du petit lait ; enfin, pas complètement. Il appréciait la façon dont Le Braz avait pris le contrôle de ce que lui-même n'aurait pu aborder, mais – il mit ça sur le compte du retour au pays – entendre prononcer le nom de l'Ankou le mettait moins à l'aise qu'il ne l'aurait été quelques jours auparavant.

— C'est pas une question d'être agréable ou pas, monsieur. C'est une question qu'y a des choses dont y faut pas parler, et surtout à la nuit tombée…

— Messieurs… fit le brigadier-chef, qui ne semblait pas goûter la tournure que prenait la conversation.

Dantec l'arrêta d'un geste de la main.

— Poursuivez, Anatole ; excusez l'interruption, Georges, dit-il, encourant un regard furibond du gendarme.

Le Braz reprit :

— Non, nous ne parlerons pas de l'*Oberour ar Maro*, dit Le Braz. À moins que vous ne l'ayez vu, ce qui est chose peu fréquente…

Le fils Morvan devint plus pâle encore.

— Nous parlerons simplement des intersignes… En avez-vous eu, avant que tout cela n'arrive ?

Morvan marqua un temps avant de répondre. Le Braz et Dantec étaient suspendus à ses lèvres et même le gendarme, tout originaire d'Ille-et-Vilaine – où l'Ankou n'était guère présent – qu'il était, semblait retenir son souffle.

— Non, lâcha finalement le fils de la veuve. J'ai rien vu v'nir. Juste ce grand type, encore plus grand qu'moi, au marché, avant qu'ça commence.

— Vous êtes certain qu'il n'y a rien eu d'autre ? insista Anatole.

— Rien avant c'te nuit terrible, non ; avant que j'l'entende hurler et pis que j'la trouve morte…

Dantec prit la parole.

— Vous avez dit que votre défunte mère prétendait avoir entendu les roues de la charrette de celui dont il ne faut pas prononcer le nom…

Cela avait été dit sur un ton égal, calme ; il n'y avait rien de provocant dans cette demande du commissaire : il voulait éviter à tout prix que Georges Morvan ne se renfermât, ou qu'il utilise une peur réelle ou affectée pour rompre le contact.

— Oui, c'est c'qu'elle disait. Elle le disait tout le temps, juste avant la fin. Mais c'était c'te fichue drogue, non ? C'est ça qui la rendait folle ? C'est ça qui l'a tuée ?

Sa voix était montée d'une ou deux octaves sur la fin de sa phrase.

— Il est fort probable, voire certain, que la drogue administrée à votre mère, l'augmentation progressive du dosage, ait provoqué un état de terreur extrême, oui, répondit Dantec. Et que quelque chose ayant créé cet état, au début, plus sa grande faiblesse, ait eu raison de son cœur, cette dernière nuit. Mais, même droguée comme elle le fut, si une pensée insidieuse n'avait pas été introduite dans son esprit, son angoisse aurait pu se développer, créer des hallucinations, une peur importante.

— J'comprends rien à c'que vous dites, répondit Morvan d'une voix tremblante.

— Oh, Georges, je crois que vous me comprenez très bien au contraire…

Le fils se leva d'un bond, déployant sa grande carcasse de toute sa hauteur. Il tapa du poing sur la table, la faisant vibrer jusqu'au brigadier-chef, assis à l'autre bout. Dantec resta de marbre et Le Braz sursauta, le plus discrètement possible.

— C'est pas moi qu'a tué ma mère, j'l'aimais, j'lui aurais jamais fait d'mal !

— Asseyez-vous, Georges, intima Dantec. Personne ne dit que vous l'avez tuée. Sinon vous ne seriez pas ici, comme un simple témoin, et nous n'aurions pas fait toute cette route pour venir vous entendre, monsieur Le Braz et moi-même. Asseyez-vous, je vous prie. Et calmez-vous.

Comme un enfant repris par le maître d'école, le grand gaillard se rassit en baissant la tête.

— Bien entendu, vous ne l'avez pas tuée, reprit Dantec. Mais, bien évidemment, vous nous cachez quelque chose. Et si vous ne nous dites pas quoi, jamais nous ne mettrons la main sur celui qui a fait ça…

Georges affronta le regard du commissaire, puis baissa les yeux.

— M'sieur l'commissaire, j'demande qu'à aider, à choper l'salaud qu'a fait ça, mais franchement…

— Franchement. Précisément, Georges, précisément. Tout tient en ce mot, voyez-vous. La franchise. Et un soulagement, peut-être.

— Monsieur Morvan, dit Anatole, nous ne sommes pas allés au bout de ma question. Je me dois de vous dire quelque chose. Si je m'en réfère aux intersignes et à l'Ouvrier, à ce que j'en sais, à ce que l'on en pense, ici, en Basse-Bretagne plus qu'ailleurs, il y a quelque chose qui cloche, dans tout ça. Et tout le monde en pense la même chose, et tout le monde le dit, à peu de choses près, de la même façon.

— Quoi donc ? fit Morvan.

— Voyez-vous, Georges, aucun de ceux que *l'Oberour ar Maro* ne vient chercher n'entend grincer l'essieu de sa charrette, ce sont les autres, ses proches le plus souvent, qui l'entendent. Et ces mêmes proches, avant que n'arrive le moment fatidique, reçoivent les intersignes annonçant le trépas. Personne ne meurt, ici, sans que quelqu'un parmi ses proches, ses amis, ou ses voisins, en ait été prévenu par un *intersigne*. Ils sont comme l'ombre, projetée en avant, de ce qui doit arriver. Les personnes, comme vous, qui nient les intersignes, en reçoivent autant que celles qui les acceptent. Souvent, elles les nient parce qu'elles ne savent ni les voir ni les entendre. Compte tenu de votre proximité avec votre mère, de votre amour pour elle, de toutes ces années passées tous deux, sous le même toit, je ne pense pas que vous fassiez partie de ces personnes sourdes ou aveugles. Mon opinion est que, et je ne puis vous en tenir rigueur, soit vous craigniez de recevoir ce signe, soit vous ne vouliez rien entendre ou voir de l'autre vie. Mais je pense que ce n'est pas le cas non plus.

Le fils se tenait prostré sur sa chaise. Pas un mot ne sortait de sa bouche, il semblait défait.

— J'ai, pour ma part, une dernière question, dit Anatole.

Silence.

— Lorsque vous avez aperçu cet inconnu, au marché, qui lui murmura quelque chose à l'oreille avant de disparaître soudainement de votre vue, peu de mois avant la mort de votre *mammig*; était-ce le matin ou le soir ?

— C'était le soir, le marché se terminait, répondit Georges avec un sanglot sincère dans la voix.

— Je m'en doutais, dit Le Braz.

Dantec lui jeta un regard interrogatif. Le brigadier-chef Quentin était comme figé, muet telle une tombe assistant à cet échange avec un mélange d'étonnement et de curiosité.

— Et pourquoi ça? questionna Morvan.

— Eh bien, voyez-vous, si un intersigne est aperçu le matin, c'est que le trépas annoncé se produira à bref délai ; au plus, huit jours. Si c'est en fin de journée, ou le soir, l'échéance est plus lointaine : elle peut survenir sous quelques mois, une année, parfois davantage... Donc, je suis intimement convaincu de deux choses...

Un climat de tension palpable s'était pesamment installé dans la grande pièce. La faible lumière parut baisser. Le brigadier-chef jeta un regard inquiet vers la lampe.

— La première, reprit Anatole, c'est que cet *intersigne*, que vous pensez ne pas avoir reçu, a bien eu lieu. Il s'est produit en cette fin d'après-midi d'août, au marché. Et la seconde, c'est qu'il vous était adressé, pas à votre mère. Je ne dis pas que personne ne lui a murmuré quoi que ce soit à l'oreille, je dis simplement que cela *devait* être vu de vous.

— Mais… bredouilla Georges, la tête entre les mains.

— Monsieur Morvan, j'ai une question pour vous, à mon tour, dit le commissaire.

Le ton était tout sauf avenant.

Le fils de la veuve releva le regard à grand-peine. Dantec le fixa droit dans les yeux.

— Vous avez certainement entendu parler de la mort tragique de Pierre Goadec, et des conditions macabres dans lesquelles fut retrouvé son corps. Après tout, Huelgoat n'est qu'à vingt kilomètres et la nouvelle a parcouru tout le Finistère…

— En quoi qu'ça a à voir avec ma mère? tenta Morvan sans conviction.

— Ça, répondit Dantec, c'est ce que nous allons précisément faire en sorte de découvrir.

— Oui, pour sûr, j'en ai entendu parler…

— À la bonne heure! fit Dantec, avec une lueur de chat avisant une souris apeurée dans le regard. Mais ce n'était pas ma question. Ma question est la suivante, et je vous conseille vivement de bien réfléchir avant de répondre.

— Réfléchir à quoi?

— Oh, tout bonnement à choisir entre la vérité et le mensonge. Voyez-vous, Georges, la vérité fait gagner du temps, le mensonge en fait perdre. Or, nous n'avons absolument pas de temps à perdre, nous en avons déjà suffisamment perdu.

— J'ai rien à cacher…

— Je l'espère vivement, Georges, je l'espère vivement; mais nous allons le savoir tout de suite.

Le Braz était suspendu aux lèvres de Dantec; le temps se figea, l'espace de quelques secondes.

— Georges, connaissiez-vous personnellement Pierre Goadec, le garde champêtre rebouteux et un peu sorcier de Huelgoat ? questionna Dantec.

À cet instant, un choc violent se fit entendre, la fenêtre donnant sur l'extérieur se brisa, projetant des débris de verre à l'intérieur, jusque sur la grande table où se tenaient les trois hommes. Machinalement, Le Braz se protégea le visage tandis que Dantec et Quentin se levaient. Le fils Morvan était tétanisé. Dantec se baissa, il ramassa une grosse pierre, poisseuse entre ses mains. Il pensa avoir été blessé, mais cela ne venait pas de lui. Il mit la pierre sous la lumière, la plaçant à la vue des autres. Elle était recouverte d'une croix, rouge, longue, probablement faite avec du sang et non de la peinture, car il en sentit l'odeur légèrement métallique en portant l'index à ses narines après avoir touché le symbole.

— Eh bien, voilà ce que l'on peut appeler un sens aigu de *l'à-propos*, lâcha-t-il, tandis que des rafales de pluie pénétraient à l'intérieur de la pièce.

— Quelqu'un ? demanda-t-il au brigadier-chef qui scrutait l'extérieur.

— Non, personne, mais la lampe du réverbère a été brisée. Et je n'y vois pas grand-chose. En tout cas, il faut une sacrée force pour avoir jeté ce caillou avec une telle précision jusqu'ici…

— Une force à décapiter un homme quasiment à mains nues, à n'en point douter, répondit Dantec.

Puis, se tournant vers Georges :

— Que cela ne vous détourne pas de ma question, bien au contraire, monsieur Morvan ; je la réitère donc : connaissiez-vous Pierre Goadec ?

CHAPITRE 21

Une fois de plus, la question resta en suspens.

Alertés par le bruit, deux gendarmes firent irruption dans le bureau du brigadier-chef. Ils jetèrent un rapide coup d'œil dans la pièce puis se tournèrent vers leur chef.

— Roger, Jules, un individu vient de jeter un projectile dans la fenêtre. Descendez, hâtez-vous, et tâchez de mettre la main dessus, même s'il est fort probable qu'il ait déjà pris la fuite. Mais il ne peut pas être bien loin… Personne n'est blessé, n'ayez crainte.

— Mon cheval est encore sellé, répondit le dénommé Jules, il est dans la cour ; avec un peu de chance, je peux l'attraper. On connaît tout le monde, ici. Personne du bourg n'aurait fait une chose pareille…

— Allez-y, ne tardez pas, et revenez me dresser votre rapport. Quant à vous, Roger, allez vérifier le périmètre de la caserne et assurez-vous également que l'automobile du commissaire n'a pas subi de dommages visibles…

— À vos ordres, répondirent d'une même voix les deux hommes qui, après un salut rapide, tournèrent les talons et sortirent en courant, le bruit de leurs bottes ferrées décroissant dans le couloir avant de résonner de nouveau dans l'escalier.

Le brigadier-chef se tourna vers Dantec et Le Braz.

— La pluie pénètre, je vous propose que nous descendions au rez-de-chaussée pour poursuivre cet entretien.

Le fils amorça une levée, aussitôt interrompue par Dantec.

— Nous avons eu notre dose de pluie pour la journée, rétorqua ce dernier, alors nous ne sommes plus à quelques rasades près…

Puis il darda ses yeux sur Morvan, qui s'était rassis piteusement. Il eut un mouvement du menton en sa direction, qui signifiait, sans la moindre hésitation : *j'attends ma réponse, trêve de diversions…*

— Oui, fit Georges, et sa voix ressemblait à celle d'un môme dans le corps d'un géant.

— Plaît-il ? insista Dantec

Morvan assura sa voix du mieux qu'il pût.

— Oui, monsieur le commissaire. Oui, je l'connaissais personnellement, oui. Mais c'était y'a longtemps…

— À la bonne heure, fit Dantec comme si l'on venait de lui annoncer une promotion, à la bonne heure !

Puis, à l'intention de Quentin :

— Nous allons pouvoir poursuivre cet intéressant échange en bas, comme vous le proposiez à l'instant, cher brigadier-chef. La pluie éclaircit les idées, semble-t-il, mais ce n'est pas une raison pour attraper la mort.

Et, sur ce, il fit un clin d'œil à Le Braz.

Les quatre hommes sortirent de la pièce. Quentin ouvrait la marche, précédant Georges, et Dantec prit soin de se positionner juste derrière lui, écartant poliment Anatole de la main. Le Braz comprit. Le fils Morvan n'était pas encore suspect, certes, mais il fallait penser à tout. L'encadrer ainsi n'était pas anodin.

Les épaules voûtées, posture qui lui était apparemment familière en certaines circonstances, il avançait comme un condamné marchant vers l'échafaud. En descendant l'escalier, ils croisèrent le gendarme prénommé Roger.

— Personne aux abords immédiats, chef, mais Jules est encore en train de patrouiller.

— Parfait, rétorqua le brigadier-chef. Nous allons dans la salle d'interrogatoire.

À ces mots, Georges parut se voûter encore plus.

Le gendarme Roger laissa passer son chef ainsi que Morvan.

Mais, alors qu'il croisait le commissaire, il le prit par le bras.

Dantec et Le Braz s'immobilisèrent.

Le gendarme attendit que Quentin et le fils de la veuve aient atteint le bas de l'escalier.

— C'est au sujet de votre automobile, monsieur le commissaire…

— Elle a été endommagée ? questionna Dantec.

— Non, monsieur, rien de visible de l'extérieur, en tout cas. Mais en regardant à l'intérieur, sur le siège, à vos deux places, j'ai trouvé ceci…

Il avait les deux mains serrées, les jointures blanchies.

Il les ouvrit et les tendit vers Dantec. Le Braz regarda, par-dessus son épaule.

À l'intérieur, au milieu des paumes du pandore, ainsi que le chansonnier Gustave Nadaud avait ironiquement baptisé en 1853 un personnage de la maréchaussée passivement obéissant, terme qui depuis faisait rager tous les gendarmes de France, se tenaient deux objets qui, eux, n'avaient rien d'ironique ou de comique…

Deux petites faux en bois sculptées. Elles étaient en if, toutes les deux… Dantec les prit en main. Sa vue était meilleure que celle d'Anatole.

Sur l'une d'elles étaient gravées sommairement au couteau les initiales A.D. Sur l'autre, A.L.

Dantec se tourna vers Anatole.

— A.D. pour Alan Dantec, j'imagine. Mais A.L ? Cela ne semble pas être de vous dont il s'agit. Celui qui nous a laissé cet *intersigne* aurait fait l'économie de la partie principale de votre nom ? Il manque le B de « Braz »…

— Il n'a rien oublié du tout. Je pense que c'est volontaire, une façon de rabattre mon caquet, peut-être.

— Comment cela ?

— « Le Braz », en deux mots, est une coquetterie d'auteur, mon nom d'écrivain, en quelque sorte. Je l'ai choisi moi-même, il y a longtemps… Le véritable patronyme familial, le nom de mon père et le mien, mon véritable nom est Lebras. Pas Le Braz.

— Cependant, il ignore probablement votre nom de naissance…

— Alan, je ne sais pas qui est cet homme, mais tout me porte à croire qu'il y a peu de choses qu'il ignore désormais, sur vous et sur moi.

— Et ces faux symboliques, que signifient-elles selon vous ? Nous ne sommes pas encore morts, que je sache. Les deux précédentes ont été trouvées sur des cadavres.

— Allons, commissaire, n'insultez pas votre intelligence ni la mienne, accessoirement. Nous ne sommes certes pas encore morts, mais si nous persistons à fourrer le nez dans ses affaires, il est fort probable que nous ne tardions pas à l'être. C'est son message. Et s'il considère cela comme un *intersigne*, quitte à réinventer les traditions, il a choisi de nous l'adresser directement et à personne d'autre !

CHAPITRE 22

« Quand deux personnes voyagent de conserve, dont
l'une a le don de voir les intersignes
ou les revenants, il suffit que celle-ci mette sa main
dans la main de l'autre
pour lui communiquer
la faculté qu'elle possède… »
Anatole Le Braz. La Légende de la Mort.

22 novembre 1901. Campagne de Brasparts.

Georges Morvan titubait sur la petite route, essayant à grand-peine de ne pas choir dans le fossé. La pluie avait cessé pendant qu'il était à l'auberge Kerguélen, rue de la Mairie, où il avait filé dès sa sortie de la gendarmerie.

Il avait le gosier sec et, surtout, besoin d'un bon remontant ; même plusieurs.

Ce n'est pas qu'il *leur* avait beaucoup parlé, non, dans l'ensemble il avait presque réussi à tenir sa langue. Presque…

Il s'attendait à voir le commissaire; il s'y était préparé. Mais il ne s'attendait pas à voir l'autre: le *lettré*, le gars de la ville qui se faisait passer pour un campagnard. Ce « Le Braz ». Ce n'était pas qu'il l'avait trouvé antipathique, c'était même plutôt le contraire. Et tout était venu de là.

Un *polis* est un *polis;* les policiers on les sait pas tendres. Mais celui-ci, *gast*! Le Breton revenu au pays, c'était un sacré malin…

Il avait réussi à lui délier la langue avec sa question sur Goadec. Pas complètement, mais suffisamment, peut-être, pour lui attirer des ennuis.

Tout ça ne serait pas arrivé si le *skrivagner*, l'écrivain de la Mort, ne l'avait pas perturbé avec ses histoires. Enfin, des histoires qui n'en étaient pas.

Les intersignes, l'*Ankou*…

La première fois qu'il avait été convoqué à l'*archerdioù*, la gendarmerie, on ne lui avait demandé que peu de choses.

Et il n'avait pas menti. Il avait *omis*. Omettre, c'est pas mentir…

Oh, bien sûr, c'est pas ce que dirait son curé de frère. Lui il considérerait que le mensonge par omission, c'est pécher…

« L'omission n'est pas l'amnésie. C'est ne pas faire le bien que l'on pourrait faire ou que l'on devrait faire; c'est un péché qui endurcit le cœur », qu'il lui avait dit, juste après les obsèques de leur mère, qu'il avait célébrées.

« Si tu as quelque chose à dire, Jorj, tu dois le dire aux gendarmes! »

Il avait dit aux gendarmes, pour le grand type, au marché. Mais le reste, il l'avait *omis*, un point c'est tout! Volontairement, oui. Et alors?

Il n'avait rien à voir dans la mort de sa mère. Rien.

Mais il avait idée de ce qui pouvait l'avoir causée. Et de *qui* pouvait l'avoir causée. Mais, leur parler de ça, c'était se condamner lui-même. Et, en plus, il n'avait aucune preuve. Il leur en faut toujours, des preuves. Lui, il n'avait qu'une vague idée et elle ne venait même pas de lui, mais de ce que Goadec lui avait révélé... Il ne risquerait pas la prison en en disant un peu plus, non. Il n'avait rien fait, il n'y était vraiment pour rien. Mais pouvait très bien se faire tuer, lui aussi.

Le mal de ventre, c'était rien. L'autre savait pour la boisson. La boisson finirait peut-être par lui causer des problèmes, comme à beaucoup d'autres, mais l'eau, non. L'autre devait le savoir, qu'il buvait pas beaucoup d'eau, presque pas...

On drogue pas le cidre, le vin, c'est trop compliqué, mais l'eau du puits, la belle affaire. Fallait être un sacré vicieux bien tordu, pour penser à faire un truc pareil à sa mère. Mais, *lui*, il avait bien pu devenir comme ça, bien tordu, après tout ce temps, toutes ces années.

C'est ce que Goadec lui avait dit.

Il ne l'avait pas cru. Il avait eu tort.

Avant qu'on ne le lui apprenne, il ne pensait pas que sa mère avait été tuée ; il ne savait pas qu'elle avait été rendue folle par des *drogues*, jusqu'à lui briser le cœur. Le faire s'arrêter de battre, cette nuit-là. Il savait ce qu'elle avait fait, ou plutôt ce qu'elle aurait dû faire. Mais de là à la tuer, comme ça, il fallait être un foutu malade.

Maintenant qu'il savait, la peur lui tordait le ventre. Mais *l'autre*, il n'avait aucune raison de s'en prendre à lui.

À moins qu'il ne parle.

Il n'avait rien dit. Il avait juste *menti par omission*.

Jusqu'à ce soir. Jusqu'à ce que l'écrivain lui retourne la tête et que le commissaire, l'expatrié de retour au pays, lui jette sa question, son filet, à la tête et l'attrape dedans.

Et puis, y'avait eu la pierre dans le carreau…

Est-ce que c'était pour lui ?

La croix de sang, dessus, comme pour Goadec.

Une menace ? Une menace de mort ?

Mais il n'avait pas dit plus que ce qu'il savait, quand ils l'avaient conduit en bas. Pour l'interroger encore ; la pluie qui rentrait dans la pièce, soi-disant…

Il n'était pas mécontent de quitter cette fichue pièce. Mais la salle d'interrogatoire, il n'avait pas aimé. Oh, ça n'avait pas duré bien longtemps. Il avait passé tout l'après-midi à la gendarmerie, ils ne pouvaient pas le retenir contre son gré.

Il n'avait rien fait. Il avait juste *omis*… Alors, il leur avait avoué qu'il connaissait Goadec et que Goadec lui avait parlé de *l'autre*, celui que l'on croyait perdu. Et qui ne l'était pas. Celui qui devait savoir des choses, désormais. Assez pour tuer Goadec, comme un poulet que l'on décapite. Sauf que Goadec, il n'avait pas pu courir, après… Toute cette horreur, cette monstruosité, sur la Pierre Tremblante.

Et le chien : il n'avait rien fait, la pauvre bête… Fallait qu'il soit devenu sacrément sonné pour faire des monstruosités pareilles. Fallait qu'il ait sacrément envie de se venger. Ou de la venger, elle…

Alors, il avait juste dit, pour Pierrig, qu'il le connaissait, mais pas tout ce que Pierrig Goadec lui avait raconté, ça non.

Et il avait juste parlé du comte. Juste un peu. Il ne savait pas ce qui lui avait pris, mais il s'était arrêté à temps, du moins il l'espérait. À vrai dire, il n'en savait pas beaucoup plus, mais, comme un furet, le commissaire trouverait peut-être une raison de fouiner.

Il avait sorti des mots sans suite ; pas sur sa relation avec Goadec, non, sur la relation possible de Goadec avec d'autres personnes. L'écrivain avait semblé perdu – c'était du moins ce que Morvan avait cru, à tort, confondant l'attention aiguisée d'Anatole avec une indifférence ou une incompréhension.

Le commissaire, lui, avait paru plus prévisible.

Là aussi, le fils de la veuve faisait erreur.

Bah, il leur faut toujours des mobiles, à ces types-là. Pour éloigner le danger de moi, vaut mieux que je lui donne un petit os à ronger.

Il n'y avait pas de petit os pour Dantec, dès qu'il avait déjoué un possible mensonge, chaque petit morceau devenait un mets de choix, à savourer lentement, jusqu'à la moelle…

Le commissaire avait eu l'air surpris quand il avait bredouillé deux phrases sur le *noble*, qui vivait dans son beau manoir au bord de l'Odet, et que tout serait parti de là. C'était si peu clair pour lui que ça ne pouvait pas l'être pour eux.

Mais quelque chose avait brillé dans l'œil de Dantec, le commissaire. Quelque chose qui ressemblait à un début d'envie de comprendre…

Ma foi, entre la surprise et la compréhension, entre l'envie et la satisfaction, y'a plus de chemin à faire que pour aller à pied à Nantes…

Georges n'était pas bien malin ; il eut, ce jour-là, la fâcheuse tendance de croire que l'intelligence des autres se mesurait à l'aune de la sienne.

Bon, s'était-il dit, *je peux pas dire tout ce que je sais pas, et c'est même pas des mensonges par omission ; parce qu'ils aiment pas beaucoup ça non plus, la police. Sont comme des curés sans soutane…*

Il n'y avait pas de quoi rire, mais à cette pensée il rigola un bon coup.

Le son de sa voix sur la route noire et silencieuse le fit s'arrêter net.

Il avait pas mal picolé à l'auberge, pourtant les cinq kilomètres pour rentrer à la ferme ne lui faisaient pas peur.

Le brigadier-chef avait demandé aux deux autres de le laisser partir, de le faire revenir le lendemain. Il était tard. Il était innocent. Il ne reviendrait pas le lendemain ; il en avait marre.

Il le leur avait dit. S'ils voulaient le revoir, faudrait qu'ils le convoquent.

Il venait de passer Poul ar Gurun, encore un kilomètre, puis le chemin vicinal, la ferme, son lit.

Demain serait un autre jour, et après-demain aussi, et les jours suivants, tant que l'on y est.

Mais, à peine rentré, tout de même, il sortirait du coffre en bois son long couteau de chasse, le Bowie, avec son bel étui en cuir travaillé, celui qui lui servait à dépecer, qu'il avait gagné à l'auberge, en jouant à *la Bourre*, ce vieux jeu de cartes des campagnes, pris à un pauvre gars revenu des Amériques qui ne s'était même pas rendu compte qu'il avait triché…

Et il le glisserait sous son oreiller près du lit.

On n'est jamais trop prudent. Avoir un bon coup dans le nez ne l'avait jamais empêché d'avoir le sommeil léger. Et ce n'était pas la première fois.

Pour ce qui était de la porte d'entrée principale, celle du devant de la ferme, qu'*il* s'avise de rentrer en douce par là pour le surprendre durant son sommeil ou fouiner pendant qu'il était absent, et il aurait une belle surprise : la dernière de sa chienne de vie. Jorj rentrait toujours par l'arrière, la vieille porte de bois, vieille mais solide et toujours fermée à clé…

Et pour ce qu'il appelait sa *surprise*, il prenait le soin de la préparer chaque fois qu'il quittait la maison. Personne ne fermait sa porte en campagne. Mais c'était mieux d'agiter la cloche du chambranle au lieu de rentrer chez lui comme dans un moulin, pensa-t-il avec un sourire tordu qui lui déforma la bouche.

Après tout, j'ai rien à cacher, mais on pouvait pas en dire autant de ma mère… se dit-il.

Ses réflexions un peu décousues l'emmenaient sur d'autres pistes, en zigzag, comme sa marche hésitante sur la route.

Finalement, après tout, la pierre dans la vitre, c'était bien possible que ce ne soit pas pour lui, mais pour les deux autres compères, arrivés dans leur belle auto. Bien probable que ça n'ait rien à voir avec lui.

S'il avait dû lui arriver quelque chose, comme à Goadec, ce serait fait depuis longtemps, non ?

Et Goadec, il était plus qu'un peu mouillé dans cette histoire, bien plus que lui, c'était rien de le dire…

L'alcool se dissipait, sa marche était plus sûre ; il avait du coffre et de l'entraînement. Tout de même, avec ces pensées dans la tête, il accéléra le pas.

Bientôt rendu, bientôt chez lui.

Il n'entendit pas le bruit tout de suite, à cause du vent.

Et puis, un grincement, des sabots ferrés sur la départementale empierrée ; un grincement qui augmente, un galop qui se rapproche, du bois qui brinquebale…

Il s'arrêta, se retourna. Une ombre large et longue avançait vers lui, à vive allure, précédée d'un halo lumineux, comme une lanterne sourde à demi fermée, qui paraissait flotter dans les airs.

En pleine nuit.

Il fit un pas de côté pour quitter la route.

Il n'en fit pas deux.

Il eut à peine le temps de voir une longue silhouette noire, qui dominait la route, et qui tenait quelque chose dans la main. Quelque chose de long.

Il y eut comme un hennissement, puis la *chose* arriva à sa hauteur, faisant voler des tourbillons d'air froid autour de lui ; la grande silhouette sombre dressée, couronnée de filaments de cheveux blancs, volant dans le vent ; rien d'autre…

Juste un sifflement bref, et il aperçut une grande lame, tournée vers le ciel.

L'espace d'une fraction de seconde, elle brilla sous la lune… et jaillit vers lui.

La douleur fut horrible, intense, mais elle fut brève.

La tête de Jorj Morvan roula dans l'herbe mouillée.

Son corps vacilla un instant, puis tomba de toute sa hauteur, sur la route, avec un bruit mou.

Que personne n'entendit.

CHAPITRE 23

23 novembre 1901. Brasparts.

Anatole Le Braz courait sur la lande.

Devant lui, la pointe du Van, l'océan, vaste et sombre, tout juste éclairé par le reflet de la lune dans les flots, à l'horizon. À moins d'une centaine de mètres, l'à-pic de la falaise, découpé, inégal, qui se confondait avec l'obscurité, lisière entre la vie et la mort, que l'on devinait à peine.

Il courait à perdre haleine parmi le jaune de l'ajonc et du genêt, le mauve de l'armérie et de la bruyère, le blanc des silènes maritimes, qui formaient, en plein jour, un camaïeu de couleurs magnifiques. Mais dans cette pénombre, tout était uniformément terne, monochrome. Sinistre, et inquiétant.

Ses pieds et ses chevilles s'empêtraient en courant, dans cette végétation encore sauvage, épargnée.

Les ajoncs hérissés de piquants plantaient leurs épines, comme autant de dards, au travers de ses guêtres, faisant couler son sang.

Des cailloux invisibles tentaient de le faire trébucher, tomber, vicieusement, comme s'ils avaient été volontairement jetés sur son chemin.

Au bout du bout, il savait que le paysage devenait plus hostile, minéral. Encore quelques secondes de course, et ce serait la chut, mortelle.

Si les aspérités de la falaise ne le tuaient pas, ce seraient l'eau glacée, les courants, les remous, qui le feraient, le noyant ou le fracassant contre le roc.

Derrière lui, son poursuivant gagnait du terrain, infatigable, implacable.

Il n'entendait même pas sa respiration alors qu'il le savait tout proche. Il n'entendait que la sienne, haletante, et le bruit de son cœur qui tambourinait dans sa poitrine, à un rythme inégal. Il n'était même pas certain que ce qui le poursuivait respirât.

Peut-être *était-ce* déjà mort…

Un acolyte de l'Ankou, à qui il était l'un des rares membres de sa famille à avoir échappé. Il venait le chercher, furieux qu'il ait survécu au destin fatal qui décimait ses proches. *Il venait finir le travail…*

Pas un oiseau de nuit ne chantait, pas un souffle de vent à son oreille ; même l'océan, tout près, avait cessé de faire rugir ses flots.

Dans ce silence, il eut une révélation, presque paisible : son heure était venue. Il allait pouvoir laisser enfin reposer son esprit empli de tumulte, repoussant depuis trop longtemps le chagrin. Il allait les retrouver, tous.

Il serait pleuré comme il avait pleuré lui-même ; mais n'était-ce pas là le lot de toute vie humaine, depuis le commencement ?

Dans cette oasis de calme précédant sa fin, il n'y avait que sa respiration pour l'empêcher de goûter à cette ultime parenthèse terrestre, et le bruit de son propre cœur, insistant, lancinant : *Boum-boum-boum, boum-boum-boum, boum-boum-boum…*

De plus en plus fort, arythmique : trois battements, au lieu de deux.

Trois battements, répétés une dernière fois.

Puis une voix, qui cria son prénom :

— *Anatole ! Anatole !*

Arraché au sommeil, Le Braz ouvrit les yeux et se redressa vivement, en sueur, sur sa couche.

On tambourinait à sa porte en criant son nom.

L'espace d'une seconde, il ne sut où il était. Pas chez lui, non. Mais où…

Puis, tout lui revint : Brasparts, la gendarmerie, l'interrogatoire, le dîner avec Dantec, l'hôtel des Voyageurs, la fatigue, la chambre, le sommeil qui l'emporta, à peine allongé.

La nuit, juste troublée par le cauchemar du petit matin.

— J'arrive ! cria-t-il. Donnez-moi une seconde…

Dantec cessa de prononcer son nom et de frapper sur la porte.

Le Braz passa sa robe de chambre et vint ouvrir.

Le commissaire était fin prêt : rasé, habillé. Mais son visage était empourpré ; comme s'il avait couru.

Visiblement, il ne sortait pas de sa chambre, située sur le même palier.

— Qu'y a-t-il, Alan ? D'où venez-vous ? Quelle heure est-il ?

— J'arrive de la gendarmerie, Anatole. L'un des gendarmes est venu me chercher il y a à peu près deux heures. Il est huit heures. Préparez-vous, à la hâte, si possible…

— Mais enfin, que se passe-t-il ?!

— Un paysan a retrouvé un corps sans vie, sur la route en sortant de Brasparts, à environ trois kilomètres du bourg… et la tête qui allait avec, aussi, mais dans le champ d'à côté…

— Un accident ? demanda Le Braz, sans trop y croire. En quoi…

— Non, pas un accident. Un nouveau meurtre, à l'évidence. Et pas n'importe lequel.

— La victime est-elle identifiée ?

— Oui, Anatole, elle l'est. Et nous la connaissons également. Il s'agit de Georges Morvan. Il a été tué cette nuit, en rentrant chez lui. On l'a décapité, et d'après ce que m'en a dit le médecin, compte tenu de l'aspect de la plaie, il se pourrait bien que ce soit à l'aide d'un instrument très tranchant : une faux bien aiguisée, par exemple…

CHAPITRE 24

23 novembre 1901. Brasparts.

Le corps de Georges Morvan avait été découvert juste avant le lever du jour par un de ses voisins qui se rendait à Brasparts pour une livraison de pommes, destinée à la cidrerie Dantec, homonyme du commissaire. Le marchand de cidre se trouvait rue de la Mairie, non loin de l'auberge de Kerguelen, dans laquelle le fils de la première victime avait éclusé ses dernières bolées et ses derniers pichets de vin.

Le froid avait sévi durant la nuit. La température avait chuté subitement, comme cela arrive souvent à la fin de novembre, et une couche de grésil s'était formée sur la chaussée, blanchissant les champs, recouvrant les feuilles mortes qui jonchaient le sol.

Le jour n'avait pas encore point, la lune brillait toujours, éclairant les cieux débarrassés des nuages qui les avaient traversés toute la nuit.

Dans une lumière irréelle, les minuscules grains de glace réfléchissaient la lueur lunaire.

Le malheureux qui découvrit le cadavre se signa en l'apercevant, du haut de sa charrette.

L'homme crut à l'apparition d'un revenant, lui tendant un piège, sur la route.

Il stoppa son attelage avec un *Hola 'ta!* vigoureux, et dit d'une voix forte :

— *Si tu viens de la part de Dieu, exprime ton désir. Si tu viens de la part du diable, va-t'en dans ta route, comme moi dans la mienne!*

Il fallait les tutoyer, ces Anaons-là, parce que si l'on avait le malheur de leur dire « vous », on était perdu…

Mais le *revenant* ne partit point. Il resta là, allongé, tout blanchi, sur la route aux pierres également blanches de grésil.

Alors, l'homme descendit du banc d'attelage, et, prenant son courage à deux mains, il s'approcha. Son sang gela en dedans.

Ce n'était pas un revenant, c'était un mort. Un mort sans tête. Très grand. Le corps était aligné sur la route, perpendiculairement à la chaussée.

Le paysan s'approcha du mieux qu'il put. Il y avait des limites à la témérité…

La tête n'était pas dans le prolongement du corps, dont le col s'arrêtait pile à la lisière de la route. Il n'y avait pas de tête. Il contourna le corps, constatant au passage la bouillie sanguinolente, mais fort heureusement gelée, qui dépassait du haut de la veste en toile épaisse. On voyait *l'intérieur* : toutes ces choses qui nous tiennent en vie, pendant le temps qu'elle dure, mais dont il vaut mieux ne pas savoir comment elles fonctionnent, et surtout pas à quoi elles ressemblent… On aurait dit une sculpture, ou l'un de ces tableaux aux murs des églises, représentant ces saints à qui l'on fait subir des choses peu chrétiennes ; pour les transformer en saints, justement.

Une macabre ressemblance avec saint Trémeur, dont il avait vu la statue, lors d'un pardon, à Plougastel-Daoulas.

Avec sa tête entre les mains. Un brave garçon, tué par son père qui, l'ayant trouvé se promenant dans la campagne, un dimanche après l'office, lui coupa la tête parce qu'il jouait au jeu de *soule* mieux que lui. Un saint qui guérissait les maux de tête, très précisément.

Mais cet homme-là n'était pas un saint, oh non, *ma Doue benniget !*

Le paysan le sut quand il découvrit son *chef*, gisant à trois mètres, dans le champ. Un visage de plâtre couvert de givre, aux yeux exorbités, et au cou lacéré assez proprement, ma foi, mais duquel dépassaient quand même des choses peu agréables à voir, même figées par le froid.

Heureusement qu'on n'est pas en plein été, mon pauvre Jorj Morvan, dit à voix haute le brave homme en se signant de nouveau. Plus pour lui que pour le mort, qu'il avait reconnu, malgré sa face de statue et son rictus de surprise, figé à jamais sur les traits.

Le froid avait ses avantages…

S'il l'avait découvert à la fin d'une belle et chaude nuit d'août, comme les Monts d'Arrée en réservent, il aurait rendu à la terre, fort certainement, plusieurs repas sur le bord de la route…

CHAPITRE 25

23 novembre 1901. Brasparts. Gendarmerie.

Les gendarmes avaient été tirés de leur casernement par le vacarme fait à la porte par le paysan qui avait découvert le corps sans vie – et sans tête – de Georges Morvan.

Bien entendu, l'homme n'avait touché à rien. Il s'était contenté de cravacher son postier breton, dont le galop n'était pas la qualité première, et d'arriver le plus vite possible jusqu'au bourg. Durant les quelques kilomètres parcourus, il avait semé sur son chemin une grande partie de son chargement de pommes à cidre, à cause des cahots de la départementale et de la vitesse. Il avait même failli rompre l'essieu sur un nid-de-poule qui le fit décoller de son banc d'attelage d'un bon mètre.

Expliquer la raison de sa présence fut chose peu évidente, car le brave homme était tellement choqué par cette sinistre rencontre très matinale qu'il mélangeait le breton et le français. Or, le brigadier-chef n'était pas bretonnant, en Ille-et-Vilaine, on parlait gallo. La langue gallèse était un dérivé des langues d'oïl, le breton une langue celtique indo-européenne, ce qui n'avait strictement rien à voir.

Le brigadier-chef Quentin avait commencé à prendre des cours auprès d'une vieille institutrice, qui lui tirait toujours une tête de six pieds de long pendant son instruction, car elle le considérait comme personnellement responsable des décrets bannissant la langue bretonne des écoles et, surtout, de l'enseignement du catéchisme…

Avec l'aide de deux gendarmes de la brigade, la lumière se fit sur le drame. Le brigadier-chef leur donna l'ordre de se rendre sur les lieux et ils s'y précipitèrent avec l'attelage de la caserne, une fois qu'ils eurent compris la gravité de la situation.

Le paysan, prostré, fut conduit à l'intérieur.

Moins d'une demi-heure plus tard, les deux gendarmes rentraient à la caserne avec leur lugubre cargaison, recouverte d'une bâche de toile.

En les voyant arriver, blancs comme des linges, Quentin approcha de la charrette et souleva la bâche. Le corps reposait sur l'un des côtés et la tête avait roulé jusqu'au hayon, fort heureusement relevé, faute de quoi ils l'auraient semée sur la route, au milieu des pommes à cidre, probablement…

Ils rentrèrent les deux parties de la victime ; la rigidité cadavérique avait fait son œuvre, alliée au froid.

Le brigadier-chef ordonna que le corps soit déposé dans la salle froide où l'on conservait une partie de la nourriture. Une table fut débarrassée à la hâte, et les deux parties de celui qui avait été Georges Morvan furent déposées dessus.

Quentin demanda à l'un de ses hommes d'aller quérir le médecin et à l'autre d'aller chercher Dantec, à l'hôtel.

Dantec arriva moins d'une dizaine de minutes plus tard ; il était visiblement déjà prêt de pied en cap lorsque le gendarme avait frappé à la porte de sa chambre.

Il suivit le brigadier-chef dans la salle où se trouvait le corps, souleva la bâche, esquissa un mouvement de recul en découvrant ce qu'elle recouvrait, puis il soupira en remuant la tête.

— Pas de témoin, j'imagine ?

— Non, répondit Quentin. Cela a dû se passer alors qu'il rentrait de la gendarmerie.

Dantec se rapprocha du cadavre et eut un geste qui fit frémir le brigadier.

Il se pencha sur le corps, à le toucher. Puis il renifla les vêtements durant quelques secondes. Le sommet de la répulsion, du côté du gendarme, fut atteint lorsque Dantec répéta son investigation, tel un chien limier, en écartant péniblement les lèvres du mort, approchant ses narines à moins de cinq centimètres de sa bouche, et prit trois profondes inspirations nasales ; puis il lui renifla pareillement le nez…

Quentin détourna la tête.

Le commissaire se releva, recouvrit les restes avec la bâche et, comme s'il venait de sentir un mets pour en découvrir la composition, il commenta, quasi sobrement :

— La vie ne sent rien, la mort finit par sentir, mais l'alcool, lui, dure plus longtemps que la vie. Le corps du fils Morvan sent le tabac à plein nez et sa bouche empeste le cidre et le vin. Et même si l'eau ne l'a pas tué, comme elle a rendu folle sa mère, croyez-moi, il a célébré longuement son penchant pour la boisson une dernière fois, avant de reprendre la route vers son domicile. Il a passé un bon moment à l'auberge, dans la fumée des pipes et du tabac à rouler, car il semblerait qu'il ne fumait pas lui-même ; en revanche, il prisait. Le tabac à priser ne sent rien sur les vêtements. Faites vérifier la durée de sa présence à l'auberge. Je parierais qu'il a fait la fermeture…

Sur ce, il ajouta :

— Je vais attendre le médecin pour le constat de décès, et j'ai besoin de son avis concernant l'objet contondant qui lui a tranché la tête. Mais j'ai mon idée sur la question. Ensuite, j'irai chercher Le Braz.

CHAPITRE 26

23 novembre 1901. Brasparts.

Durant les quelques minutes de trajet qui séparaient l'hôtel de la caserne, Dantec mit Le Braz au courant des premières constatations. Et principalement des siennes.

— Le médecin n'est pas un légiste, mais il semble être un bon médecin. De plus, il connaissait très bien la veuve ; c'est lui qui s'était rendu à son domicile lorsqu'elle avait manifesté les premiers symptômes de son *empoisonnement*.

Anatole ne put retenir un commentaire dubitatif.

— Pardonnez ma remarque, Alan, mais s'il était aussi bon médecin que vous le dites, pourquoi n'a-t-il pas envisagé qu'elle ait pu être droguée ?

— C'est très simple, rétorqua Dantec, avec une pointe de contrariété dans la voix, tout bonnement parce que les Morvan l'ont fait venir deux fois, uniquement ; et encore, apparemment, le fils avait dû convaincre sa mère de se faire ausculter. Elle avait commencé par refuser catégoriquement. La première fois, il était venu car elle ne gardait pas sa nourriture, ce qu'il avait attribué à une intoxication alimentaire ; la seconde, parce qu'elle ne s'alimentait plus, ce qu'il avait imputé à une forte *mélancolie*. N'oublions pas qu'il y a fort peu de temps que l'on commence à considérer la notion de dépression mélancolique.

— Oui, au temps pour moi, accorda Anatole. Baudelaire, Goya étaient des dépressifs, alors que le *spleen* revêtait presque une dimension artistique…

En disant cela, il pensa à ses propres périodes *mélancoliques*, cachées aux yeux de tous, hormis ceux de son épouse.

Il préféra changer de sujet.

— Donc, à aucun moment, il n'a soupçonné qu'elle ait pu être droguée intentionnellement…

— Non, d'autant plus que le dosage progressif de l'empoisonnement de l'eau ne lui permit pas d'envisager une telle hypothèse. Et, d'ailleurs, à quel titre ?

— Vous avez raison, répondit Le Braz, pensif.

— Si vous avez quelque chose en tête, Anatole, j'aimerais autant que vous m'en fassiez part avant que nous ne pénétrions dans la caserne…

— Je me demandais simplement si, finalement, à la lumière des quelques révélations que *feu* Georges Morvan nous a faites hier soir, il se pourrait que ce soit lui qui ait drogué l'eau et conduit sa mère à son sinistre trépas. Nous ne savons pas ce qu'il pouvait bien lui raconter, tous deux seuls dans la ferme. Il était le plus à même de droguer l'eau du puits, et ensuite de profiter de son état pour la rendre folle, en se servant de son cerveau chancelant ; jusqu'au dénouement tragiquement final pour elle.

— J'ai envisagé cette hypothèse, avant même de venir vous rendre visite, à Port-Blanc. Mais elle ne tient pas.

— Et pourquoi ? insista Anatole.

— Pour deux raisons : la première étant qu'il n'a pas les connaissances ni les compétences nécessaires pour avoir pratiqué un empoisonnement progressif, sur quelques mois, certes, mais progressif tout de même.

— Mais nous n'avons que son témoignage sur l'évolution pathogène de son état…

— Certes, mais il n'en demeure pas moins que l'assassin a pris son temps. Le fils n'aurait pas été aussi machiavélique, aussi *tordu*. Outre qu'il n'avait aucune raison de tuer sa mère, il aurait pu le faire de manière plus rapide et radicale, plus en rapport avec sa personnalité, s'il avait eu un mobile. Oubliez Jorj, Anatole, c'est une perte de temps et d'énergie. Et c'est là ma seconde raison : le fils Morvan n'a pas le moindre mobile pour devenir un assassin et, de plus, on lui a ôté la vie, ne l'oublions pas. Est-ce là tout ce que vous aviez en tête ?

— Non, répondit Le Braz. Voyez-vous, je m'attendais à ce que vous démontiez mes présomptions à ce sujet. Mais je me devais de les exprimer…

— Allons, Anatole, nous ne sommes pas en train de jouer aux échecs…

Le Braz eut un geste d'humeur de la main, qui surprit Dantec. La bonhomie de l'auteur avait des limites : il ne fallait pas la prendre pour un manque de personnalité. Le commissaire le rangea dans un coin de sa tête avec une certaine satisfaction. Il avait besoin d'un compagnon fort mais sachant garder sa maîtrise, tout en marquant son territoire, quand cela s'avérait nécessaire.

— Pardonnez-moi, dit-il, je ne voulais en aucun cas me montrer désagréable.

— Vous ne l'avez pas été. Mais si vous cherchez un partenaire, et non simplement un témoin de la justesse de vos propres déductions, il va vous falloir apprendre à écouter, Alan…

C'était assez bien envoyé, Dantec dut le reconnaître, et il se le tint pour dit.

— *Amen*, cher Anatole. Auriez-vous l'obligeance de me faire part du reste ? Nous sommes presque arrivés à la caserne.

— Volontiers, lâcha laconiquement Le Braz. Deux choses me turlupinent, voyez-vous.

— Je suis tout ouïe !

— Vous m'avez parlé du corps de Jorj Morvan, de sa tête tranchée, des éléments qui expliqueraient que son assassinat ait eu lieu à une heure avancée de la nuit, après avoir passé une large partie de la soirée à s'aviner à l'auberge, et non immédiatement en sortant de son interrogatoire. Vous m'avez dit que vous suspectiez fortement que l'arme du crime soit suffisamment tranchante et formidablement aiguisée pour provoquer une telle décollation ; vous pensez à une faux. Cela me paraît cadrer avec la dramaturgie qui sied à l'esprit malade du meurtrier, je vous le concède. Mais il me vient une remarque et une déduction.

— Anatole…

Dantec, le pragmatique, trouvait son acolyte un brin trop littéraire, prenant son temps, mais, surtout, il ne voulait pas admettre que sa curiosité était bien éveillée par ce que Le Braz avait en tête…

— J'ai pitié de vous, Alan, dit Le Braz en souriant, je vais aller droit au but.

— Soyez-en remercié…

— Ma remarque est la suivante : les deux crimes précédents ont un point commun, ou plutôt un objet. Pas le *modus operandi,* pour la veuve, empoisonnement progressif, pour Pierre Goadec, décapitation. Rien de commun, vous êtes d'accord ?

— Absolument !

— Le meurtre de la nuit dernière a en commun avec celui de Goadec la mort par décapitation.

— Tout à fait, souligna Dantec, qui commençait à percevoir où Le Braz voulait en venir.

— Et pourtant, si ces trois meurtres sont liés, ce qui est fort possible, il nous manque quelque chose…

— Qui est ?

— La faux sculptée, mon cher Alan, la faux sculptée en bois d'if. Il semblerait pourtant que notre meurtrier n'en soit pas avare, puisque nous avons même eu droit à ce *présent* de sa part alors que, pour autant que je sache, nous sommes pour l'heure toujours en vie…

— Bon sang…

— Comme vous dites ! Où est la faux sculptée destinée à Jorj Morvan ? Vous ne m'en avez pas parlé ; j'en déduis que rien n'a été trouvé sur le cadavre…

— Non, vous avez parfaitement raison ! Nous vérifierons à la gendarmerie, mais non, et pourtant j'ai regardé le corps de près, croyez-moi…

— Je vous crois. Mais voyez-vous, je serais fort étonné qu'il n'y en ait pas une. Et si elle n'est pas sur lui, peut-être est-elle restée sur le lieu du crime.

— J'irai avec l'un des gendarmes dans mon automobile dès notre arrivée à la caserne ; *gast!* avec tout ce chambardement, je n'y avais même pas pensé, lâcha Dantec avec une mine désappointée que Le Braz lui vit pour la première fois.

— On ne peut penser à tout, tout le temps, fit Anatole. Après tout, comme vous le dites vous-même, nous ne jouons pas aux échecs.

Le commissaire regarda Anatole, tout sourire, et ce dernier lui fit un clin d'œil appuyé.

— Ah, voici la gendarmerie, reprit l'auteur. Voulez-vous que je vous fasse part également de ma déduction avant que nous n'entrions ?

— J'en serais ravi… répondit Dantec.

— Elle s'appuie sur deux points, bien que je ne sois pas un criminaliste émérite comme vous. Le premier est celui-ci : pour décapiter un homme, même avec un objet fort tranchant, cela ne se fait pas en avançant derrière lui à pas de loup, pour le surprendre et lui trancher le col d'un coup, aussi violent et bien ajusté soit-il.

— Non, effectivement, répondit Dantec, qui allait de surprise en surprise quant à la sagacité de Le Braz.

Car il avait pensé à la faux comme arme du crime, mais pas à la façon de procéder…

— Pierre Goadec a probablement été neutralisé avant d'être décapité. Cela laisse le temps à son assassin de bien ajuster son coup, voire d'en porter plusieurs. J'imagine qu'il n'y a pas eu d'autopsie ?

— Non, en effet…

— Bien. Pour Jorj, le meurtrier n'a pas eu le temps de prendre son temps. Et encore moins de se faufiler nuitamment derrière sa victime pour lui porter un seul coup fatal. Il faut une force extraordinaire pour faire une chose pareille, et la manière dont le corps était disposé semble prouver qu'il n'y a eu qu'un seul coup porté et que la tête du malheureux a volé dans l'herbe…

— Poursuivez, fit Dantec.

Ils étaient arrivés devant la caserne, mais le commissaire s'arrêta en posant sa main sur le bras d'Anatole.

— Si notre homme est aussi obnubilé par l'Ankou qu'il semble l'être, il n'est pas impossible qu'il ait rattrapé Morvan à bord d'un attelage, dans la nuit, au galop. Qu'il l'ait suivi lorsqu'il est sorti de l'auberge, le sachant affaibli par l'alcool. Un outil bien tranchant, une précision et une synchronisation exceptionnelles, certes, mais un seul coup bien porté, allié à la vitesse démultipliant la force de l'impact, et, *hop!* adieu Jorj!

Dantec était estomaqué.

— Tout cela se tient, Anatole, tout cela se tient…

— Vous m'en voyez honoré, dit Le Braz. Mais une dernière chose me trotte dans la tête… Vous permettez?

— Je vous écoute…

— Si le meurtrier se tenait debout, dans la charrette, accroché par une main pour se tenir fermement et porter au mieux le coup fatal de l'autre…

Le commissaire faillit finir la phrase, mais Anatole fut plus rapide:

— Alors, qui conduisait l'attelage, Alan. Qui?

CHAPITRE 27

23 novembre 1901. Brasparts. Gendarmerie.

Lorsque Le Braz et Dantec pénétrèrent dans la gendarmerie, elle était vide à l'exception du chef Quentin.

Le brigadier-chef avait pris la décision d'envoyer les cinq gendarmes qui constituaient la brigade en patrouille dans le bourg et les environs immédiats, en quête d'éventuels témoignages.

Le commissaire trouvait cette initiative parfaitement inutile, mais se garda d'en faire part à Quentin. Pour Dantec, la seule priorité qui s'imposait était celle qui permettrait de relier, sans l'ombre d'un doute, ce dernier meurtre aux deux précédents. La faux sculptée, si elle existait, serait cette preuve décisive.

Il y avait aussi ce que Le Braz avait évoqué: l'utilisation d'un attelage, comment avait opéré le mystérieux *faucheur*, et, surtout, s'il était seul ou si un éventuel *cocher* dirigeait l'équipage…

Il fallait se rendre sur place, et rapidement. Mais avant cela, une dernière inspection du cadavre s'imposait. Le médecin qui avait été convoqué n'avait bien évidemment pas les compétences nécessaires pour aller au-delà du constat de décès qu'il avait effectué. Les magistrats ordonneraient certainement le transport des deux parties du corps du fils Morvan à l'hospice civil de Brest, aux fins d'autopsie.

Dantec avait l'intuition qu'il fallait aller vite. Le grand Georges ne se relèverait pas d'entre les morts avec sa tête sous le bras, certes, mais l'observation du commissaire avait été brève ; quelque chose lui avait peut-être échappé. Il avait eu la confirmation que la victime avait non seulement fait la fermeture de l'auberge, mais de surcroît, comme il connaissait bien le tenancier, celui-ci avait avoué qu'il était resté ensuite, avait bu quelques verres supplémentaires en compagnie de deux ou trois habitués, amis du patron, et qu'il avait quitté l'établissement, bien éméché mais pas plus que d'ordinaire, aux alentours de minuit.

Par conséquent, le meurtre avait probablement eu lieu avant une heure du matin.

— Où le corps a-t-il été retrouvé ? demanda Dantec.

— Je vous l'ai dit, commissaire, sur la route départementale, environ deux kilomètres avant le domicile des Morvan, et un kilomètre avant la bifurcation du chemin vicinal qui y mène.

Dantec se tourna vers Le Braz et secoua la tête en signe de découragement, ce qui n'échappa pas à Quentin.

— Brigadier-chef, j'ai besoin que vous me conduisiez, ainsi que monsieur Le Braz, sur le lieu précis du crime. Pas approximativement : précisément, j'insiste !

— Mais ce n'est pas moi qui suis allé chercher le corps, voyons! rétorqua Quentin. Ce sont deux de mes hommes accompagnés de Garrec, le paysan qui a retrouvé le mort. Vous le savez…

— Vos hommes ne sont pas là, Quentin. Vous les avez tous envoyés glaner des informations qu'ils ne trouveront pas; nous perdons du temps!

— Mais… Je… commença le gendarme en s'empourprant.

— Écoutez-moi attentivement, interrompit Dantec. Je ne suis pas venu ici pour faire du tourisme. Je dirige désormais cette enquête ainsi que les deux autres. Aucune initiative ne doit être prise sans mon approbation. Tenez-le-vous pour dit!

Quentin était rouge comme une pivoine. Le Braz n'avait jamais vu Dantec en plein accès d'autorité et il trouva cela assez impressionnant. La voix n'avait pas été élevée, mais le regard et le ton étaient sans la moindre ambiguïté. Le commissaire ne laissa pas à son interlocuteur le temps de formuler une réponse, mais il se radoucit afin de ne pas le braquer.

— Nous n'avons pas de temps pour de vaines querelles. Le coupable ne sera pas retrouvé aujourd'hui, je vous l'affirme. Cependant, des preuves importantes peuvent disparaître. Où se trouve ce Garrec actuellement?

— Eh bien, il est parti pour la cidrerie avec ce qu'il lui restait de son chargement de pommes, le pauvre homme, vu qu'il en a semé une bonne partie sur la route…

Dantec poussa un profond soupir.

— Vous avez un témoin clé dans une affaire de meurtre, et vous le libérez pendant que j'ai le dos tourné.

— Mais, enfin, ce n'est pas lui qui l'a tué!

— Et qu'en savez-vous ? rétorqua Dantec pour déstabiliser Quentin, car bien évidemment il ne pensait pas une seconde que le cultivateur puisse être l'assassin.

— Je suis navré, tout cela est inhabituel, nous n'avons pas eu le moindre meurtre ici depuis que j'ai pris mes fonctions.

Le Braz eut de la peine pour le pauvre brigadier-chef qui se débattait maladroitement dans les filets de Dantec comme un poisson en pleine asphyxie.

— Non, mais vous en avez eu un juste avant que vous ne soyez en charge : la mère de notre décapité… Bref, restons-en là. Allez me chercher ce Garrec et ramenez-le ici le plus vite possible. Et je vous souhaite qu'il soit encore à la cidrerie et qu'il ne soit pas rentré à la ferme. Et si c'est le cas, j'espère alors que vos hommes ne tarderont pas à rappliquer, pour nous conduire *illico* sur le lieu où ils ont trouvé le cadavre… Allez, Quentin, hâtez-vous ! Pendant ce temps, je dois examiner à nouveau le corps. Il est toujours dans la chambre froide, rassurez-moi ?

— Oui, commissaire, bien sûr !

— Je m'y rends avec Le Braz, s'il ne rechigne pas à m'accompagner. Allez vite me chercher Garrec !

— Mais je ne puis laisser la gendarmerie sans gendarme, plaida faiblement Quentin.

— Il fallait y penser avant, vous n'aurez qu'à fermer en sortant !

Le brigadier-chef semblait perdu ; il regardait Dantec et Le Braz à tour de rôle, espérant peut-être trouver un soutien chez ce dernier. Qui, bien entendu, resta silencieux.

Fort heureusement pour Quentin, à cet instant précis, l'un des gendarmes rentra dans le bâtiment.

Avant que celui-ci n'ait ouvert la bouche, le commissaire l'apostropha :

— Dites-moi que vous êtes l'un des deux hommes qui sont allés chercher le corps ; et surtout, dites-moi que vous vous souvenez exactement de l'emplacement où vous l'avez trouvé !

Le gendarme regarda son chef, qui faisait vraiment une drôle de tête, mais celui-ci eut simplement un mouvement en direction du commissaire pour approuver sa requête.

— Affirmatif aux deux questions, monsieur le commissaire. Je n'oublierai jamais où c'était, et chaque fois que je repasserai devant, j'aurai la chair de poule, croyez-moi.

— Parfait, fit Dantec, soulagé. Ne bougez pas de là, vous allez nous y emmener. Je dois d'abord retourner voir le cadavre.

— Mais je dois faire mon rapport au brigadier-chef en premier lieu…

— Eh bien, faites donc cela pendant que nous nous rendons dans la pièce froide. Je pense que vous ne devez pas avoir grand-chose à rapporter… Mais dès que je reviens, tenez-vous prêt, car nous partirons immédiatement dans mon automobile en compagnie de mon compagnon d'enquête.

— C'est que je ne suis jamais monté dans une automobile, répondit le pandore, et puis il n'y a que deux places…

— Il y a un début à tout ! Tant que vous ne vomissez pas sur moi ou sur mon camarade Le Braz, nous nous serrerons, gendarme, nous nous serrerons…

CHAPITRE 28

23 novembre 1901. Brasparts. Gendarmerie.

Dantec mit la main sur la poignée de la porte qui donnait sur la « pièce froide ». Chambre froide eut été un bien grand mot, car la réfrigération n'était pas électrique, mais c'était ce que la gendarmerie avait de mieux à offrir et comme cette pièce se situait dans la partie la plus ancienne du bâtiment, avec des murs d'une épaisseur largement supérieure à ceux du nouveau corps de la caserne, la température, été comme hiver, dépassait rarement les douze degrés.

En hiver, elle frôlait à peine les dix.

Alain Dantec se tourna vers Le Braz, qui l'avait suivi. En voyant son visage, il comprit.

— Rien ne vous oblige à m'accompagner à l'intérieur, Anatole. J'ai déjà mon lot de morts violentes et de cadavres, mais je ne suis moi-même pas insensibilisé à ce que cela provoque. Je peux comprendre que vous préfériez m'attendre à l'extérieur.

Le Braz fut tenté d'accepter.

Des morts, malheureusement, il avait déjà eu l'occasion d'en voir, et cela ne datait pas d'hier. Les plus récents, reposant sur leurs catafalques, d'à peine trois mois. Et pas seulement un, mais dix. Parmi lesquels sa sœur aimée, son père, ce vieil homme merveilleux auquel il devait tout, sa belle-mère et son meilleur ami, son beau-frère, mais qui était comme un frère, pour lui, Léon Marillier. Léon, qui s'était accroché à la vie après le naufrage, sur son lit d'agonie, pendant plusieurs jours et dont le dernier vœu avait été qu'Anatole supprimât sa préface dans la nouvelle édition de *La Légende de la Mort*. Ce que Le Braz respecta, naturellement, mais le cœur serré.

Toutefois, cela est une chose, douloureuse, de se recueillir une ultime fois devant la dépouille d'êtres ô combien chers, mais une tout autre d'approcher un cadavre glacé, un quasi-inconnu à la tête tranchée, que l'on a rencontré la veille pour la première fois, dans la chambre froide d'une gendarmerie, entouré de provisions alimentaires, gisant à même une table en bois grossier…

La répulsion de ce moment céda le pas à une intime conviction.

Anatole était suffisamment au fait des traditions pour savoir qu'une mort aussi violente, sans un *accompagnement* approprié, conduirait tout droit le pauvre bougre à l'errance entre notre monde et l'autre. Pour peu que s'y ajoutent de graves péchés, il deviendrait à coup sûr un Anaon maudit, s'il n'était pas *conjuré*, condamné à revenir hanter, à errer dans la partie la plus sombre du purgatoire, ou à aller directement en enfer.

— Anatole ?

Dantec avait toujours la main sur la clenche, prêt à faire coulisser le pêne et à ouvrir la porte. Le Braz sortit de sa réflexion ; le temps s'était figé, il avait perdu le compte des secondes écoulées depuis que le commissaire lui avait demandé s'il voulait entrer ou non.

— Est-ce qu'un prêtre a été mandé, Alan ?

— Je l'ignore, répondit Dantec, qui parut surpris par cette question.

— C'est un être humain, qui se trouve à l'intérieur, Alan, pas une pièce de viande, même si le malheureux est en deux morceaux. Si son corps est emmené à la morgue de l'hospice civil de Brest sans le moindre sacrement préliminaire, vous condamnez ce malheureux à l'errance éternelle ou à la damnation...

Dantec fixa Anatole, l'air ébahi. Il savait que Le Braz était catholique et un fervent croyant. Mais le commissaire, qui était de son côté un laïcard convaincu, trouvait que ces convictions surnaturelles relevaient plus de la superstition que d'autre chose.

— Le temps nous presse, Anatole, nous verrons cela plus tard, ne pensez-vous pas ?

— Auriez-vous tout oublié de vos origines bretonnes, Alan ? Paris vous a-t-il ôté toute mémoire de nos traditions ? N'avez-vous donc pas été baptisé ? Vos parents sont-ils encore de ce monde ?

Une sourde colère couvait, sous la voix posée de Le Braz. Dantec lâcha la poignée.

— Oui, j'ai été baptisé, mais contre l'avis de mon père, qui était un grand admirateur de Pierre-Joseph Proudhon et qui se revendiquait explicitement comme anarchiste. Il lisait l'*Humanitaire*, le premier journal communiste libertaire, et aussi l'*Anarchie*, journal de l'ordre, publié par Anselme Bellegarrigue.

En ce qui me concerne, je me targue d'être athée. Et mon père n'est plus de ce monde, non…

— Vous m'en voyez sincèrement désolé. J'en déduis que madame votre mère l'est toujours. Dites-moi, Alan, a-t-elle rendu la dépouille de feu votre père à la terre sans la moindre cérémonie ? Ne teniez-vous pas le cordon du poêle, en sortant de l'église, avant d'aller au cimetière ?

— Écoutez, Le Braz, ce n'est vraiment pas le moment…

— Oh, si, ça l'est, cher Alan ! Répondez, je vous prie.

Dantec baissa la tête, ce qui n'était visiblement pas dans ses habitudes, et bredouilla à demi sa réponse, ce qui devait l'être encore moins.

— Ma mère a évidemment tenu à ce qu'il ait un enterrement catholique, et ce fut le cas. Et si cela peut satisfaire votre curiosité, sachez que je suis entré dans l'église et que j'ai accompagné ensuite son cercueil jusqu'au cimetière…

— À la bonne heure ! dit Le Braz en se fendant d'un large sourire. Vous voyez, Alan, nous ne sommes que contradictions, en réalité. Alors, je vous demanderai d'accéder à ma requête. Je vais vous accompagner dans cette pièce, mais, dès que nous en sortirons et avant de nous rendre sur les lieux du crime, nous demanderons au brigadier-chef Quentin de faire quérir immédiatement un prêtre pour bénir ce malheureux, qui ne s'est visiblement pas suicidé… Je doute qu'après son autopsie il bénéficie d'une veillée mortuaire. Si son frère cadet, la dernière famille qu'il lui reste, ne prend pas en charge ses obsèques, il finira probablement à la fosse commune. Alors, pour le salut éventuel de son âme, limitons les dégâts…

— Qu'il en soit ainsi, répondit Dantec.

— *Amen!* lâcha malicieusement Anatole. Allons-y, entrons donc.

Dantec ouvrit la porte tandis que Le Braz poursuivait à voix basse :

— J'ai craint le pire vous concernant… Un commissaire de la Sûreté, fils d'anarchiste et mangeant lui-même de la calotte, c'eût été laisser le loup faire bombance dans la bergerie. Les admirateurs de Bakounine et les séides de Ravachol auraient eu la voie libre pour faire exploser l'Assemblée nationale, politiquement ou littéralement, si le goupillon n'avait pas effleuré votre tête en quelques occasions.

Dantec poussa un profond soupir d'agacement, puis ils pénétrèrent dans la pièce froide.

CHAPITRE 29

23 novembre 1901. Gendarmerie de Brasparts.
Le mort qui parle.

Il faisait un froid inattendu dans la pièce. Certes, c'était le but : la conservation, mais Le Braz frissonna malgré lui. Il lui sembla que la présence du mort retirait quelques degrés supplémentaires à la température habituelle.

Ne commence pas à laisser ton cerveau imaginatif divaguer, se morigéna-t-il.

D'un rapide coup d'œil circulaire, il aperçut des vivres de diverses catégories sur les étagères qui bordaient les murs. Le mélange des genres avait tout de même quelque chose de dérangeant. On se serait cru dans l'antre d'un troll nordique, cannibale, mais ordonné…

Arrête cela tout de suite…

Le Braz concentra son attention sur la grande table qui occupait quasiment tout le centre de la pièce.

La bâche recouvrait toujours le corps de Georges Morvan. Même si elle avait été visiblement prévue pour de sinistres circonstances, et non pour préserver du bois de chauffage, Anatole trouva qu'elle ressemblait comme deux gouttes d'eau à du matériel de chantier. En tout cas pas vraiment à un drap mortuaire… Le tissu grossier et épais masquait la forme du corps. N'importe quoi aurait pu se trouver en dessous. Mais Le Braz savait que cette bâche ne dissimulait pas *n'importe quoi* au regard.

Il se demanda alors de quel côté était la tête…

Anatole, tu recommences…

Il se demanda surtout ce qui lui avait pris d'accompagner Dantec ici. Mais il était trop tard pour faire marche arrière.

Le commissaire adopta une attitude étrange en s'approchant de la table : il huma l'air autour de lui à plusieurs reprises, tel un limier reniflant une piste.

Puis il jeta un bref regard à l'auteur, afin de vérifier si Le Braz était prêt et, accessoirement, peut-être, pour s'assurer qu'il n'était pas trop livide et n'allait pas défaillir.

— Procédez, Alan, cela ira… le rassura celui-ci.

En réalité, même le son de sa propre voix lui parut résonner étrangement dans sa tête, et il n'était pas du tout certain de la suite des évènements, une fois le cadavre sous ses yeux…

Dantec retira lentement et progressivement la bâche de jute cirée.

Et commença par le bas.

Les lourds sabots de bois du fils Morvan apparurent, puis son pantalon droit de toile bleue, épaisse. Le Braz avait le sentiment d'assister au tour d'un illusionniste : les jambes n'en finissaient pas de se dévoiler, révélant la haute taille du cadavre, qui paraissait encore plus grand mort que vivant.

Dantec prit soin d'ôter précautionneusement le reste du suaire improvisé ; la taille, puis le buste apparurent. Cette lenteur certes nécessaire était difficilement supportable pour Anatole, car il savait ce qui l'attendait une fois que le haut du corps serait découvert.

Du moins, il l'imaginait, ce qui était pire encore.

La bâche était maintenant presque entièrement repliée, à l'extrémité inférieure de la table.

Malgré la froideur de la pièce, du sang avait coulé du cou tranché sur le bois, formant deux auréoles brunâtres ; celles du sang artériel. Mais Le Braz ne s'attarda pas à les contempler davantage.

— Bon Dieu… lâcha Dantec, dans un souffle.

Le Braz ne comprit pas tout de suite.

Il avait détourné les yeux du grand corps ; c'en était trop. Son regard était obstinément figé sur une étagère remplie de bocaux. Le plus dur restait à découvrir, il le savait. Il reporta son regard sur Dantec. Puis sur le cadavre, afin de comprendre ce qui avait provoqué l'étonnement du commissaire.

Il vacilla alors, ses jambes le portaient à peine.

Une pierre faisait office de prolongement du col du cadavre. Pierre sur laquelle figurait une croix de sang. Elle était la jonction entre le cou de Georges Morvan et son *chef*.

Anatole n'avait pas vu le corps de Pierre Goadec, mais il imagina sans peine que cette macabre mise en scène était identique au meurtre barbare de Huelgoat.

La Roche Tremblante en moins…

L'esprit d'Anatole n'arrivait pas à comprendre ce qu'il avait sous les yeux.

Et ce fut pire encore lorsqu'il regarda la tête décapitée du grand Morvan.

Une faux de bois dépassait de sa bouche, profondément enfoncée dans sa gorge.

Et un linge blanc, taché de sang, était posé sur ses yeux morts…

— Mais qu'est-ce que cela ? dit Anatole d'une voix tremblante.

— *Cela*, comme vous dites, n'était pas là lorsque je suis venu ce matin, et pas davantage lorsque le médecin a établi le constat de décès…

— Est-ce que cela signifie…

— Oui, Anatole. Cela signifie qu'il est venu, en toute tranquillité, finir le travail qu'il n'a pas eu, ou pris le temps, de faire cette nuit après avoir décapité Morvan. Mais il y a ajouté cette *touche finale*, assez inattendue, pour le moins…

— Oh, mon Dieu ! s'écria une voix derrière Anatole, faisant sauter son cœur dans la poitrine.

Le brigadier-chef Quentin avait pénétré dans la pièce.

— Vous reconnaissez cette pierre ? lui demanda Dantec en la désignant de la main.

— Oui, bien sûr. C'est celle qui a brisé la fenêtre de mon bureau hier soir. Ou alors, si ce n'est pas celle-là, elle paraît vraiment identique…

— Non, elle n'est pas *identique*, je vous certifie qu'il s'agit de la même. Elle n'était pas ici tout à l'heure, n'est-ce pas ?

— Non, répondit Quentin, elle était sur une étagère, près de ma table, là-haut. Je l'avais remisée dans un tissu blanc, pris à la cantinière.

— Ce tissu ? questionna le commissaire en montrant la pièce qui couvrait les yeux de Morvan.

Quentin secoua la tête en signe de dénégation.

— Je veux bien vous croire, dit Dantec. Et il ôta délicatement le linge blanc, l'observa attentivement, puis à la grande surprise des deux autres, le porta à ses narines.

Un léger sourire se dessina sur ses lèvres.

— Approchez, Anatole…

Le Braz s'exécuta, non de gaîté de cœur, rejoignant Alan près du cadavre.

— Sentez, intima-t-il.

L'auteur le fit, le cœur soulevé, s'attendant à sentir l'odeur de la mort.

Contre toute attente, une douce fragrance envahit ses narines.

— Par tous les dieux, dit Anatole. Cela sent la violette…

— Oui, je vous le confirme, c'est la même odeur que j'ai sentie en entrant tout à l'heure dans la pièce. Et ce n'est pas tout : regardez, regardez ses yeux…

Le Braz le fit, à grand-peine.

— Ils étaient grands ouverts lorsqu'il a été amené ici, ils l'étaient encore lorsqu'on l'a déposé sur cette table, et tout autant quand le médecin a constaté le décès. Constat qui n'était guère difficile et sujet à caution…

Anatole n'avait pas le cœur à l'humour, et la remarque de Dantec tomba à plat ; si tel était le but.

— Ses yeux sont clos, dit Le Braz.

— Absolument. On les lui a fermés ! Un geste empli d'une étrange mansuétude, il faut l'admettre, à l'égard de quelqu'un à qui l'on a d'abord tranché la tête, puis fait un faux col de pierre avant de lui enfoncer, en force, une faux en if dans la gorge, vous ne trouvez pas ?

Le Braz ne répondit pas, mais il lui vint une nouvelle intuition.

— Quentin, s'adressa le commissaire au chef de la brigade. Non seulement il semblerait que l'on puisse entrer dans votre casernement comme dans un moulin, mais que de plus on circule dans le bâtiment à son aise. La pierre d'hier a été prise dans votre propre bureau, apportée ici, puis on a rendu à ce pauvre Morvan une sorte d'hommage funèbre hors du commun en lui fermant les yeux et en les couvrant. Le reste n'a rien de respectueux, je vous le concède.

Le brigadier-chef était trop bouleversé et confus pour répondre.

Mais il articula tout de même :

— Et ce serait notre assassin qui a fait cela ?

— Eh bien, oui et non, dit mystérieusement Dantec. Les choses se compliquent, mon cher. Mais aussi étrange que cela puisse paraître, elles commencent par ailleurs à s'éclaircir.

Quentin ne comprenait pas un traître mot de ce que signifiaient les paroles sibyllines du commissaire.

— Ceci n'est pas une vulgaire pièce de linge, n'est-ce pas ? dit Le Braz. Vous permettez ?

Alan la lui tendit, délicatement.

Anatole la prit en main, tout aussi délicatement. Il la déplia doucement.

— C'est un mouchoir, de batiste. Un mouchoir d'homme.

— Bien observé, fit Dantec, et…

— … et il y a des initiales, dessus, des initiales brodées… c'est incroyable !

— Quand je vous dis que l'horizon s'éclaircit, cher poète ? Si nous trouvons à qui appartiennent ces initiales, les jours d'assassin de l'Ouvrier de la Mort sont probablement comptés.

— Vous pensez qu'il s'agirait des siennes ?

— Oh, que nenni ! Trop délicat, trop subtil pour quelqu'un capable d'autant de violence… Mais il y a un lien entre ces meurtres et celui auquel ce mouchoir appartient, à n'en point douter. Et cette *touche féminine* change la donne…

Le Braz opina. Son intuition allait dans le même sens.

— La partie reprend, cher Le Braz, *la partie reprend*, conclut Dantec.

CHAPITRE 30

« Ces belles batistes de Hollande,
où la Comtesse de Keramblain
dessinait en nobles arabesques
tous les caprices de ses songes,
Elle en fit un mouchoir brodé,
pour son mari, tant aimé Comte,
Oui da, son époux adoré,
dont le prénom était Joseph,
Mais après qu'elle tombât malade,
puis, quand elle passa à trépas,
Il l'offrit à une servante,
et juste après, il l'engrossa.
Lorsqu'elle devint à peine ronde,
et que la sotte lui avoua,
Qu'elle portait un bâtard du Comte,
garçon ou fille, on l'ignora,
Il la chassa, pleine de honte ;
comme un goujat, il la chassa.
Prends-garde à toi, sinistre Comte,

car c'est toi qui portes la honte,
Prends-garde à toi, maudit Jobig,
car c'est toi qui trépasseras… »
Complainte de Mari la servante.

31 octobre 1873. Veille de la Toussaint. Vingt-neuf ans plus tôt. Concarneau.

Cela faisait maintenant quatre mois qu'elle s'était enfuie du manoir, durant cet affreux mois de juillet, courant sous la pluie. Des rives de l'Odet aux embruns de la baie de Concarneau. De la belle demeure, dont le pavillon de jardin se mirait dans le fleuve côtier, au bas de sa grande pelouse, aux quais emplis de charrettes à bras, de cris, d'odeurs de poisson.

Elle était fille de salle dans une auberge de Concarneau ; bien que soumise aux basses besognes, jamais elle n'avait essuyé de quolibets ou remarques salaces des marins avinés qui rentraient de leurs campagnes de pêche à la sardine, ou de ceux qui travaillaient dans les conserveries à peine nées. Ces derniers savaient généralement mieux se tenir, mais la plupart des marins, non.

Cette retenue inhabituelle était due au fait que, désormais, il y avait quelque chose de *spécial* chez Mari.

Juste après son arrivée à Concarneau, une femme qui travaillait à la conserverie l'avait prise sous son aile ; Mari avait utilisé ses maigres gages gagnés au manoir pour prendre une chambre minuscule sous les toits dans une rue étroite, près des quais ; elles avaient échangé quelques mots en se croisant dans l'escalier. La femme habitait au premier étage avec son mari, qui officiait comme cuisinier dans l'auberge située au bas de la mansarde, rue l'Aire-Lévêque.

Quelque chose de grand veillait sur elle, finalement.

Ah, bien sûr, cette gargote n'était pas l'hôtel des Grands Voyageurs, qui trônait face à la Ville Close, dans lequel descendaient, se restauraient les gens de bien, il s'en fallait de beaucoup. Les bourgeois non plus ne se risquaient pas à la fréquenter, oh non.

Mais Mari avait besoin de travailler et, à part servir, elle ne savait rien faire d'autre. Et puis, ainsi, elle ne risquait pas de croiser le comte…

Le maire de Concarneau, monsieur Le Marchadour, avait entamé le nouvel essor de la ville ; la pêche au thon se profilait, et remplacerait dans quelques années celle à la sardine. Pour autant, les quelques bouges survivants dans le quartier du port étaient autant de verrues sur les projets municipaux et l'image que la ville voulait donner.

Pensez donc : les splendides villas se multipliaient sur la corniche, l'établissement des Bains de Mer attirait des touristes fortunés, monsieur Flaubert venait au Grand Hôtel pour écrire un nouveau roman… Il fallait faire table rase du passé…

Mais, de tout cela, Mari n'avait cure.

Son ventre s'était arrondi de plus en plus. Peu après son arrivée, elle avait fait part de son état à la femme de la conserverie : une belle plante de trente-cinq ans, dont le prénom était Naïa, et qui avait la réputation d'avoir la cuisse légère, ce qui d'ailleurs ne semblait pas déranger son époux. Il y trouvait peut-être son compte.

Celle-ci lui avait proposé les services d'une *faiseuse d'anges* de sa connaissance. Naïa n'avait pas d'enfant et n'en voulait pas. Elle avait déjà eu recours deux fois à l'avorteuse, qui pratiquait des injections d'eau savonneuse dans l'utérus, la pose de sondes dans le col, mais utilisait le plus souvent les aiguilles à tricoter à peine stérilisées et aux conséquences souvent dramatiques. Cette Naïa avait eu de la chance.

Mais Mari avait refusé. Et cela n'avait rien à voir avec la peur ou le danger, bien réel.

La Concarnoise avait bien tenté de la convaincre, elle avait insisté :

« Tu es trop jeune pour élever un enfant, tu es toute seule ; personne ne voudra de toi avec un *babig* dans le ventre et encore moins lorsqu'il en sera sorti ! Allons, ma fille, ne fais pas ton idiote. Tu souffriras, bien sûr, sur le coup, mais après tu seras libre… »

Mari n'était pas idiote. Elle voulait être libre.

Mais elle voulait garder cet enfant.

Certes, il n'aurait pas le destin qu'il aurait pu avoir ; bien qu'elle n'ait cru que très brièvement que le comte le *reconnaîtrait*.

L'amour rend bête, c'est vrai. Elle l'avait été. Elle ne l'était plus. Mais son enfant aurait un destin : quoi qu'il en coûte, il aurait le destin qu'elle lui donnerait.

Arrivée à bientôt neuf mois, elle servait toujours à l'auberge. Vaillante, jusqu'au bout. Le seul avantage de sa condition fut que les marins ivres et les ouvriers salaces non seulement continuèrent de lui ficher la paix, mais qu'elle y gagna même un respect totalement inhabituel chez eux.

Une femme qui va donner la vie ne perd rien de sa beauté, bien au contraire, et Mari était de plus en plus belle. Le mystère que Dieu a confié à la femme a quelque chose de sacré, que les plus païens des rustres respectent, la plupart du temps.

Surtout, lorsque l'on porte en breton le nom de la Vierge : *Mari*. La fille de sainte Anne, la grand-mère de Jésus, que tous en Bretagne vénèraient, et bien davantage encore, depuis qu'elle était apparue au paysan Yves Nicolazic, deux siècles plus tôt.

Mari portait en elle un enfant, comme la Vierge, et depuis, il émanait d'elle une force, une aura, qui impressionnait quiconque la croisait. Qui forçait le respect. Elle était loin, la petite servante amoureuse et rêveuse, qui avait cru que l'amour triomphe de tout. La graine que cet homme sans honneur avait semée en elle avait détruit tous ses rêves. Ils avaient été si forts. Ils avaient été trop forts pour elle.

En réalité, hormis cet enfant, une partie d'elle était morte : à l'intérieur. Le jour où elle avait failli se pendre dans sa chambre, juste avant de s'enfuir du manoir, ce n'était pas uniquement parce que le courage lui avait fait défaut, non.

Elle avait eu comme une révélation. Comme un *signe divin*.

Et même si elle avait quitté la demeure en pleurs, espérant malgré tout dans un dernier rêve insensé que le comte la retiendrait, elle en était partie libérée.

Plus personne ne lui enlèverait cette liberté. Jamais…

Lorsque le moment arriva, elle accoucha seule, dans sa petite chambre, en pleine nuit. La nuit d'avant la Toussaint. Celle où les âmes des défunts s'en vont côtoyer celles des vivants. Elle perdit les eaux alors que minuit pile venait de sonner.

Elle y vit un nouveau signe.

Elle trouva les gestes comme si elle les avait toujours connus. Sans angoisse, sans panique, elle poussa au bon moment, les contractions finales furent brèves, comme si elle avait déjà donné la vie plusieurs fois.

L'enfant vint au monde en un rien de temps, quasiment sans douleur.

Il ne cria pas ; il émit juste un petit babil, comme s'il parlait déjà à sa mère. Puis il la fixa de ses yeux bleus, d'un bleu plus clair que l'onde pure sous un ciel d'été.

La femme de la conserverie lui avait dit qu'il ne verrait que peu de choses au début, pratiquement rien avant un mois, et que cela prendrait au minimum un mois de plus avant qu'il ne reconnaisse sa mère.

Elle s'était trompée. Cet enfant n'était pas comme les autres. C'était le sien.

Alors, le bébé la regarda, et il la *reconnut* immédiatement, elle en fut certaine, et elle l'adora aussitôt. Un nouveau-né n'est pas censé sourire. Il lui sourit, cependant.

Elle coupa le cordon ombilical à l'aide d'un couteau aiguisé, pris à l'auberge, un couteau à lever les filets de sardine, qu'elle passa longuement sous la flamme. Elle ne saigna même pas.

Puis elle emmaillota l'enfant et le prit contre elle. Il s'endormit immédiatement, et elle avec lui.

Ce bébé était un don du ciel. Cependant, elle devrait partir, quitter Concarneau. Elle aurait été incapable de dire pourquoi ; elle sut simplement que c'était ainsi qu'il fallait faire. Elle le ferait, dès le lendemain. Sans dire *au revoir* à personne, elle disparaîtrait de cette ville, tirerait un trait sur ceux, peu nombreux, qu'elle y avait connus. On ne l'y reverrait jamais plus.

Une autre étape sur sa route. Ce qui la guidait y pourvoirait, elle n'en douta pas une seconde.

Son bébé était déjà bien plus grand à la naissance que ce qu'elle en savait, c'est-à-dire peu de choses, mais, comparé à ses frères et sœurs qu'elle avait vus à peine sortis du ventre de sa mère, il était *vraiment* plus grand.

Depuis qu'elle le portait, il s'était tenu sagement, niché, lové en elle.

Il aurait pu lui faire mal avant de venir, durant les derniers mois, lui donner des coups de pied comme le font les bébés. Mais non, quand elle le sentait bouger, c'était comme s'il la cajolait de l'intérieur, pour la rassurer : *Je suis là, je suis tien, je ne te ferai jamais de mal. Plus personne ne te fera plus jamais de mal,* mammig. *Plus personne : jamais !*

Bien qu'à peine né, à ses yeux il était déjà un beau, grand et fort petit homme. Son petit homme, à elle.

Ils feraient des choses ensemble : des choses importantes, qui prendraient le temps qu'il faudrait. Comme une quête. Leurs destinées étaient liées.

Alors, non, rien ni personne ne les séparerait, désormais.

Mari s'appelait comme la Vierge. Elle avait la foi, comme la Vierge.

Mais cela s'arrêtait là…

Car Mari était malade. Son esprit était malade.

Elle ne le savait pas, mais il l'était. Oh, oui, *ma doue*, il l'était vraiment…

L'enfant serait son *chevalier*, comme dans les livres qu'elle avait feuilletés dans la grande bibliothèque du manoir, mais dont seules lui parlaient les images car elle ne savait ni lire ni écrire. Elle apprendrait, plus tard. C'était important qu'elle apprenne. Et cela lui viendrait vite, cette maîtrise des choses à savoir : car c'était écrit, elle le savait…

Chaque chose en son temps, oui, tout prendrait sa juste place et elle aussi, dans l'équilibre retrouvé du monde.

Son fils, ce don du Ciel, y veillerait, elle en était certaine au plus profond d'elle-même.

Mais, elle savait aussi que ce ne serait pas le Ciel qui murmurerait à son oreille.

Le Ciel l'avait abandonnée lorsqu'elle avait passé la corde autour de son cou, au manoir. La chandelle de Mari avait vacillé et, dans sa tête, une lumière s'était éteinte pour être remplacée par une lueur plus sombre, plus *mauvaise.* Mais ô combien plus *inspirante.* Rassurante. Elle ne serait plus jamais seule.

Dieu et tous ses saints, le Fils et sa Très Sainte Mère, pas plus que le Saint-Esprit ne murmureraient à l'oreille d'Erwan. Yves, c'est ainsi qu'elle l'avait prénommé, dès qu'il était sorti de ses entrailles. Et même avant cela : car elle savait que lui viendrait un fils.

Ce serait elle qui lui murmurerait les choses à accomplir. Rien qu'elle.

Il l'entendrait. Et il obéirait…

À l'aube, elle prépara ses maigres affaires, les rassembla sur le lit étroit, puis les rangea soigneusement dans sa valise bleue en carton toilé. Sur le dessus, pour ne pas l'abîmer, elle déposa le mouchoir en batiste du comte, qu'il lui avait offert quand il l'appelait sa Princesse Secrète, avec ses initiales brodées par son épouse.

Elle avait pris cela pour une transmission, une forme de promesse ; ce n'était qu'un leurre pour mieux l'abuser.

Le mouchoir était entouré d'un linge, afin de le préserver, pour qu'il soit toujours aussi blanc qu'il l'était le jour où elle l'avait reçu. Elle le vaporisa simplement de quelques effluves du parfum coûteux de feu la comtesse.

Elle n'était pas une voleuse, mais ce parfum lui revenait de droit.

C'était le seul objet qu'elle avait dérobé dans la salle de bain du comte, ce beau flacon en cristal de baccarat vert, avec son décor présentant une fleur émaillée qui avait la couleur exacte des yeux de son fils, et sa poire délicate d'un beau vert assorti.

Elle posa le flacon près du mouchoir et replia le tout, avec précaution, puis elle referma sa valise.

Elle nourrit l'enfant au sein. Son lait serait abondant et nourricier, pour qu'il soit encore plus grand et fort, pour que son breuvage lui transmette déjà ce qu'elle voulait qu'il devienne, avant qu'il ne puisse comprendre les mots.

Puis elle le prit dans ses bras, tout contre elle, emmailloté. Elle n'avait pas de landau ; sa mère l'avait portée dans les champs, elle porterait son propre enfant. Elle le porterait tant qu'elle pourrait.

Elle referma la porte de la chambre mansardée, sans un regard d'adieu. Elle serait une fugitive, désormais, non recherchée, insaisissable : libre. Elle ne manquerait à personne et personne ne lui manquerait.

Dans les premières lueurs de ce jour humide de Toussaint, sa valise à la main et portant son enfant dans l'autre bras, elle se dirigea fièrement vers la gare…

DEUXIÈME PARTIE

AU CŒUR DES TÉNÈBRES

Extrait des carnets secrets d'Anatole Le Braz.

Notes sur ma collaboration avec le commissaire Alain Dantec : compte-rendu de mes impressions durant les premiers jours d'enquête en relation avec les crimes perpétrés par celui que nous avions dénommé « l'Ouvrier de la Mort »

Je ne suis pas un homme que les crimes intéressent, pas plus que les faits divers dont raffolent les gazettes populaires.

Ne vous y trompez point : je me considère moi-même comme un fils de la terre et un enfant du peuple. Le fait que mon bien-aimé père fut un brillant enseignant, au sens de la noblesse de son métier, et que je sois, sans fausse modestie mais avec humilité, considéré par mes pairs, et plus encore par mes étudiants comme un professeur dont ils apprécient l'enseignement, ne me place pas au-dessus d'eux. Tout au contraire. Il ne me déplaît pas, de temps à autre, lorsque ma disponibilité le permet, de me plonger dans une fiction bien écrite.

Et, d'ailleurs, j'ai moi-même commis, l'an passé, mon premier roman (ou plutôt ce que je me borne à qualifier de « longue nouvelle »): Le Gardien du Feu. Juste avant ma rencontre avec Alain Dantec, je mettais la main aux dernières corrections de mon second: Le Sang de la Sirène, dont la parution aura lieu avant la fin de cette année 1901.

Mes écrits sont le reflet de mon âme et de mon penchant pour les mystères de celles de mes compatriotes bretons. Nous avons tous, en nous, une part d'ombre, un attrait pour le malheur. Souvent, nous pensons que c'est le destin qui nous guide, mais en réalité, nous marchons comme des somnambules, dont les actions entraînent le plus souvent leurs conséquences.

Et lorsque nous subissons ces conséquences, comme les somnambules que nous sommes, nous négligeons, ou pire encore nous ignorons, le rôle fondamental qui est le nôtre, celui de nos actions.

« Si nous étions moins préoccupés de ce que nous faisons ou de ce qui se fait autour de nous dans ce monde, nous serions au courant de presque tout ce qui se passe dans l'autre. »

Cette phrase, l'une des premières du premier chapitre de ma Légende de la Mort chez les Bretons armoricains résume à elle seule ce que je retire de la première partie de ma collaboration avec le commissaire Dantec.

Lorsqu'il vint me solliciter, rien ne m'obligeait à accepter. Il est arrivé au bon moment, tout simplement.

Je n'aurai pas la stupidité de prétendre que je cherchais à me « divertir », après cette tragique journée d'août 1901, en me lançant dans une enquête policière afin de sortir de la torpeur dans laquelle mon esprit s'était engourdi : ce serait faire insulte à mes morts…

Je n'avais pas imaginé les conséquences de mes actes, à commencer par le premier : accepter. Je ne savais jusqu'à quelles frontières ténébreuses notre relation allait me mener…

J'ai côtoyé la Mort de près dans mon entourage. J'ai perdu beaucoup de ceux que j'aimais. La Mort était présente, dès le début de notre collaboration.

Elle avait frappé, à deux reprises. Elle frappa derechef, à peine avions-nous commencé. Les actions entraînent des conséquences. Certes, rien ne dit que le malheureux Jorj Morvan serait encore en vie si Dantec n'avait pas décidé de l'interroger à nouveau. Mais il advint néanmoins qu'il mourut atrocement, quelques heures à peine après cet interrogatoire. Je n'ai joué qu'un modeste rôle, dans cette première partie, et je ne peux me reprocher la mort de cet homme. Mais lorsqu'il délia sa langue, j'étais présent. Et j'ai la profonde conviction, bien que je sois persuadé qu'il n'a jamais lu une seule de mes lignes, que, sans ma présence, il n'aurait sans doute pas parlé. Il me semble que j'ai été le catalyseur de son âme bretonne : ce sentiment inné de marcher toute notre vie entre l'ombre et la lumière, et de ne jamais savoir quel côté va nous attirer le plus. Nous attendons la pesée de nos âmes, nous autres Celtes, comme les anciens Égyptiens. Mais si notre route dévie, ne serait-ce que légèrement, c'est inexorablement l'ombre qui nous attire.

L'oiseau de mort, ar sparfell, voltige autour de la maison et frappe à la vitre quand vient la mort.

L'oiseau de mort voltige en permanence autour de nous. Nous ne l'entendons pas toujours frapper à la vitre, parfois la vie nous fait tendre l'oreille ailleurs.

Tandis que les évènements allaient se précipiter, jetant avec fracas l'oiseau de mort contre la « vitre » à travers laquelle Alan Dantec et moi-même commencions d'entrevoir la vérité, nous tendions encore distraitement l'oreille, tels des somnambules marchant vers l'abîme. Un rêve prémonitoire que j'avais oublié au matin.

Ce qui ne devait être qu'un bref moment de ma vie avant d'en reprendre le cours allait peut-être devenir mes derniers moments sur cette terre.

Certaines gens ont, plus que d'autres, dit-on, le don de « voir ».

Dans mon jeune temps, on se montrait du doigt, non sans une secrète épouvante, les personnes qui étaient douées de ce pouvoir mystérieux.

« Hennès hen eus ar pouar », celui-là a le pouvoir, disait-on.

Personne ne m'avait jamais désigné ainsi.

C'est fort dommage.

Car lorsque cela arriva, malheureusement, je regardais ailleurs…

CHAPITRE 1

24 novembre 1901.

Dantec et Le Braz n'avaient rien de plus à attendre, à espérer, en restant davantage à la gendarmerie. Rien de susceptible de faire progresser l'enquête que la brigade ne soit en mesure de mener elle-même, sans *chaperon*…

L'énoncé des faits était relativement simple :

1. Georges Morvan, alias *Le Grand Jorj*, avait été décapité en pleine nuit sur la départementale conduisant à son domicile.

2. Ce meurtre faisait suite à sa seconde convocation officielle à la gendarmerie, à la différence près qu'elle s'était tenue en présence du commissaire de la Sûreté et d'Anatole Le Braz, en qualité de *consultan*t *ès mystères de la psyché bretonne* – on peut le résumer ainsi, car, en réalité, il n'avait dans cette collaboration aucun statut officiel et la question même d'une éventuelle rétribution n'avait pas été abordée. Juste

avant la fin de son interrogatoire, la vitre du bureau du brigadier-chef où se tenaient Morvan, Quentin, Dantec et Le Braz avait été brisée par une lourde pierre jetée de l'extérieur et sur laquelle était peinte une croix de sang.

3. Le corps avait été retrouvé à l'aube ; emmené à la gendarmerie, le constat de décès avait eu lieu.

4. Alors que les autorités judiciaires étaient attendues et la quasi-totalité des gendarmes, hors le brigadier-chef, partis glaner des informations de voisinage, durant le laps de temps qu'il fallut à Dantec pour aller chercher Le Braz à l'hôtel où ils séjournaient, quelqu'un s'était introduit dans la gendarmerie, avait pénétré dans le bureau du chef de brigade pour y récupérer la pierre jetée la veille, puis s'était rendu dans la *pièce froide* où reposait provisoirement le corps avant d'être transféré à Brest pour investigations supplémentaires.

5. Une fois dans cette pièce, ce *quelqu'un*, qui avait probablement un lien étroit avec le meurtrier où, plus vraisemblablement, était le meurtrier lui-même, avait procédé à une mise en scène macabre qui rappelait à s'y méprendre celle qu'avait subie Pierre Goadec, assassiné à Huelgoat dans la nuit du 31 octobre 1900, soit un an auparavant. Second meurtre après la mort par arrêt cardiaque – sombrement et machiavéliquement provoqué – de la propre mère de Jorj Morvan, survenue durant la nuit d'avant la Toussaint de 1899.

6. Le seul indice matériel reliant ces trois victimes les unes aux autres – si l'on ne prenait pas en compte les modes opératoires pour les deux dernières, qui relevaient d'un *modus operandi* et non d'une preuve matérielle – était, à chaque fois, une petite faux

sculptée dans du bois d'if, diversement disposée sur les cadavres. Enfoncée dans leur gorge et dépassant de leur bouche, pour Goadec et Morvan, insérée dans la main, pour la mère de ce dernier.

Une fois ces faits énoncés, hormis l'intuition de Dantec, complétée par celle de Le Braz, autant rechercher une aiguille dans une botte de foin pour retrouver le coupable et découvrir les liens, invisibles à première vue, qui pouvaient éventuellement relier ces trois victimes…

Cependant, l'enquête, contre toute attente, à la lumière du dernier meurtre – celui de Georges Morvan – avait progressé, en ouvrant pour la première fois des perspectives inattendues, à explorer, certes, mais qui ressemblaient enfin à un début de piste sérieuse.

A. Avant de mourir, Morvan avait reconnu qu'il connaissait Goadec, même si cela remontait à fort longtemps.

B. Il avait évoqué que ces morts pouvaient être liées par une histoire ancienne, dans laquelle sa propre mère aurait pu jouer un rôle, ainsi que Pierre Goadec. Il avait déclaré ne pas savoir précisément quels auraient pu être ces *rôles* ou du moins, Dantec n'avait pas eu le temps de lui tirer les vers du nez plus en détail, car le contre-interrogatoire n'avait pas eu lieu, Morvan ayant été tué quelques heures plus tard. Même s'il avait refusé de se présenter à la gendarmerie le lendemain – il s'y rendit néanmoins, mais en deux morceaux –, Dantec serait allé le chercher par la peau du cou, s'il avait fallu. Vous pardonnerez au passage l'expression, fort mal choisie, en l'occurrence…

C. L'atout majeur, qui apportait enfin un début de clarté à tout ceci, était l'allusion faite par Morvan à un *nobliau* bigouden, dont il prétendait ignorer le nom, qui aurait été la *graine* semée, celle qui avait engendré le déclenchement de cette suite de sinistres drames. Cet atout, qui aurait pu rester longtemps une source de mystère, car ce n'était pas les petits nobles qui manquaient en Bretagne en ce début de XXe siècle, avait pour avantage d'être géographiquement localisé. L'Odet avait été évoqué. La partie située en Pays bigouden en était privilégiée; par conséquent, les demeures susceptibles d'abriter un descendant de la noblesse, aussi petite soit-elle, ne couraient pas la rive. Rares étaient les masures visibles du fleuve côtier; en revanche, il y avait quelques somptueuses résidences, dont des manoirs, qui émaillaient le paysage entre Quimper et Bénodet. Le *plat de résistance* fut la découverte sur le visage de Georges Morvan, dont les yeux avaient été mystérieusement clos, probablement par le *visiteur inattendu* de la gendarmerie, d'un mouchoir de batiste blanc, quasi immaculé. Et ce mouchoir, d'homme, portait des initiales.

Ces initiales, vraisemblablement brodées en fil d'or, technique très peu répandue en Basse-Bretagne et notamment en pays de Quimper ou de Pont-l'Abbé, étaient les suivantes:

J.
D. K.

Grande était l'envie d'Anatole de se mettre en quête, sans perdre un instant, du véritable nom du porteur de ces initiales. Il avait immédiatement fait le lien entre le possesseur du mouchoir et le noble évoqué par Georges Morvan. Dantec ne lui donnait pas tort, bien au contraire: les intuitions de Le Braz étaient dignes d'un excellent enquêteur, bien que teintées de cette part *d'inexplicable* qui faisait, du point de vue du commissaire, tout le sel de leur collaboration.

Un cartésien convaincu et un poète croyant en l'impossible, du moins sur le plan scientifique et méthodique.

Mais, après tout, qu'est-ce que le mystère inexplicable, la *magie*, même, sinon la science de demain ?

« Nous nous lancerons très vite sur cette piste, une excellente piste, bien évidemment, avait affirmé Dantec. Mais le propriétaire de ce mouchoir n'est pas le meurtrier. On a cherché à nous donner un indice important. Mais on cherche sans doute ainsi à nous faire perdre du temps, à nous disperser. Il reste des choses à découvrir sur le coupable. Et même s'il s'est probablement enfui, ce qui nous mènera à lui est encore là. Tout chaud, prêt à être exploité, si nous agissons vite. Nous devons retourner dans la ferme de Morvan, et, ensuite, nous irons à Huelgoat, dans la maison de Pierre Goadec. Elle est inhabitée depuis son meurtre ; je suis convaincu qu'à part sa lettre prémonitoire, il y demeure un élément ou plusieurs que les investigations des gendarmes n'ont pas révélées, l'année dernière. »

Dantec dirigeait l'enquête, il eut été vain pour Le Braz de tenter de le convaincre que le temps pressait plus qu'il ne le pensait. Mais il en est des intuitions comme des apparitions : celui qui *voit* est rarement en mesure de convaincre ceux qui ne voient pas les mêmes choses que lui. Alors, Le Braz obéit à Dantec.

Il ne chercha pas à le persuader que son intuition était fondée. À trouver les mots, lui qui n'en était pourtant pas avare ; surtout dans le domaine où il excellait, celui pour lequel le commissaire avait sollicité son aide : *l'inexplicable*, certes, mais qui cependant existe bel et bien…

Et il eut tort.

CHAPITRE 2

24 novembre 1901.
Les pommes et l'arbre nu.

La route qui menait à la ferme des Morvan quittait le bourg en direction des Monts d'Arrée, non loin de celle qui conduisait au mont Saint-Michel de Brasparts, le point le plus élevé de ce qui avait formé autrefois le massif montagneux de Bretagne. Le mont culminait à trois cent quatre-vingts mètres, à ses pieds s'étendait un paysage presque irréel, où bruyères, ajoncs et crêtes rocheuses se mélangeaient à perte de vue. La légende racontait que le Ciel demanda aux arbres de la région, autrefois recouverte de forêt, de rejoindre Bethléem à la naissance du Christ pour saluer l'enfant. Refusant de traverser l'océan, les arbres furent condamnés à dessécher sur place, cédant le terrain à la lande pelée. Posée en haut d'une colline aride, la chapelle Saint-Michel-de-Brasparts, dédiée à l'archange saint Michel, datait de 1672. Par temps clair, on apercevait de ce point culminant la chaîne des Montagnes noires, les clochers de Saint-Pol-de-Léon et même l'océan.

Ce jour-là, le temps était brumeux et humide.

Dantec avait confié à Le Braz le soin de demander l'itinéraire pour se rendre chez Morvan. Cela n'était en rien dû à ce que le commissaire considérât que ce n'était pas digne de son propre statut, c'était un sage pragmatisme. Anatole connaissait la région comme sa poche, même s'il avait bien davantage exploré tous les recoins du Trégor et du Pays de Quimper que du centre et nord Finistère. Mais comme tous les explorateurs amoureux de leur pays, il avait cette capacité, héritée de son père, de retrouver son chemin à peu près partout en Bretagne.

Un gendarme donna donc à l'auteur les directives pour rejoindre la ferme ; Dantec n'écouta même pas, il se fiait totalement à Le Braz. Le gendarme s'était proposé pour les accompagner, mais Dantec avait refusé. Il n'y avait plus grand-chose à examiner sur la *scène de crime*, nom que Dantec avait employé et que Le Braz entendait pour la première fois, mais qui sonna fort justement à son oreille. Le commissaire lui demanda néanmoins de lui indiquer le plus précisément possible l'endroit. Le gendarme eut cette réponse à la fois cocasse et, trouva Anatole, gothiquement poétique, digne du dernier roman à scandale de Jules Barbey d'Aurevilly, *Les Diaboliques* :

— Vous n'aurez qu'à suivre les pommes et quand leur piste s'arrêtera, sur votre droite, vous verrez l'Arbre aux Pendus. Dans le champ. C'est là, juste au bord, qu'on l'a retrouvé…

Dantec, naturellement, n'aurait certainement trouvé cela ni cocasse ni littéraire, et encore moins poétique. Mais Dantec était Dantec…

Le commissaire démarra l'automobile, ils étaient chaudement couverts ; Dantec avait compris la leçon du trajet de Port-Blanc à Brasparts et il était habillé en conducteur et non en commissaire. Le Braz, quant à lui, avait rajouté à son macfarlane une cape Inverness et un deerstalker sur sa tête. Sa corpulence eut-elle été plus longiligne, on aurait pu le prendre pour le héros de Conan Doyle, même si l'écrivain anglais n'avait jamais dépeint son Sherlock Holmes comme coiffé d'une casquette à rabats. L'imagination populaire et les illustrateurs avaient complété cette *touche finale*…

Le Braz, comme le prévoyait Dantec, se débrouilla fort bien et guida d'une main de maître ou plutôt d'un regard de géomètre.

Quelques centaines de mètres après la sortie du bourg, la départementale quittait la route principale allant au mont Saint-Michel-de-Brasparts et menait en direction de la ferme. En poursuivant sur cette départementale, on finissait par arriver également dans les Monts, mais l'habitation de Morvan ne se trouvait qu'à environ cinq kilomètres de Brasparts, au bout d'une vicinale.

À peine se trouvaient-ils au début de cette route qu'ils aperçurent, effectivement, les premières pommes sur la chaussée.

Cela avait quelque chose d'un roman de Lewis Carroll, mâtiné de Charles Perrault ou des Frères Grimm, le tout illustré par Gustave Doré.

Brouillard, route déserte, pommes rouges comme autant d'indices pour retrouver son chemin. *Le Petit Chaperon rouge*, un zeste d'*Alice au pays des merveilles*, une pointe de *Petit Poucet*. Inutile de préciser que ces évocations venaient à l'esprit d'Anatole, entre deux indications de trajectoire, et qu'il se garda bien de les partager avec son *Sherlock* de chauffeur...

Lequel s'efforçait, difficilement, de ne pas rouler sur les pommes. Le Braz ne sut jamais si le but était de préserver les amortisseurs de la De Dion, pourtant assez sommaires, de ne pas la salir par des projections – alors que la route jusqu'à Brasparts deux jours avant l'avait mise en piteux état cosmétique – ou si, finalement, il craignait de les écraser, de leur infliger des dommages supplémentaires, bien qu'elles fussent inexorablement condamnées à la pourriture sur le macadam.

Comme l'avait indiqué le gendarme, la piste *pommière* cessa brutalement.

Dantec immobilisa l'automobile en prenant soin de le faire au milieu de la route. Peu de chance de croiser un autre véhicule, mais les lanternes restèrent allumées et le moteur tournant.

— Vous ne stationnez pas en bordure du champ ? demanda Le Braz, toutefois légèrement inquiet d'une collision frontale.

— Non, s'il y a des traces, je veux le vérifier. Avec leurs *gros sabots*, j'entends par là leur fichu attelage, les gendarmes ont déjà dû fortement polluer le lieu.

Cette terminologie nouvelle plut à Le Braz, curieux de tout. La police moderne avançait visiblement à pas de géant...

Les deux hommes tournèrent la tête vers la droite quasiment de concert.

Le champ était le bon : l'Arbre aux Pendus était visible, à quelques dizaines de mètres plus loin, en plein milieu de la ligne d'horizon car le terrain montait en pente douce.

Cet arbre, un vieux chêne manifestement, à la ramure totalement dépouillée de ses feuilles, tendait ses branches et ses ramilles dénudées de part et d'autre de son tronc massif. On eût dit un épouvantail, cherchant à dissuader quiconque voudrait s'en approcher. On le distinguait à peine à travers la brume ce qui ajoutait à ce lieu macabre, où un homme avait été décapité violemment, une touche inutilement sinistre qui mit Anatole mal à l'aise.

Dantec descendit du véhicule; Le Braz sortit de sa contemplation légèrement morbide et le suivit, jusqu'au bord de la route, en limite du champ, prenant soin de marcher dans ses pas pour ne pas s'attirer ses foudres. La scène avait quelque chose d'un peu ridicule: un homme bien charpenté et vêtu comme un Anglo-Saxon, suivant à moins de deux mètres un pilote automobile aux lunettes de conduite remontées sur le casque, totalement inutiles car couvertes de condensation; quel couple étrange…

Heureusement, ils étaient seuls.

Le Braz s'immobilisa car Dantec avait pris l'attitude d'un pisteur du Far West, scrutant le sol, se baissant, touchant les graviers puis la terre, reculant de quelques pas, marchant en arrière latéralement comme un crabe ayant perdu la mer, se baissant de nouveau…

Anatole hésitait entre le rire et l'admiration. Il opta pour le silence…

Sans un mot, Dantec retourna vers la voiture, croisa Le Braz, et monta à bord.

— Vous venez, Anatole?

— Bien évidemment, répondit Le Braz, un peu vexé que le commissaire fît aussi peu de cas de lui. À moins que vous ne préfériez que je reste ici telle une borne kilométrique ou que je ne commence à ramasser les pommes…

— Pardonnez-moi, Tole…– c'était la première fois que Dantec l'appelait par son diminutif affectueux, ce qui eut le don de calmer sa vexation, tout en lui serrant un peu le cœur : sa sœur l'appelait ainsi, son cher beau-frère aussi ; ce petit nom était réservé aux proches, mais, venant de Dantec, son utilisation avait été spontanée, touchante et sans calcul – lorsque je suis ainsi, en pleine observation, je n'irais pas jusqu'à dire que je me sens dans une sorte de transe, je n'ai jamais connu cela, mais il me semble que je dois en être très proche. Je ne vois plus rien de ce qui m'entoure hormis ce sur quoi je focalise mon attention. Cela va même jusqu'au point d'oublier que je puis ne pas être seul.

— Ne vous en faites pas, concéda Le Braz, vous aviez effectivement l'air d'un pisteur indien des Amériques… Et qu'avez-vous observé, cher Manitou ?

— Manitou ?

— Oui, celui qui sait voir le Bien ou le Mal, chez les Indiens des plaines… Mais je vous taquine, ce n'est pas le moment, dit Anatole en se hissant sur la De Dion.

— Un peu de taquinerie n'a jamais tué personne, fit Dantec dans un franc sourire. Et pour ce qui est de « qui a tué qui », ce que j'ai vu me conforte dans le fait que le meurtrier a *fauché* sa victime en roulant à vive allure, à bord d'un attelage probablement tiré par un cheval fort vigoureux. Votre hypothèse de la violence du choc, alliée à la vitesse et à la précision, ayant décapité Morvan d'un coup d'un seul, s'avère exacte, mon cher *Holmes*…

Le sourire de Dantec demeura sur ses lèvres tandis qu'il balayait la tenue de Le Braz du regard. Être qualifié du nom du célèbre détective le rassura sur les lectures de Dantec en flattant un peu son ego au passage.

Qui ne préférerait pas être Holmes que Watson, après tout ?

CHAPITRE 3

24 novembre 1901.

Dantec éclaira Le Braz sur le fruit de ses observations tandis qu'ils parcouraient les deux derniers kilomètres menant à la ferme.

On apercevait nettement sur la route les traces des roues de l'attelage de la gendarmerie : elles étaient peu profondes, témoignaient d'un passage lent et d'un arrêt progressif, probablement jusqu'à ce qu'ils distinguent clairement le cadavre. Ils avaient continué quelques dizaines de mètres à pied, on voyait les empreintes de leurs bottes sur la bordure boueuse délimitant le champ et la chaussée.

On y discernait les mêmes empreintes de pas, en sens inverse ; les gendarmes revenant à leur attelage, le faisant avancer jusqu'à la limite de la dépouille de Morvan.

Les chevaux, sentant la présence du mort, avaient renâclé et frappé le macadam de leurs sabots ferrés, des graviers avaient volé et l'on apercevait la couche de terre, au-dessous. Puis les gendarmes avaient pénétré dans le champ, contourné à plusieurs reprises la tête coupée du cadavre, l'un avait probablement mis un genou à terre.

Le sol avait dû absorber le peu de sang résiduel et de fluides corporels, figés par la glace, car il n'y avait pas de taches visibles par terre.

Le grésil ayant fondu, la glèbe révélait tous ses secrets.

Mais elle n'avait pas beaucoup d'indices nouveaux à transmettre, en réalité.

Excepté un : la course rapide de la charrette du meurtrier, aux roues profondément marquées sur la route, le fait qu'elle avait empiété, au dernier moment, sur la bordure intérieure du champ, y laissant une profonde et large ornière et, en avant, la marque de sabots massifs, non ferrés.

— Qu'en déduisez-vous ? demanda Le Braz.

— Outre la pertinence de vos déductions intuitives confirmées précédemment, trois informations importantes, bien que pour l'instant je ne sache dire quand et comment elles vont nous servir. La première est que l'attelage n'est pas une charrette ordinaire. Il me semble davantage conçu pour être un moyen rapide de locomotion qu'un outil de transport, comme celui de notre paysan vendeur de pommes… La seconde est que l'attelage ne comprend qu'un cheval, qui me paraît assez imposant, mais également capable de galoper à une grande vitesse, sur une courte distance. Je pencherai pour un postier breton. C'est un cheval de trait et il n'est pas taillé pour faire de la course hippique, certes, mais sa masse, attelée à un véhicule léger, au galop, doit faire des miracles de vélocité brutale et rapide. Et, bien attelé, bien dirigé, il peut se manier avec une grande précision ; les laboureurs en savent quelque chose…

Le Braz ne s'attendait vraiment pas à ce que le *Parisien* Dantec en sache autant sur le roi des chevaux de Bretagne et ses capacités.

Comme s'il avait lu dans ses pensées, le commissaire ajouta :

— Ma famille vit depuis plus longtemps en Bretagne que je n'ai vécu à Paris, Anatole. Malgré l'aspect entrepreneurial du côté paternel, j'ai passé une bonne partie de ma petite enfance et de mon adolescence le cul assis sur le dos d'un cheval, à la moindre occasion. Vous seriez surpris de me voir en selle…

Anatole, qui avait de son côté passé davantage de temps sur une selle de bicyclette et n'était monté qu'à de rares occasions à cheval, ce dont il ne conservait d'ailleurs pas un très bon souvenir, se garda bien de mettre en doute la parole du policier.

— Va pour le postier breton et l'attelage rapide, valida Le Braz. Et la troisième information issue de vos déductions, quelle est-elle ?

— Elle est plutôt issue des vôtres, à l'origine ; vos intuitions semblent aussi inexplicables que stupéfiantes…

— À savoir ?

— Pour aller aussi vite, avec une trajectoire aussi précise, de nuit, même avec une lanterne en tête d'attelage, tout en tenant à bout de bras un instrument suffisamment large et contondant pour trancher la tête d'un homme d'un seul coup bien ajusté, soit il faut être une créature surnaturelle : la version démoniaque de votre Ankou, en quelque sorte…

— Soit ? questionna Anatole.

— Soit il faut se tenir d'une main, avec poigne et assurance, afin de ne pas tomber sous la violence du coup porté et… il faut un assistant diablement bon pour guider le cheval et lui faire une totale et inébranlable confiance !

CHAPITRE 4

« *Quand une pie vient se poser sur le toit,*
c'est que quelqu'un doit mourir dans la maison... »
Anatole Le Braz. La Légende de la Mort.

24 novembre 1901.
Lorsque le danger précède la peur...

Le Braz et Dantec restèrent silencieux après les derniers mots du commissaire.

Ils n'étaient pas plongés dans des pensées abstraites et dissemblables.

Désormais, ils partageaient, chacun à leur manière, la même conviction.

Pour ce qui était du meurtre de Morvan, et de ce qui s'en était ensuivi, l'Ouvrier de la Mort n'avait fort probablement pas agi seul.

En être quasi persuadé était une chose, savoir pourquoi et *avec qui*, en était une autre.

La réflexion dans laquelle était plongé Anatole faillit lui faire oublier d'indiquer à Dantec qu'il devait tourner à droite pour emprunter le chemin vicinal menant à la ferme Morvan.

La voiture fit une embardée, l'arrière décolla légèrement de la route, mais le véhicule retomba vaillamment sur ses roues, envoyant tout de même au passage une onde de douleur dans le dos déjà bien sollicité de Le Braz.

Le chemin défoncé était fait pour des chevaux, des charrues, voire les deux ensembles.

Pas pour une De Dion-Bouton. Les cahots étaient insupportables.

Dantec dut arrêter le véhicule au bout d'environ deux cents mètres ; il coupa le moteur et les deux hommes descendirent. Le demi-tour allait être complexe, mais chaque chose en son temps. Ils poursuivirent donc à pied.

La ferme était à peine visible, ses contours dansant au gré des nappes de brouillard, comme s'il elle n'était pas faite de pierre et de bois, mais vivante…

Fort heureusement, elle se situait à moins d'une centaine de mètres.

Tout était plongé dans une lueur surnaturelle. Le soleil cherchait à percer, le faible soleil de la fin novembre. Il n'y parvenait pas et se contentait de projeter des fulgurances jaunâtres au travers des volutes épaisses formées par les noyaux de condensation. Elles dansaient au gré du vent froid, que les deux hommes ne sentaient pas sur eux, mais qui faisaient ses pantins dociles des particules microscopiques de vapeur d'eau.

Pour couronner le tout, au propre comme au figuré, le chemin vicinal était bordé des deux côtés d'un haut talus surmonté d'une haie vive, empêtrée de buissons de houx, dont les baies habituellement joyeuses et colorées étaient éteintes par la teinte blafarde qui dominait tout. Quelques châtaigniers, orphelins de leurs feuilles, se dressaient de façon menaçante ; le sol était jonché de châtaignes, des dards piquants de leurs bogues, qui craquaient et crissaient sous les pas des deux compagnons.

— Quel genre de travail pouvait bien faire Morvan ici ? On ne voit aucune trace de travail agricole ; tout semble vierge de toute activité humaine, à en juger par ce chemin même…

La voix d'Anatole avait rompu le silence ouaté, et même si elle était mesurée, la sensation lui fut désagréable.

— Je l'ignore, mais je partage votre questionnement, répondit Dantec en écho.

Ils arrivèrent devant la ferme. Elle n'avait rien de particulier. Elle datait probablement de la seconde moitié du XVIIIe siècle ; ni grande ni petite, une ferme bretonne : modeste. Une petite longère, en pleine campagne. La porte principale était étroite et deux fenêtres l'encadraient, à la manière de celles des longères, petites, carrées, serties de pierres de taille. Les volets de part et d'autre de la porte étaient ouverts ; l'un maintenu par son crochet, l'autre claquant contre la façade par intermittence, alors que Dantec et Le Braz ne sentaient pas souffler le vent.

Les volets en mauvais bois des deux fenêtres, gris et sales, étaient fermés et tressaillaient doucement, sans bruit.

À travers laquelle de ces fenêtres la mère de Jorj Morvan, que la peur et la drogue ont tuée, a-t-elle entrevu le visage terrifiant qui lui fut fatal ?

Quelqu'un a-t-il ouvert les volets pour qu'elle le distingue ?

Seraient-ils, étrangement, restés ouverts par une nuit durant laquelle ce qui se tient à l'extérieur ne doit être vu par aucun des vivants ?

Ces pensées trottaient dans la tête de Le Braz.

Il s'immobilisa pour regarder à nouveau la maison.

Quelque chose n'allait pas. Quelque chose les attendait.

Dantec était arrivé à la porte ; il tendit la main vers la poignée.

— Nous avons trouvé une clé dans la poche de la veste de Morvan, dit-il en se tournant vers Le Braz. Mais elle ne semble pas correspondre à cette porte… Est-ce que les Bretons conservent toujours leurs portes ouvertes, comme à l'époque de mon enfance ?

Anatole ne répondit pas.

Il avait les yeux levés vers le toit, bas, car la longère était de plain-pied.

Dans le silence absolu, uniquement troublé par la question de Dantec, il avait entendu un cri.

Celui d'un oiseau. Perçant le brouillard, volant jusqu'à la toiture de chaume, une pie vint se poser.

Bien campée sur ses deux pattes, tête baissée vers le commissaire, elle jacassa une nouvelle fois ; comme si elle avait quelque chose à lui dire.

— Bon, qu'importe, entrons et nous verrons bien si c'est ouvert ou fermé, dit Dantec.

— ALAN ! NON !

Le Braz avait hurlé en même temps qu'il se précipitait vers Alan.

Celui-ci, la main sur la clenche, poussa la porte vers l'intérieur avant de réaliser qu'elle s'ouvrait sur l'extérieur.

Il la tira. Un léger déclic se fit entendre dans la maison.

Avant qu'il n'ait pu faire un geste, deux choses se produisirent simultanément.

Il se sentit fermement tenu par les épaules et jeté en arrière. Une violente et assourdissante déflagration retentit, brisant le silence ouaté à des kilomètres…

Puis la porte vola en éclats.

CHAPITRE 5

« Ne plaisantez pas ainsi,
vous aurez peut-être affaire à l'Ankou
plus tôt que vous ne voudrez... »
Anatole Le Braz. La Légende de la Mort.

24 novembre 1901.
Le secret de la veuve.

Lorsque revint le silence, Dantec pensa qu'il était mort et en route pour l'au-delà.

Un sifflement emplissait ses oreilles, l'appel des Anaons, sans doute, qui cherchaient à le guider vers eux, le convoquait afin qu'il les rejoigne ; son corps se refusait à bouger, une fumée planait au-dessus de lui et il distinguait à peine une parcelle de ciel, au-dessus de sa tête. Puis une douleur naquit, sur sa joue droite.

Il parvint à y porter la main et la ramena devant ses yeux, tachée de sang et de noir.

Avant de toucher sa joue, il lui sembla qu'il avait d'abord frôlé un corps étranger qui y avait élu domicile.

Serait-ce là un clou de mon cercueil, trop long et trop profondément enfoncé, qui trouble déjà mon repos éternel ? Un mort est-il censé saigner ?

— Je pense que vous avez plus probablement reçu un éclat de bois en plein visage, dit une voix familière, bien qu'un peu étouffée, à son oreille.

— Qui me parle ainsi ? Où suis-je ?

— Vous êtes allongé sur moi, Alan, et je ne vous pensais pas aussi lourd. Si vous avez la force de vous relever, je vous en saurais gré. Et, ensuite, nous dresserons un inventaire mutuel de nos éventuels dommages. Pour le reste, il me semble que tout danger est désormais écarté. Du moins pour le moment, murmura de nouveau Anatole à l'oreille du commissaire.

Dantec recouvra l'usage de ses membres ; le choc était passé. Il roula sur le côté sans douleur, puis se releva. Baissant le regard, il vit Le Braz couché dans la boue, de tout son long ; le visage noirci, mais sans blessure apparente.

— Anatole, vous allez bien ? Que faisiez-vous allongé par terre, sous moi, le visage pareil à celui d'un ramoneur ?

— Eh bien, mon cher Dantec, en toute modestie, il me semble que je vous ai sauvé la vie, et il était moins une. Comme vous m'avez servi, involontairement en cette occasion, de bouclier humain, j'aurais tendance à dire que nous sommes quittes… En revanche, je ne refuserais pas une ferme poignée de main pour m'extirper du sol, si cela n'est pas trop demander. Et pour ce qui est de la figure de ramoneur, vous devriez voir la vôtre…

Dantec se pencha, tendit la main à Le Braz et le tira vers lui vigoureusement. L'auteur s'arracha de l'étreinte de la terre boueuse avec un bruit de succion fort inélégant. Une fois debout, il examina le commissaire, puis s'inspecta lui-même, bougea les bras, leva alternativement chaque jambe à hauteur du genou, se palpa le torse.

Il parut satisfait et rassuré. Puis il s'approcha de Dantec, tendit la main vers son visage.

— Vous permettez ? Cela risque de piquer un peu…

— Faites, répondit Alan, sans comprendre.

D'un geste rapide, Anatole retira quelque chose de la joue du commissaire. Effectivement, cela piqua un peu… Il lui présenta l'objet de son saignement.

— Une splendide écharde de bois, fort heureusement peu enfoncée dans votre chair. Si vous avez un mouchoir, je vous suggère de tamponner la plaie ; la blessure est légère, je suis au regret de vous dire qu'il est peu probable que vous perceviez une rente d'invalidité.

Dantec se souvint des premiers mots qu'il avait prononcés ; ces *introspections post-mortem…* Il comprit qu'il avait parlé à voix haute et se sentit légèrement honteux.

— Regardez, fit Le Braz en désignant la porte.

Le commissaire se tourna vers l'entrée, après avoir jeté un œil à son mouchoir. Une légère tache de sang, rien de grave, effectivement.

On ne pouvait en dire autant de l'huis qui fermait la longère… Toute la partie supérieure avait disparu.

Les fragments, excepté celui qui s'était fiché dans la joue du commissaire, jonchaient le sol. Si Le Braz ne s'était pas précipité pour saisir Dantec *in extremis*, le tirer en arrière et le faire tomber à terre avec lui, si l'attention de l'auteur n'avait pas été détournée l'espace de quelques secondes, il était fort probable que les deux hommes fussent morts, ou pour le moins grièvement blessés.

— Nous l'avons échappé belle, confirma Dantec. Heureusement que vous êtes resté un peu en arrière, à bayer aux corneilles…

— Pas *aux corneilles*, répondit Le Braz sans s'offusquer. À la pie, cher Alan, à la pie.

— Quelle pie ?

— Eh bien, celle qui s'est posée sur le toit juste avant que vous n'ouvriez imprudemment la porte ; la pie qui a tenté de vous prévenir. Mais oubliez ce que je viens de vous dire, il vous reste encore beaucoup de choses à apprendre et je me chargerai de celles, inexplicables, qui n'ont d'autres nécessités que de nous sauver la vie. Je vous laisse le soin de toutes celles relevant de vos compétences professionnelles…

Dantec perçut parfaitement la légère moquerie, mais ne chercha pas à en comprendre davantage. Il se pencha par l'ouverture béante, au travers de laquelle on voyait désormais l'intérieur de la longère. Il avisa la gueule d'un fusil de chasse, attaché fermement à une chaise, et une sorte de dispositif, au sol, une longue corde et un système de fixation la reliant à l'arme, qui devait être initialement attaché à la clenche.

— Il a piégé l'entrée de sa demeure, lâcha Dantec. J'ignore avec quoi il avait chargé son arme, mais cela ne devait pas être de simples cartouches de chevrotine. Au minimum du 21 grains magnum, grosse grenaille. Il n'y a pas d'éléphants dans les parages et cela vous suffirait déjà à réduire un sanglier en bouillie, même au travers d'une porte…

— Nous aurait-il pris pour des *Sus scrofa*: des sangliers sauvages et dangereux ?

— Pas nous, Anatole, pas nous. Ce n'est pas après nous qu'il en avait. N'oubliez pas qu'il est mort avant d'être rentré chez lui, et après avoir passé la majeure partie de sa dernière journée à Brasparts, dont de nombreuses heures à la gendarmerie.

Le Braz acquiesça.

— Mais alors, qui ?

— Morvan avait des choses à cacher. Je m'en doutais, même si je n'ai pas eu le temps de les lui faire dire toutes. Il craignait sans doute que je lui en fasse avouer davantage, mais, plus que tout, il craignait celui qui n'accepterait pas qu'il parle. Celui qui a tué sa mère, et Pierre Goadec, avant de s'en prendre à lui. Il laissait la porte de devant ouverte. Ce n'est pas parce que les Bretons ne ferment pas leurs portes qu'ils rentrent les uns chez les autres comme dans un moulin. Ce piège était destiné à une visite inopinée de l'Ouvrier, qui ne se serait pas encombré de politesses. Et je pense qu'il cache d'autres armes chez lui.

Dantec examina le sol, puis finit par trouver la clé en poussant du pied les débris de bois.

— Il doit y avoir une porte fermée, à l'arrière. C'est cette clé qu'il avait sur lui et c'est par là qu'il rentrait.

— Mais pourquoi, si le meurtrier en avait après lui, a-t-il attendu notre arrivée pour régler son compte à Georges Morvan ? questionna Le Braz.

— Parce que je pense que Morvan était en sursis et qu'il le savait. Il avait en sa connaissance ou, je l'espère, en sa possession à l'intérieur, des éléments essentiels, qui nous éclaireront sur ces meurtres.

Parce que nous ne pourrons pas faire parler les morts, mais s'il cache quelque chose chez lui, nous le découvrirons.

— Des éléments l'impliquant dans ces meurtres ?

— À titre direct, je ne pense pas. Mais j'ai l'intuition que la veuve Morvan, même sans être droguée à mort, avait de bonnes raisons de craindre pour sa propre vie. Et son fils devait savoir lesquelles…

Sur ce, Dantec se mit en marche pour faire le tour de la longère.

— Nous aurions pu entrer par la porte de devant, dit Le Braz. Ou du moins ce qu'il en reste. Je ne pense pas que nous ayons à craindre de ce côté, désormais.

— On n'est jamais trop prudent, lâcha le commissaire par-dessus son épaule en agitant la clé. Il n'était pas assez suicidaire, gageons-le, pour piéger l'issue par laquelle il entrait et sortait. Surtout qu'il devait souvent avoir les idées peu claires en sortant de l'auberge…

— Je l'espère, fit Le Braz en lui emboîtant le pas.

— Mais, d'ici là, regardez tout de même où vous mettez les pieds, Anatole…

CHAPITRE 6

24 novembre 1901.

L'arrière de la longère ne faisait que confirmer ce que l'auteur et le commissaire avaient évoqué en arrivant en vue de la ferme.

Si le chemin vicinal montrait qu'il ne servait guère à être emprunté par des attelages ou toute autre pratique rurale, une fois derrière la longère, on ne pouvait que constater à quel point le fils Morvan était désœuvré, pour ne pas dire sans la moindre activité professionnelle.

Un champ en friche, qui avait dû être cultivé, laissé à l'abandon. Un pré clos, aux barrières de bois qui commençaient à être gagnées par les ronces et les herbes folles dans lequel des ovins avaient dû séjourner, car il était trop petit pour contenir des vaches. Mais pas le moindre mouton ni la moindre chèvre. Une vieille charrette sans attelage. Un appentis de bois adossé à la façade, contenant des outils dont la plupart étaient au sol et, accroché à de gros crochets, un harnachement complet de cheval. Mais pas de cheval. Une charrue qui commençait à rouiller, au soc recouvert de liseron.

Un véritable *no man's land*…

Au bout du champ, assez vaste et bordé d'une haie touffue sur ses deux côtés, à environ une centaine de mètres, un bosquet d'arbres dénudés, dont on distinguait qu'il n'était plus entretenu, semblait faire partie de la propriété.

Seul un poulailler dans lequel Le Braz et Dantec entendirent caqueter des poules à leur approche, haut et fort comme elles le font pour signaler un éventuel danger, paraissait bien soigné.

Le Braz se dit que les pauvres gallinacés avaient probablement eu la peur de leur vie au moment où la porte avait explosé sous la déflagration et que ces volailles n'étaient pas près de pondre de nouveau.

Pour elles, telles les oies du Capitole, ces deux inconnus qui s'approchaient de la demeure méritaient un signal d'alerte.

Toutefois, leur propriétaire ne risquait plus de venir chercher le produit de leur ponte, ni elles de l'accueillir en cocaillant doucement pour l'informer que son futur repas était servi dans la paille.

À côté du poulailler, cependant, se trouvait un carré potager, assez grand, dans lequel Anatole reconnut des lignes de plantation de pommes de terre, qui avaient bien évidemment été ramassées au début de l'automne, et de carottes de conservation, arrivées à maturité, dont une partie seulement avait été récoltée ; le reste ne le serait jamais plus.

Plongé dans ses observations, Le Braz entendit à peine la clé de la porte de derrière tourner dans la serrure, puis Dantec l'ouvrir, la faisant gémir dans un grincement. Anatole sentit les poils de sa nuque se hérisser, mais rien ne survint.

— Vous venez, Le Braz ? À moins que vous n'ayez l'intention de vous porter acquéreur et que vous évaluiez le potentiel de la propriété…

— J'arrive, Alan. Ce que j'évalue, figurez-vous, n'est pas sans intérêt.

— Mais encore ?

— Visiblement, Jorj Morvan ne travaillait plus depuis la mort de sa mère ; il faisait en sorte de se suffire à lui-même sur le plan alimentaire. Des œufs, des patates, des carottes faisaient l'essentiel de son ordinaire. Il avait abandonné tout le reste…

— On ne peut pas mettre cela sur le compte du chagrin, bien que la disparition de sa mère ne remonte qu'à un an, répondit Dantec.

— Non, en effet. Peut-être notre homme avait-il l'intention de ne pas rester fort longtemps dans la ferme, ou avait-il choisi de vivre frugalement, tel un ermite néanmoins fréquemment alcoolisé.

— Alcoolisé et généreux, d'après ce que l'on disait apparemment de lui à l'auberge. Il était connu pour payer régulièrement bon nombre de tournées…

— Alcoolisé et argenté, donc, dit Le Braz.

— Quelque magot caché ?

— Possiblement. Ou un bienfaiteur anonyme… sourit Anatole.

— Je demeure convaincu que cette ferme recèle quelques surprises susceptibles de nous éclairer. Nous veillerons cependant à ce qu'elles ne nous explosent pas à la figure, conclut Dantec, non sans humour.

Et, sur ce, ils pénétrèrent tous deux dans l'antre des Morvan.

CHAPITRE 7

24 novembre 1901.
Où la lumière commence d'éclairer les ténèbres…

— Attendez-moi ici un instant, intima Dantec à Le Braz. Je vais m'assurer que nous ne risquons aucune autre mauvaise surprise.

Une odeur tenace de renfermé et d'autres effluves peu engageants accueillirent les deux hommes. Anatole obtempéra poliment, se gardant de rappeler au commissaire que sa propre précipitation leur avait valu la première *mauvaise surprise*, qui manqua de peu d'être la dernière…

Dantec pénétra prudemment dans la première pièce, sur laquelle donnait la porte arrière, et Le Braz se tint sur le seuil, sa taille masquant à elle seule le peu de lumière qui entrait.

Anatole vit Dantec fouiller dans une poche intérieure de son manteau d'automobile, en sortir une chose plate et rectangulaire. Il opéra un geste invisible aux yeux de l'auteur et, soudain, un cône de lumière jaillit.

— Par ma foi, quel diable d'objet avez-vous là ? s'exclama Le Braz.

— On appelle cela une « *lampe de poche électrique* », répondit Dantec. Ce n'est pas encore disponible dans le commerce, mais cela ne saurait tarder. Encore quelques années et vous pourrez disposer de la même, cher Anatole. Celle-ci est une sorte de prototype dont la Sûreté m'a fait « don » pour mener mes enquêtes ; quelques militaires en ont également été dotés pour certaines missions.

— Et comment cela fonctionne-t-il ?

— Très simplement, fanfaronna le commissaire avec un zeste de fierté. Une ampoule reliée à une pile sèche, contenue dans un boîtier et fonctionnant grâce à un interrupteur. Cela éclaire suffisamment les lieux sombres ou les escaliers et, si on l'utilise brièvement, la durée de la pile peut aller jusqu'à sept heures… Ce précieux outil est fabriqué par la Manufacture d'Armes et de Cycles de Saint-Étienne.

— *Ar vuoc'h* ! s'étonna Le Braz.

— Plaît-il ? questionna Dantec.

— Pardon, c'est un peu trivial et parfois j'oublie que vous n'êtes pas bretonnant, ou que vous l'avez oublié. Ce qui peut se comprendre pour un fonctionnaire zélé élevé à l'école de la République, fit malicieusement Anatole. Je voulais dire : *Vache!* Pardonnez-moi cette néologie, je viens d'inventer une expression me semble-t-il… Cela désigne un autre objet, gage *d'obscurantisme* et non de lumière, que les instituteurs francophones, chasseurs acharnés de la langue bretonne, utilisent dans les écoles publiques et privées pour affubler l'élève surpris à parler breton.

Portez cet objet à votre cou et vous êtes puni et bon pour d'ingrates tâches, corvées, devoirs supplémentaires, punitions corporelles, ou encore séance de moquerie générale organisée par l'instituteur. Seul moyen de s'en débarrasser : surprendre un autre élève parlant breton et le rapporter. Tout un programme pour favoriser dénonciations et humiliations…

La voix de Le Braz traduisait une colère rentrée.

— Mais, pardonnez-moi, reprit-il, l'heure n'est pas aux lamentations régionales, n'est-ce pas ? Éclairez-nous de vos lumières, cher Alan, et je vous suivrai dès que vous m'en donnerez l'autorisation.

Dantec eut la prudence de ne pas répondre autrement que par un hochement de tête.

Il s'avança dans la pièce, guidé par le faisceau lumineux qui dessinait des contours fantasques aux objets. Visiblement, cette pièce, assez petite au demeurant, était une chambre. Elle était chichement meublée. Une petite table, une chaise, un coffre en bois grossier posé à même le sol et fermé d'un lourd cadenas. Un lit clos complétait le tout. Grâce à l'éclairage fourni par la lampe, Le Braz distinguait ces objets en même temps que Dantec. Il vit également l'étroite fenêtre, qui donnait à droite de la porte et dont le volet était clos. Au bout de quelques instants, Dantec s'apprêta à poursuivre son exploration dans la longère en pénétrant dans la pièce suivante, guidé par sa *lampe de poche électrique*, mais Anatole l'interrompit.

— Ce n'est pas que je craigne l'obscurité en vous attendant, mais que diriez-vous d'ouvrir cette fenêtre ainsi que le volet qui l'occulte ? Puisque le périmètre semble sûr, nous gagnerions du temps si je commençais à y jeter moi-même un œil…

Le commissaire s'exécuta de bonne grâce ; tout à l'utilisation de son prototype d'appareil des temps modernes, il ne lui était pas venu à l'idée que rien ne vaut la lumière du jour, même peu abondante.

Une fois la fenêtre puis le volet ouverts, non sans difficulté car les deux n'étaient apparemment pas manœuvrés tous les jours, il jeta un œil à l'extérieur. L'herbe dépassait le rebord inférieur de la fenêtre. Dantec vit une grosse araignée noire, dérangée dans ses habitudes, courir le long de sa manche sur laquelle elle était probablement tombée lors de l'ouverture. Le commissaire ne craignait pas les criminels, mais les araignées si, depuis sa petite enfance. Il était totalement arachnophobe… Il s'efforça de ne rien montrer, mais il secoua vivement le bras par la fenêtre. L'araignée chuta dans l'herbe.

Dantec, se sentant un peu ridicule, regarda Le Braz, mais celui-ci avait les yeux tournés vers le coffre de bois.

— Je poursuis mon inspection de sécurité, dit Alan d'une voix exagérément assurée. Ne vous gênez pas pour commencer nos recherches, afin d'éventuellement trouver quelque chose d'intéressant.

— Faites, je vous en prie.

Dantec progressa en direction du reste de la demeure.

— Ah, au fait, Alan, dommage que vous n'ayez pas capturé l'araignée…

Le commissaire se figea.

— Figurez-vous qu'il ne vous aurait plus manqué que quelques grains de sel, une poignée de terre prise au cimetière, de la cire vierge, quelques rognures de vos ongles ; le tout dans un petit sac autour de votre cou, et, dans neuf jours, si nous croisons la route de *l'Oberour ar Maro*, vous n'aurez même pas besoin de dégainer votre arme, ce pistolet allemand Borchardt semi-automatique, dont vous êtes actuellement équipé.

— Comment savez-vous cela, et que diable viendrait faire une araignée dans un sac porté autour de mon cou avec ces étranges ingrédients ?

— Je ne fais pas qu'écrire, Alan, vous savez. Je m'intéresse à beaucoup de choses et j'ai des yeux pour voir. Et je me permets de vous rappeler qu'il y a quelques minutes à peine, je vous servais de matelas, j'ai vu votre arme lorsque vous avez pivoté sur le sol… Quant au sac, c'est très simple : ceux qui pratiquent *L'Art*, j'entends par là la sorcellerie, *sorserez*, considèrent que si vous parvenez à attirer l'attention de votre ennemi sur un tel artefact, il tombera raide mort rien qu'en posant les yeux sur lui…

CHAPITRE 8

24 novembre 1901.

Le reste de la longère n'était pas bien grand et ne contenait pas d'autres pièges.

Dantec ne tarda pas à héler Le Braz qui le rejoignit dans la pièce principale, dans laquelle se tenait la cheminée avec son banc attenant pour s'asseoir et faire cuire les aliments dans l'âtre, quelques casseroles pendues et noircies, quelques accessoires de cuisine, une large armoire et un coffre au sol, une table de bois, deux chaises et voilà tout. Le commissaire avait ouvert les étroites fenêtres et leurs volets. Le trou béant de la porte d'entrée avait quelque chose d'obscène ; l'attirail du fusil piégé était fixé solidement avec une corde sur une troisième chaise, face à la porte. Le système était aussi simple qu'ingénieux. Un dispositif reliait les deux gâchettes à une corde qui elle-même avait été reliée au pêne. Comme on ouvrait vers l'extérieur, Morvan avait bricolé une sorte de ressort sophistiqué permettant de déclencher le bloc de double détente vers l'arrière. On ouvrait la porte, on était mort.

Il avait dû tester son piège mortel à de nombreuses reprises, à vide, pour être certain qu'il fonctionnerait à coup sûr.

Simple et efficace, mais faisant preuve d'un talent dont Le Braz aurait été incapable, aussi intelligent et cultivé soit-il. Il était fort probable, en revanche, que le commissaire en eût été capable, lui.

Voir cette demeure dévoilée ainsi, sa porte en ruine, mit Le Braz mal à l'aise. En effet, la maison bretonne avait la pudeur de son intimité, et même si ses étroites fenêtres avaient pour but essentiel de ne pas laisser entrer le froid, elles se refermaient aussi sur sa vie intérieure ; Anatole n'oubliait pas que les paysans devaient s'acquitter d'un impôt calculé sur le montant des ouvertures, ce qu'il trouvait scandaleusement injuste. Qu'adviendrait-il de cette maison, aussi modeste soit-elle, désormais doublement orpheline ? Serait-elle seulement rachetée par un nouveau propriétaire ; compte tenu des évènements sinistres survenus, cela était peu probable. Elle rejoindrait certainement la cohorte des demeures maudites, livrées à l'abandon et à la mort, comme on en voyait de plus en plus dans les campagnes bretonnes.

— Il y a une autre chambre, dit Dantec, tirant Le Braz de ses pensées. Cela est plutôt rare, non ? Venez voir : on dirait qu'une tempête est passée ici…

Anatole se tint sur le pas de la porte.

Il comprit immédiatement que la petite chambre était celle de la veuve Morvan.

La pièce avait été retournée de fond en comble.

Le lit étroit, non clos, montrait son matelas de paille éventré et jeté à terre, les draps étaient déchirés sauvagement, l'oreiller et son rembourrage déchiquetés pareillement. L'armoire, dont les portes béaient, était vidée de son contenu. Le linge de la veuve, quelques pièces d'étoffe, son habit de fête et de cérémonie, tout était à terre.

Cela ressemblait au viol d'une vie.

— Qui a pu faire une chose pareille ? souffla Le Braz. Le fils ? C'est impossible…

— Je ne crois pas, répondit Dantec en s'avançant dans la chambre.

Au passage, il regarda en direction de la fenêtre. Il ne l'avait pas encore ouverte, mais il vit immédiatement le carreau brisé. Les bouts de verre avaient été enlevés, mais la vitre non remplacée. Il savait le prix d'une telle réparation, mais, plus que toute autre chose, il lui sembla que Georges Morvan n'avait pas voulu toucher à cette fenêtre. Celle par laquelle, lors de la sombre nuit de la Toussaint, sa mère avait vu le *spectre* qui avait achevé de la terrifier, lui ôtant la vie.

— Morvan avait certainement bien des défauts, mais il n'aurait jamais profané ainsi la chambre de sa mère, affirma le commissaire. On a cherché quelque chose, ici, et je ne pense pas qu'on l'ait trouvé…

— Cela se serait produit pendant que Jorj Morvan était à la gendarmerie, ou à l'auberge ? On craignait qu'il parle ?

— Si par ce « on », nous sommes bien d'accord que nous parlons de l'assassin, oui, je vous le confirme. Il craignait qu'il ne parle et il savait trouver ici, fort certainement, une preuve permettant de l'identifier ou de mener à lui. Mais je ne pense pas qu'il soit venu la chercher pendant que le fils Morvan nous attendait, quand nous l'interrogions, ou plus tard… Il aurait eu devant lui plusieurs heures de relative tranquillité ; or seule cette chambre a été fouillée.

— Mais alors, quand ?

— Eh bien, Anatole, juste après l'avoir tué, sur la route. Ensuite, il est venu ici, à la hâte…

— Mais c'est impossible. Il se serait pris la décharge du fusil en pleine face. Nous l'aurions retrouvé mort devant la porte d'entrée.

— Vous sous-estimez notre adversaire, Anatole. Et cela est dangereux. L'Ouvrier a dû apprendre que Georges Morvan était convoqué à la gendarmerie pour être entendu. Les langues vont vite et se délient facilement. Brasparts n'est pas Paris ou Quimper… Il a dû l'observer, le voir faire son manège avec la porte de derrière, et se méfier.

— Mais comment est-il entré ? La serrure n'a pas été forcée…

— Anatole, Anatole, réfléchissez.

En un éclair, Le Braz comprit.

— Il a stoppé son attelage après lui avoir tranché la tête, a fouillé son corps, a pris la clé, est venu ici, est entré par l'arrière, a retourné la chambre de la veuve, puis il est reparti en fermant soigneusement derrière lui.

Dantec claqua trois fois dans ses mains ; le bruit résonna désagréablement dans la chambre saccagée.

— Bravo, *bravissimo*, cher camarade ! Et je me permets de compléter vos subtiles déductions : il est revenu précipitamment sur le lieu du crime et a replacé la clé dans la poche du mort. *Ni vu ni connu, le tour est joué, je t'embrouille*, conclut Dantec, prenant, à s'y méprendre, la voix d'un *Apache* parisien.

Puis il poursuivit avec le plus grand sérieux :

— Seulement, il savait qu'il disposait de peu de temps. Il ne devait se faire surprendre à aucun moment, ni après le meurtre ni en venant ici, en repartant ni, *a fortiori*, en revenant rendre la clé au mort, si je puis dire. En pleine nuit, les risques étaient faibles, mais, à l'approche de l'aube, ce n'était pas la même histoire. Le Breton qui travaille se lève plus tôt qu'un moine qui célèbre *matines* ou *vigiles*.

Pour un laïcard, Dantec ne s'en tirait pas trop mal avec les offices religieux, songea Le Braz.

— Et comme il disposait de peu de temps, il l'aurait totalement consacré à s'acharner sur cette chambre.

— Oui, Anatole, je suis convaincu que c'est ici qu'il pensait trouver ce qu'il cherchait. Mais il n'a rien trouvé, j'en jurerais.

— Et pourquoi cela ?

— Parce que le fils Morvan n'est pas stupide, même si son piège mortel a été déjoué.

Pas par nous, en tout cas… se dit Le Braz *in petto*.

— Il n'aurait rien laissé traîner d'important dans la chambre de feu sa mère. Rien ne ferme à clé, ici, et les endroits où dissimuler quelque chose, comme ce à quoi je pense, sont trop peu nombreux. Pourtant, l'assassin a tout essayé, fit Dantec en désignant la pièce ravagée, sens dessus dessous, d'un large geste du bras.

— Ne soyez donc pas si mystérieux, Alan, à quoi diable *pensez-vous* ? Que pourrait-il bien espérer trouver qui l'incrimine ? s'impatienta Le Braz.

— Des lettres, des notes, quelque chose de manuscrit ; de l'argent, peut-être.

— Vous m'en direz tant…

— Je peux faire erreur, naturellement. Mais comme nous n'allons pas retourner à notre tour toute la maison, commençons par l'endroit où je chercherais en premier moi-même, d'autant plus que nous sommes passés devant en entrant dans la première pièce, qui devait être la chambre de Georges Morvan.

La lumière se fit dans l'esprit d'Anatole.

— Vous voulez parler du coffre cadenassé ?

— C'est cela même !

— Eh bien, allons-y, dit Le Braz.

Tandis qu'ils s'apprêtaient à sortir de la pièce, l'attention de l'auteur fut attirée par un objet au sol ; pour être plus précis, il s'agissait d'un morceau de tissu assez grand, qui avait été blanc mais semblait défraîchi, beaucoup utilisé.

Le Braz se baissa, l'observa, le ramassa, le roula et le glissa sous son manteau, en suivant Dantec qui n'avait rien remarqué.

Une fois arrivé dans la chambre de Jorj Morvan, le commissaire se dirigea d'abord vers le lit clos. Les deux battants en étaient ouverts.

Dantec pencha sa tête à l'intérieur et eut un geste de recul.

— Diantre, cela ne sent pas la rose, là-dedans, ni la violette non plus d'ailleurs, fit-il avec une moue de dégoût. Nous savons au moins que le parfum du mouchoir brodé posé sur le mort ne venait pas d'ici ; pas la moindre senteur non plus dans la chambre maternelle, à part cette terrible odeur de renfermé et de literie rance.

— Vous avez décidément tout oublié, Alan. Je ne sais si, enfant, vous dormiez déjà dans des draps de soie, mais vous semblez ignorer qu'en Basse-Bretagne, comme dans nombre d'autres campagnes, on ne lave les draps que deux fois l'an, à tout le moins. Je parierais que ceux du fils Morvan n'ont pas vu le lavoir depuis bien avant la mort de sa mère…

— Ma foi, fit laconiquement Dantec, si vous le dites…

Il plongea toutefois sa main sous l'oreiller rêche et taché de sueur, et il l'en ressortit triomphalement tenant un grand étui de cuir, qui protégeait un couteau de belle taille, que Dantec mit sous les yeux de l'auteur.

— Quand je vous disais qu'il y avait probablement une autre arme; ceci est un Bowie Knife américain d'excellente facture, et fort bien affûté. Il pourrait vous ouvrir en deux du ventre à la gorge d'un seul coup bien porté.

Le couteau bien en main, Alan s'apprêtait à mimer le geste.

— Je vous crois sur parole, fit Le Braz en agitant les mains devant lui, inutile de me montrer…

— Georges Morvan était véritablement sur ses gardes, mais, malheureusement pour lui, et pour nous, pas assez. L'alcool lui a trop engourdi l'instinct de conservation et ma convocation au casernement a probablement fait le reste. Je ne dis pas qu'il n'aurait pas fini par être tué, mais je pense que cela a précipité sa fin.

Pour autant, Anatole ne perçut aucune nuance de regret dans la voix du commissaire.

Celui-ci glissa adroitement le couteau dans une poche intérieure de son manteau, puis, de l'autre main, il sortit prestement son pistolet Borchardt semi-automatique de l'étui qu'il portait sous l'aisselle. Et il se dirigea vers le coffre muni du lourd cadenas.

— Qu'allez-vous faire? demanda Anatole.

— Écartez-vous près de la porte, je vous prie, et tournez-vous.

— Mais…

— Je pourrais crocheter ce cadenas, mais nous n'avons pas de temps à perdre, nous non plus.

Anatole, ébahi, s'exécuta.

— Pendant que vous y êtes, bouchez-vous les oreilles, ajouta Dantec. Cette belle arme fait un boucan du diable dans un espace clos ; j'ai l'habitude, mais vous, non…

À peine Le Braz eut-il le temps de porter ses paumes à ses oreilles qu'une violente déflagration, presque aussi forte que celle qui avait fait voler la porte principale en éclats, se fit entendre, suivie d'un bruit métallique.

Anatole se retourna, s'attendant à voir le coffre en miettes ou, pire, Dantec blessé.

Au lieu de cela, il ne vit qu'une légère fumée s'échappant du canon et le cadenas, brisé, à terre.

— Voilà toute la différence entre une arme de précision et une vulgaire pétoire, commenta sobrement Alan.

Puis il se baissa et ouvrit le coffre.

Ce qu'ils y trouvèrent ainsi que ce que Le Braz avait ramassé dans la chambre de la veuve Morvan furent les faisceaux qui allaient les guider.

Il s'avéra cependant que ces rayons de compréhension ne menaient pas vers la lumière, mais vers les plus profondes ténèbres…

CHAPITRE 9

24 novembre 1901.
Regards sur des preuves enfuies…

Dantec et Le Braz ne s'attardèrent pas davantage dans la maison abandonnée. Ils reprirent le chemin vicinal vers l'automobile.

Le coffre avait livré ses secrets et le commissaire jugea qu'il n'y en aurait pas d'autres. Il se trompait.

L'autre, Le Braz avait mis la main dessus, mais ne l'ayant pas examiné immédiatement, il ne pensa pas utile de le montrer à Dantec avant de sortir de la longère. Dans le coffre, ils trouvèrent un cahier d'écolier, ligné, partiellement rempli. Une lettre, dans une belle enveloppe, écrite sur un papier de qualité.

Et une autre enveloppe, grossière, mais qui recelait une vingtaine de billets de banque.

— Nous jetterons un œil sur tout cela en arrivant à mon automobile, dit Dantec. Et nous l'examinerons plus avant à la gendarmerie. Il est trop tard, aujourd'hui, pour nous rendre à Huelgoat.

— Vous tenez toujours à visiter la maison de Pierre Goadec ?

— Cela peut être fort utile. Je ne m'attendais pas à trouver autant de choses intéressantes chez Morvan et je suis furieux que les gendarmes n'aient pas procédé à une fouille en règle de la longère avant mon arrivée. Bien des choses auraient pu être évitées… Après examen de ceci, dit Dantec en montrant le cahier et la lettre, nous pourrons probablement aller à Huelgoat demain à la première heure.

— En espérant que sa maison n'ait pas été également piégée.

— Peu de chances. Et je ne pense pas qu'elle ait été *visitée* non plus par le meurtrier. Mais je m'attends cependant à y trouver des éléments intéressants pour nous ; notamment en ce qui concerne la mort de la veuve Morvan.

— Vous êtes parfois insupportablement mystérieux, lâcha Le Braz.

— Non, simplement méthodique, répliqua le commissaire. Mes déductions ne sont pas programmées, elles se déroulent dans mon esprit comme un tisserand choisit son fil pour en faire son ouvrage. Atavisme familial, sans doute. Et, croyez-le ou non, Anatole, en parler avec vous m'aide beaucoup à progresser…

Ils arrivaient en vue de la De Dion-Bouton. Le Braz jeta un dernier regard en arrière, vers la longère qui avait autrefois abrité une famille et désormais désertée, livrée à elle-même et aux fantômes des moments d'autrefois, par elle, partagés. Son cœur se serra malgré lui.

Comme si Dantec avait lu dans ses pensées, il dit alors :

— Je demanderai à la gendarmerie de faire venir quelqu'un pour réparer cette porte et faire en sorte qu'elle soit condamnée. Je ne sais ce qu'il adviendra de cette maison, mais je ne la laisserai pas ouverte à tous les vents, aux bêtes, ou aux rôdeurs, rassurez-vous...

— Merci, répondit simplement Le Braz.

Pour le coup, il se retourna de nouveau, pour un adieu serein à la longère.

Et il sursauta. Il lui sembla voir deux silhouettes passer le seuil de la porte éventrée.

L'intérieur obscur les absorba.

Il n'y avait rien ; son imagination lui avait derechef joué des tours.

À force de chercher des intersignes, tu finis par en voir partout, mon vieux Tole...

Il décida donc de garder pour lui cette hallucination visuelle.

Il sursauta encore car une pétarade éclata dans son dos.

Ce n'était que Dantec, qui démarrait l'automobile, non sans difficulté. L'humidité émanant du chemin herbeux et défoncé ne plaisait guère à la belle citadine...

Le commissaire laissa un peu le moteur tourner, descendit de son siège et regarda attentivement le sol. Il écarta du pied quelques bogues de châtaigne, parut satisfait de son observation et remonta à bord.

— L'Ouvrier n'est pas venu ici avec son attelage, il l'a probablement laissé sur la route ; il n'y a aucune trace de roues devant les nôtres. Il est d'une prudence extrême et en l'occurrence totalement inutile. Sauf si nous tombons nez à nez avec son attelage avec lui le guidant, je défie quiconque de reconnaître une charrette d'une autre à ses roues.

— Vous me surprenez, et vous seriez surpris, Alan, croyez-moi. Je me targue d'avoir croisé plus de charrettes ou d'attelages de campagne en un mois que vous dans toute votre vie… Et puis, vous oubliez que son cheval vaut une coquette somme. Un postier breton n'est pas donné et l'on en croise beaucoup moins qu'avant.

— Vous marquez un point, répondit Dantec en souriant.

— Alors, jetons-nous un œil à ces *preuves* maintenant, ou non ?! Vous me voyez excité comme un *marmouz* !

— Un *gamin* ? C'est ainsi que m'appelait mon grand-père…

Un léger nuage nostalgique ombra le visage du commissaire.

— Nous prendrons le temps de voir cela en détail à la gendarmerie. Ce sera plus raisonnable. Je dois regagner la départementale et ces quelques centaines de mètres ne seront pas appréciés par mon automobile. Je n'ai pas la place d'opérer un demi-tour.

Il actionna le second levier mettant en œuvre la marche arrière. Un grincement inquiétant se fit entendre puis le véhicule s'ébranla lentement. Semblable à son automobile, la marche arrière n'était pas non plus le fort de Dantec…

Ils mirent un temps fou à rejoindre la départementale. Une pluie fine commençait à tomber. Il était temps de regagner Brasparts.

Dantec regarda Le Braz.

— Pour calmer votre impatience, ce que je puis vous dire, c'est que l'enveloppe brune contient au moins une vingtaine de billets de cent francs, type 1882.

— Comment savez-vous cela ?

— Je suis commissaire de la Sûreté, Anatole. Vous vous y connaissez certainement en charrettes, mais moi, je suis un expert en monnaie, surtout lorsqu'elle est fausse, et celle-ci ne l'est pas. J'ai reconnu le bleu « céleste » – le noir a été abandonné, car les faux monnayeurs utilisent le procédé de daguerréotypie. Les numéros sont imprimés en noir et les signatures du Caissier principal et du Secrétaire général sont de couleur bleue. J'ai vu le recto avec ses deux femmes vêtues à l'antique appuyées sur un médaillon ovale, d'après une œuvre de Paul Baudry, gravée par Robert. Et les deux médaillons, constitués de guirlandes, contenant les filigranes.

— Donc ces billets sont relativement récents et rendent plausible l'hypothèse du *bienfaiteur inconnu* dont nous plaisantions pour expliquer les largesses du fils Morvan à l'auberge. Je ne pense pas qu'ils aient pu amasser un tel magot en vendant des œufs et des patates…

— Moi non plus. Il n'y a que trois façons de *récolter* une telle somme : un travail lucratif, le jeu…

— Brasparts n'est pas Trouville-sur-Mer ou Enghien-les-Bains, il s'y trouve un tripot pour désargentés mais aucun casino. Personne ne pourrait y gagner une telle somme en moins de vingt ans.

— Il nous reste la troisième hypothèse, puisque nous sommes d'accord sur le fait que le produit du travail de la mère et du fils n'a pu leur permettre de posséder une telle somme.

La De Dion-Bouton profita d'une descente pour atteindre sa vitesse de pointe de trente kilomètres-heure. Le Braz repensa au calvaire de la route de Port-Blanc à la gendarmerie. À la lumière des deux jours écoulés, cela lui parut remonter à un siècle…

Puis la fameuse *troisième hypothèse* lui revint.

— Alan, vous n'avez pas le monopole du mystère. Si vous me livrez votre savante déduction, vous serez récompensé…

— Mais encore ?

— J'ai un cadeau pour vous. Vous voyez les preuves lorsque vous tombez dessus, mais, moi, je vois celles qui vous sont invisibles…

Dantec jeta un regard curieux et amusé à Anatole.

— Je ne suis pas certain que je jouerais au poker avec vous…

— D'autant que je n'y joue pas. Mais si ses règles sont identiques au jeu de « poque » français, effectivement, vous pourriez avoir des surprises.

— Eh bien, ma troisième hypothèse est simple : mon métier m'a appris que l'argent que ne procure ni le travail ni le jeu ne peut être obtenu que d'une façon qui relève de la criminalité : le chantage…

Anatole réfléchit de longues secondes à cette déclaration.

— Et mon cadeau, Anatole ?

Le Braz sortit de sous son manteau la pièce de tissu qu'il avait ramassée dans la chambre de la défunte mère de Jorj Morvan. Il la déplia. Le commissaire, intrigué, freina et se rangea sur le bord de la route.

— Qu'avez-vous trouvé là ?

— Il se trouvait sur le sol. Le meurtrier n'a pas eu le temps de forcer le coffre, mais il aurait été bien avisé d'emporter cela…

— C'est une pièce de lin, de bonne qualité, visiblement.

— Vous n'avez vu que partiellement, Alan. C'est bien du lin, effectivement. Mais regardez plus attentivement.

L'une après l'autre, il en détailla les parties :

— Ceci est un plastron festonné, ces deux bandes servent à attacher l'ensemble autour de la taille…

— Il y a une poche, sur le devant…

Le Braz y porta la main et en sortit une courte pièce, brodée, de même étoffe.

— Et ceci est un bandeau assorti, pour serrer la chevelure.

— C'est un tablier, conclut Dantec. Mais je n'en ai jamais vu en campagne, même si mon expertise dans ce domaine est limitée, comme vous ne manquez pas de me le faire fréquemment remarquer… Quelle fermière, quelle paysanne porterait cela ?

— Aucune, Alan, aucune. Ceci est un tablier de cuisinière ; il a été porté longtemps bien qu'il soit encore en excellent état. Et ce n'est pas le tablier d'une aubergiste : c'est celui d'une femme qui a servi dans une grande maison. La veuve Morvan le conservait précieusement dans son armoire. Il est fort probable qu'il ait, jadis, été le sien…

— Hâtons-nous de rejoindre la gendarmerie ; tout cela commence à prendre enfin tournure !

Tandis que le commissaire faisait avancer de nouveau la De Dion, derrière eux, à moins de deux kilomètres, une grande silhouette se tenait penchée sur le coffre ouvert, dans la maison des Morvan.

Elle fouilla rageusement ce qu'il s'y trouvait encore : des objets sans le moindre intérêt, appartenant à Jorj Morvan. Un grondement de colère s'échappa de sa gorge. Derrière elle, sur le seuil de la porte qui menait à la cuisine, à peine distincte dans la lumière déclinante, une seconde silhouette, beaucoup plus petite, prononça alors d'une voix douce :

— La colère ne mène à rien. Je te l'ai pourtant appris. Nous arrivons trop tard. Bientôt ils seront sur nos traces, et nous devons simplement les précéder, voilà tout, et finir ce que nous avons commencé. Calme-toi : tout ira bien, tu verras…

La grande silhouette s'apaisa en entendant la voix. Puis, l'Ouvrier de la Mort s'approcha, il se baissa vers la frêle silhouette en gémissant doucement.

Elle l'étreignit, le berça contre elle, puis chantonna à voix basse, en breton, la vieille berceuse :

— *Ta mère est ici, mon bel enfant, ta mère est ici, petit agneau, Autrefois elle pleurait dru, aujourd'hui elle sourit, ta petite mère…*

CHAPITRE 10

24 novembre 1901. Brasparts. Gendarmerie.
Il était une fois…

La colère froide de Dantec s'abattit sur les épaules du malheureux brigadier-chef Quentin, à peine eut-il pénétré dans la gendarmerie. Il l'avait ruminée depuis leur départ de la ferme Morvan et n'en avait rien laissé paraître à Anatole. Comme toute colère froide, elle se dispensait de toute gesticulation inutile, car le ton glacial allié aux mots suffisait amplement. C'étaient les remontrances d'un supérieur à un subalterne, énoncées cependant en privé dans le bureau du chef de brigade, dont la fenêtre brisée avait été provisoirement occultée au moyen d'une toile cirée. Le professionnalisme de Dantec prévalait sur son ire…

— Vous et vos hommes avez fait preuve d'une légèreté inqualifiable, qui vous vaudra un rapport de ma part. Non seulement nous avons failli nous faire tuer, monsieur Le Braz et moi-même…

— Mais comment cela…

— Ne m'interrompez pas ! intima le commissaire. Vous parlerez lorsque je vous y inviterai, et uniquement pour répondre exactement à des questions bien précises. Est-ce clair ?

De nouveau, Quentin s'empourpra, mais se garda de répliquer autrement que par un hochement de tête approbateur et contrit.

La gendarmerie n'est pas près d'aimer la nouvelle tournure des pouvoirs de Police en France, se dit Anatole, qui aurait préféré ne pas assister à cette première partie, mais se contenter de voir enfin dévoilés les documents trouvés dans le coffre.

— La maison était piégée, reprit Dantec. Cela est tombé sur nous, mais n'importe qui aurait pu prendre en pleine face, ou en pleine poitrine, deux bonnes cartouches chargées au maximum de leur létalité. Sans un réflexe de mon ami Le Braz, j'y serais passé.

L'auteur apprécia qu'Alan ne mentionne pas l'intersigne qui l'avait mis en garde. Point trop n'en fallait…

— Une fois cela dit, nous avons non seulement mis la main sur plusieurs éléments qui auraient dû faire l'objet d'une découverte de votre brigade, si une fouille en règle de votre part avait été menée aussitôt après la mort de la veuve Morvan, ou, au pire, avant mon arrivée, mais nous avons trouvé une partie de la maison retournée et saccagée… Comme par hasard, il s'agit de la chambre où la veuve a été tuée.

— Et c'est là que vous avez…

Dantec leva promptement la main, tel un dresseur devant son berger allemand et cela suffit à faire taire le brigadier.

— Non, ce n'est pas dans la chambre que nous avons trouvé ceci, dit-il sèchement en jetant le cahier, la belle enveloppe ainsi que celle contenant le magot sur la table. C'est dans le coffre cadenassé de la chambre de Georges Morvan. Et encore heureux que nous l'ayons trouvé avant l'assassin, sinon nous serions aussi nus qu'au jour de notre naissance. Ne me demandez pas, à part l'argent, ce que ce cahier et cette enveloppe de bonne qualité contiennent ; je l'ignore encore et nous allons le découvrir ensemble. Quant à l'enveloppe brune, elle contient plus d'argent que votre solde des dix prochaines années, sans le moindre doute.

Le Braz observait attentivement Quentin, afin de voir ses réactions. Il bouillait de curiosité et de questionnements, mais ne se hasarda pas à en placer une.

— Bien, fit Dantec. Il se trouve que notre ami Le Braz a trouvé également ceci…

Tel un camelot de foire vantant sa marchandise, le commissaire, d'un geste sûr, déploya le tablier sur la table et y ajouta le bandeau, qu'il jeta pile au-dessus, juste sous le nez de Quentin. Il eut un regard interrogatif vers le brigadier-chef, qui comprit que Dantec attendait une réponse, mais tel un écolier devant un instituteur sévère ne savait s'il devait la formuler.

— C'est un tablier, hasarda Quentin. Un tablier de cuisinière…

— À la bonne heure ! s'exclama ironiquement Dantec, tout n'est peut-être pas perdu, après tout !

Quentin sourit un peu bêtement, pour tout dire. Il était décidément dans la peau du bon toutou qu'une cajolerie suffit à combler.

Dantec se pencha en avant ; bien qu'il fût de l'autre côté de la table, par le jeu des ombres portées par l'éclairage, le haut de son corps recouvrait entièrement le brigadier.

Commissaire, commissaire, que vous avez de grandes dents, songea Anatole en pensant au loup s'apprêtant à dévorer le Petit Chaperon rouge…

— Avant que nous n'ouvrions cette fort belle enveloppe pour lire son contenu, avant que je n'ouvre ce cahier pour voir si ce que je pense qu'il contient s'y trouve vraiment, j'ai une question pour vous, et une seule. Et non seulement je vous demanderai de bien réfléchir avant de me répondre, mais plus encore, j'espère que l'enquête menée après la mort de la veuve Morvan, ou tout autre élément connu relatif à sa vie, vous permettra de me fournir la réponse que j'espère…

Le Braz jeta un œil songeur vers Dantec. La connexion entre eux se renforçait à chaque nouvelle occasion. Il sut ce que le commissaire allait demander avant même que sa question ne soit formulée, bien que rien n'ait été évoqué entre eux durant le trajet de retour à la gendarmerie.

Leurs cerveaux avaient cheminé séparément en silence, mais Anatole était convaincu qu'ils avaient progressé dans la même direction.

CHAPITRE 11

24 novembre 1901. Brasparts. Gendarmerie.

— Ma question est la suivante, dit Dantec d'une voix posée, s'étant assuré qu'il avait toute l'attention de Quentin. La veuve Morvan a-t-elle toujours vécu ici, à Brasparts ? Lui connaît-on un autre métier, une autre résidence, ou toute autre activité que celle de fermière qu'elle aurait exercée, même il y a longtemps, avant de perdre la vie ?

Les deux paires d'yeux du commissaire et de Le Braz étaient rivées sur le brigadier-chef. Anatole réalisa que lui-même retenait sa respiration. Les traits crispés du brigadier se détendirent d'un coup. Il parut profondément soulagé. Il se fendit même d'un léger sourire de fierté : celui de l'élève qui sait qu'il va donner au maître la bonne réponse.

— Ah, mais non, monsieur le commissaire !

— Ah, mais non, quoi ? se rembrunit Dantec, qui pensa que Quentin répondait à la seconde partie de sa question tandis que Le Braz, craignant la même chose, poussait un discret soupir de dépit.

— Pardon, vous m'avez mal compris, enfin, non, bredouilla Quentin, je veux dire que je me suis mal exprimé…

— Eh bien, faites, alors, faites !

— *Non*, la mère de Georges Morvan n'a pas toujours vécu ici. La maison appartient bien au couple qu'elle formait avec son mari. Mais, *oui*, elle a habité ailleurs, elle a eu une autre activité. Tout le monde le sait ici, à Brasparts, et c'est son fils qui me l'a appris.

— Mais encore ? le pressa Dantec, tandis qu'Anatole reprenait espoir.

— Eh bien, comme la ferme ne suffisait pas à les nourrir, et du fait que le fils resté à la ferme était encore presque un enfant et qu'il ne pouvait aider, elle a servi pendant plusieurs années ailleurs. Comme cuisinière.

Un sourire revint sur le visage de Dantec et il se communiqua à celui d'Anatole.

— Est-ce que par le plus grand des hasards, vous sauriez chez qui ? Bien que cette information, je le souhaite, puisse probablement se trouver ici, dit le commissaire en tapotant le carnet puis l'enveloppe blanche.

Quentin se referma un peu, gêné de ne pas pouvoir fournir une nouvelle bonne réponse.

— Je ne saurais dire dans quelle maison elle a servi et précisément durant combien de temps ; en revanche, je suis en mesure de vous dire dans quel pays !

— Quel pays ? Cela n'était donc pas en France ?

— Je pense que notre ami brigadier ne parle pas de l'étranger, Alain, n'est-ce pas ? dit Le Braz en volant au secours de Quentin.

— Exactement, monsieur. Je suis breton, et ici *Pays* signifie tout autre chose que l'étranger, confirma le brigadier-chef avec un regard appuyé et subtilement goguenard vers Dantec, qui semblait avoir décidément tout oublié de sa celtitude.

Le commissaire comprit le message et se contenta de tapoter la table du bout des doigts.

— La veuve Morvan a quitté Brasparts, qui se situe à la lisière supérieure entre la Cornouaille et le Léon…

Les doigts de Dantec accélérèrent la cadence en signe d'impatience.

— Bref, se hâta Quentin, elle est allée travailler de nombreuses années comme cuisinière, dans une grande maison, en sud Cornouaille. De l'autre côté de l'Odet, en Pays bigouden. Dans une famille noble, vivant dans un manoir en bordure de la rivière. Mais leur nom, je l'ignore…

La physionomie de Dantec changea du tout au tout. Il se leva, contourna la table et prit chaleureusement Quentin à l'épaule, comme s'il avait fait avouer un suspect et le félicitait avant de l'envoyer au mitard. Ce dernier ne savait sur quel pied danser…

— Si la chance nous sourit, nous ne tarderons pas à le savoir, dit Dantec en revenant s'asseoir.

Et, sur ce, il ouvrit la blanche enveloppe…

TROISIÈME PARTIE

UNE RENCONTRE AVEC LA MORT

CHAPITRE 1

« *Il n'est pas bon de trop aimer, Marie.*
Nos "anciens", du moins, le prétendaient.
Trop de rien ne vaut rien.
À quoi Marie répondait par un proverbe :
"N'hen eus mann a vad bars ar bed,
met caroud ha bezan caret."
Il n'est rien de bon dans le monde,
que d'aimer et d'être aimée. »
Anatole Le Braz,
Les Intersignes, intersigne de l'Alliance.

24 novembre 1901. Brasparts. Gendarmerie.
L'amour ne triomphe pas toujours.

Manoir de Keramblain,
Combrit, Finistère.

Le 1er novembre 1880

Marie, ma très chère Mari,
Cette lettre, je l'écris, malheureusement, davantage pour moi qu'en caressant l'espoir insensé de pouvoir, un jour, te revoir, te retrouver.
Et si cela était le cas, si je savais en quel lieu tu te trouves aujourd'hui, et que tu puisses la lire, ou, ne m'en tiens pas rigueur car je sais qu'alors tu ne lisais ni n'écrivais, si d'aventure quelqu'un pouvait te la lire, je serais le plus heureux des hommes de pouvoir enfin solliciter humblement ton pardon.
Mon attitude envers toi fut inqualifiable.
Elle ne me fut dictée que par la folie du moment et, probablement, par cette éducation rigide qui fut la mienne ; ce sens de l'honneur qui ne s'intéresse qu'à celui des hommes de ma condition et, à ma grande honte, fait fi de l'honneur des autres.
Excepté ma défunte épouse, tu es, sans nul doute, la personne la plus honnête, la plus sincèrement désintéressée qu'il m'ait été donné de rencontrer.
Cette pureté des origines, sans faux-semblants, est, outre ta merveilleuse beauté, la première chose qui m'a attiré vers toi.
Tu avais la beauté d'un ange, et le cœur, aussi, Marie.
Tu as touché mon âme meurtrie, tu as posé sur moi ton regard empli de bonté, tu as fait briller dans mon cœur la flamme que je croyais à jamais éteinte. Tu m'as redonné le goût de vivre et d'espérer connaître à nouveau ce à quoi deux êtres aspirent, depuis l'origine des Temps, durant toute leur vie : aimer,

être aimé. Comprendre l'autre et être compris de lui. Je t'ai cherchée, Marie. Je t'ai cherchée longtemps. Lorsque tu t'es enfuie, je sais que j'en fus le seul coupable, ô mon Dieu, puisses-tu un jour me pardonner.
Mon orgueil et la peur m'ont transformé en cet idiot, enfermé dans la certitude aveugle des choses qui ne doivent pas exister lorsqu'un monde nous sépare. Mais lorsque tu étais dans mes bras, nous vivions dans un monde unique, et ce monde n'appartenait qu'à nous.
Mes deux fils sont morts, à la guerre. Loin, si loin, de notre belle Bretagne. Ils ont péri, tous les deux, en défendant la France, à Madagascar, il y a de cela trois ans, tués par les Hovas dans une bataille aussi brève qu'inutile.
Je suis seul, désormais. Le chagrin de les avoir perdus s'ajoute à celui d'avoir perdu tous ceux que j'aimais. Et, toi, Marie, tu en faisais partie. Il semble que je sois incapable de protéger ceux qui m'aiment. Je n'ai pas su te protéger. Je t'ai chassée, puis je t'ai pleurée. Je suis un monstre et je ne me le pardonnerai jamais. Je hante, désormais, cette belle demeure, comme le fantôme d'un passé révolu. Le manoir est à mon image : il sombre, peu à peu, dans une décrépitude presque physique, comme si je projetais sur lui ma tristesse et mes remords.
Ah, Marie, si seulement tu lisais cette lettre !
Je forme le vœu que l'enfant que tu portais, qu'il soit garçon ou fille, soit devenu un beau jeune homme, ou une charmante jeune fille. Mais, avec une maman telle que toi, comment pourrait-il en être autrement…
Si le destin pouvait faire un miracle, si cette lettre te parvenait, je veux que tu saches, si je suis encore dans ton cœur et tes pensées, que, malgré les années qui

nous séparent, ton enfant et toi seriez ici chez vous. J'ai enterré mes convenances avec mes deux fils. Je n'ai désormais plus de comptes à rendre à personne, à part à toi et à cet enfant.
Marie, puisque tu es un ange, je t'en supplie, fais que tu reçoives cette lettre, qu'un signe me soit envoyé afin qu'elle puisse te trouver. Et je t'en implore, si tu me crois digne d'être aimé encore, reviens-moi, revenez-moi, ton enfant et toi.
Je vais confier cette lettre à notre cuisinière, qui s'apprête à quitter mon service. On me livrera mes repas, car je ne veux plus, je ne supporte plus d'autre présence humaine dans cette maison qui s'abandonne, je souffre à peine de supporter ma propre présence. La cuisinière m'a appris qu'elle t'avait peut-être croisée, il y a des années, à Concarneau.
Elle sera ma messagère, elle te retrouvera peut-être.
Dieu fasse que cela soit le cas, et si ce miracle advient, je te promets, Marie, je te le jure sur la Sainte Bible, je t'épouserai, si tu veux de moi, et je reconnaîtrai l'enfant, fruit de notre amour. Et, jamais, plus jamais, ni toi ni lui ne manquerez de rien, jusqu'à ce que ma mort nous sépare et au-delà.
Tu fus ma Princesse Secrète, tu seras la châtelaine, ma Comtesse. Et ton enfant héritera de mon nom, et de tout, plus tard. J'en fais le serment.
Puisses-tu me lire et me pardonner.
Je t'attends, mon Ange, ma Petite Mari, ma Douce Mari. Et je t'attendrai, jusqu'à la fin.
Celui que tu as aimé et que tu appelais, dans la douceur de nos nuits, « Ton Jobig ».

À toi, très tendrement,
Joseph, Comte de Keramblain

Un long moment de silence suivit la lecture de la lettre, dont Dantec avait confié l'énoncé à voix haute à Le Braz. Il y mit toute la sincérité et le talent qui le caractérisaient. Le temps que cela dura, ce fut comme si le comte de Keramblain se tenait dans la pièce, avec eux. Les gorges étaient serrées, les mines graves. Personne ne disait mot. Ce fut Le Braz, le premier, qui rompit le silence.

— Si cette lettre était parvenue à sa destinataire, je suis intimement convaincu que rien de tout cela ne serait arrivé.

Dantec regarda gravement Anatole quelques instants, puis il acquiesça sans un mot.

CHAPITRE 2

24 novembre 1901. Brasparts. Gendarmerie.

Pour la première fois, l'obscurité semblait moins dense ; une lueur croissait, éclairant les ténèbres.

Il y avait une femme, portant un enfant, chassée par un nobliau. Il y avait un amour, probablement trahi. Il y avait des regrets exprimés, mais, fort certainement, jamais entendus par celle à qui ils étaient adressés.

Et puis il y avait le fantasme d'un homme allant vers ses derniers jours : riche mais désormais solitaire, de réparer ses erreurs et de raccommoder, dans ses rêves tardifs un conte de fées qui s'était transformé en cauchemar pour une très jeune femme.

Une jeune femme qui avait disparu. Qui avait donné la vie. Mais dont personne ne savait ni où elle se trouvait ni même si elle était encore vivante. Quant à l'enfant, quel était-il : fille ou garçon ? Avait-il été placé ? Avait-il, simplement, survécu, lui aussi ?

Le cahier d'écolier apporta un embryon de réponse, mais il frustra Dantec, qui en espérait davantage.

Il était composé de trois parties.

La partie I portait comme en-tête des années.

La première était 1870. La dernière 1880.

Et les lignes étaient des chiffres, en francs. Modestes. Des gages. Il s'agissait du salaire perçu par la *veuve* Morvan, qui ne l'était pas encore lorsqu'elle avait pris son service chez le comte de Keramblain.

Cela ne parut pas surprendre Dantec, mais Le Braz, oui. Rares étaient les personnes servant chez des maîtres aisés qui tenaient la comptabilité de leurs revenus, à l'époque. Anatole y vit davantage que la volonté de gérer un budget, ce qui ne signifiait rien non plus à la fin du XIXe siècle lorsque l'on était de condition plus que modeste. Il y vit un attrait pour l'argent. Il y vit la préparation de quelque chose. Il se trouva que la deuxième partie du cahier lui donna raison.

Elle tenait sur une page, et comprenait simplement deux colonnes. La première, des années, de 1881 à 1895. La seconde, des sommes, en francs également, de 1881 à 1895, pendant quinze ans, à chaque année, le montant inscrit en regard était de deux cents francs. Soit un total de trois mille francs. C'était tout simplement énorme.

— Aucune cuisinière, aussi talentueuse soit-elle, ne gagnerait une somme pareille, avait lâché Quentin, manquant malheureusement une nouvelle occasion de se taire.

— Je vous le confirme, fit Dantec. Même le chef cuisinier du Grand Café Capucines, proche de l'opéra Garnier, à Paris, avec son décor Art nouveau, de toute beauté, ne gagnerait pas une somme pareille.

Le Braz commençait à trouver inconvenante cette façon, toute parisienne, qu'avait Dantec de rabaisser en permanence le brigadier-chef Quentin. Guerre des pouvoirs de Police, admettons, besoin d'affirmer une nouvelle hiérarchie, passe encore, mais c'était avant tout absolument contre-productif, car comment espérer une collaboration efficace de cette façon ? Le Braz n'était certainement pas un expert en rouages administratifs ni dans la manière d'en tirer les ficelles, mais il connaissait parfaitement bien la nature humaine et savait, d'expérience, que l'on obtient davantage en respectant l'autre qu'en imposant l'autorité. Il mit cela sur le compte de la jeunesse du commissaire et, probablement, de son désir de se démarquer de ses propres racines. Et il ne s'agissait pas que de la Bretagne, dans laquelle tous ses aïeux avaient vécu et prospéré avant lui ; il était plus certainement question du conditionnement qu'il avait lui-même subi. Un père riche et autoritaire, une famille guindée. Un comportement à l'aune des gènes invisibles qui avaient toujours séparé le bourgeois du peuple. Le Braz se promit de s'en ouvrir à Dantec ; il éprouvait pour ce *garçon* une sympathie inexplicable, presque paternelle, bien que leur différence d'âge soit de moins de dix ans.

Pour tout dire, il lui rappelait son cher et défunt beau-frère et ami Léon Marillier.

C'est alors que le brigadier-chef Quentin avait eu cette réplique formidable, qui rétablit naturellement l'équilibre des choses, et eut pour effet de clouer le bec de Dantec.

— Le Grand Café Capucines, sur les Grands Boulevards. C'est amusant, ce que vous dites, commissaire, si je puis me permettre. Mon frère aîné y est maître d'hôtel depuis l'ouverture et j'ai eu la chance, grâce à son entregent, lorsque j'étais brigadier de la Garde républicaine à cheval, d'assister dans ce lieu prestigieux à la projection du premier film cinématographique des Frères Lumière en 1895. Mais peut-être vous y trouviez-vous, vous-même? Cela aurait été plaisant de nous y croiser avec *civilité*, six ans avant notre rencontre officielle. Je vous vois surpris; tout comme vous, je suis né en Bretagne, mais, tout comme vous, je n'y ai pas passé toute mon existence…

Le Braz sourit dans sa barbe, en voyant la tête de Dantec. Il n'aurait peut-être pas besoin de lui parler de la souplesse nécessaire dans les rapports humains, après tout: il semblait en train d'apprendre…

— J'ignorais que vous aviez servi dans la Garde républicaine, s'étonna le commissaire avec une nuance d'admiration.

— Cela n'est pas grave, bien que j'en tire une fierté certaine, et tout particulièrement d'avoir été, le 14 juillet 1880, le plus jeune gradé faisant partie du peloton désigné pour recevoir notre drapeau et notre étendard des mains du président Jules Grévy. J'aurais pu y poursuivre ma carrière, mais voyez-vous, la Bretagne me manquait. Y revenir fut un choix, pas une punition, en ce qui me concerne, monsieur…

— Bien, j'en prends bonne note. Et peut-être sommes-nous partis ensemble d'un mauvais pied, après tout. Je ne souhaitais vous froisser en aucune manière…

Quentin opina du chef tandis que Le Braz opina intérieurement.

— Revenons-en à ce *cahier*, poursuivit Dantec, qui n'avait pas l'intention de s'étendre sur les états d'âme de chacun. La dernière partie, ce sont des noms de villes, qui tiennent sur une page seulement. Je les relis à voix haute et que chacun s'exprime sur ce qu'ils évoquent, à part leur localisation géographique, naturellement, un nom mystérieux et une interrogation finale. Nous avons donc, dans l'ordre, et en breton pour les noms concernés, mais si vous le permettez, j'emploierai le français :

1. *Concarneau*
2. *Quimper*
3. *Châteauneuf-du-Faou*
4. *Carhaix-Plouguer*
5. *Huelgoat*
6. *Brest*
7. *Reine des Anges*
8. *Terre-Neuve*
9. *???*

Dantec laissa un moment de silence s'installer. Puis il regarda Quentin en premier.

— Je vous écoute, brigadier-chef.

Quentin frisa dubitativement ses moustaches. La paix était revenue entre lui et le commissaire, mais ce n'était pas une raison pour répondre sans réfléchir.

— Six de ces noms sont finistériens, les six premiers. Le septième est une appellation dont j'ignore la signification, mais qui, à ma connaissance, n'a rien d'une localité en Bretagne, en tout cas de ce que j'en sais… Une sainte, un nom donné à la Vierge, un surnom affectueux, un établissement – une auberge, peut-être… Quant à Terre-Neuve, nous savons tous les trois que c'est aux Amériques et qu'il s'agit d'une colonie que nous avons perdue, malheureusement.

— Bien résumé, Quentin, fit Dantec sans moquerie, cette fois. Au risque de vous surprendre, je dois admettre que je n'aurais pas fait mieux…

Voilà qu'il recommence, se dit Anatole.

— Enfin, ce que je veux dire, c'est que nous en sommes au même point, vous et moi.

À la bonne heure, il apprend vite, se rassura Le Braz.

— Et vous, Anatole ? Des suggestions ?

— Des suggestions, non. Une hypothèse qui prend corps, oui, répondit-il mystérieusement. Je m'explique : nous avons des sommes d'argent, modestes puis très importantes. Nous avons une comptabilité étonnante. Puis nous avons ces noms qui débouchent sur un mystère, une interrogation. Mais n'oublions pas que nous avons cette lettre, émanant du comte de Keramblain. Pour le moment, nous n'avons pas relié ce manuscrit au cahier. Je pense que nous avons eu tort…

— Mais quel en est le dénominateur commun, sinon… entama Dantec.

— Sinon la veuve Morvan, termina Le Braz. Ma foi, je pense que c'est elle la « clé » qui relie tout cela…

— Mais oui ! s'exclama le commissaire en tapant du plat de la main sur la table, faisant sursauter les deux autres. Vous avez parfaitement raison ! Il asséna une nouvelle tape vigoureuse, sur l'épaule d'Anatole, cette fois.

Puis les épaules de Dantec s'affaissèrent.

— La clé, certainement, mais en quoi… lâcha-t-il avec regret.

— Permettez que je poursuive, car je n'avais pas terminé, fit Le Braz. La lettre du comte nous informe de trois choses, hormis les remords tardifs : il a conçu un enfant avec une domestique qu'il a chassée – rien de bien étonnant, bien que regrettable, compte tenu de son rang –, il a congédié sa cuisinière, puis, dès l'année suivante, celle-ci, porteuse d'une lettre qui n'a jamais été remise, ne l'oublions pas, commence à engranger des sommes folles pour une femme de sa condition. Une femme qui est revenue dans sa modeste ferme, non loin d'ici. Quel pont invisible relie cette richesse inattendue au comte, à la mystérieuse servante enceinte de ses œuvres, à la cuisinière… et aux lieux cités dans cette liste, y compris la dernière information, dont nous ignorons tout ?

— Il y a un indice dans la lettre, et c'est peut-être le début de la pelote qu'il nous faut dévider, dit Dantec.

— Je pense qu'il y en a deux en un, compléta Quentin.

— À savoir ?

— Concarneau, commissaire. Je m'explique : non seulement c'est l'endroit où le comte pense que Marie, dont nous ignorons le nom pour le moment, a été vue, mais c'est aussi le premier nom de la liste. Ensuite, chaque année, l'argent rentre à flots chez les Morvan, durant quinze ans. Et de nouveaux noms apparaissent. Puis, le dernier, en Amérique. Et, enfin, plus rien. Plus de noms, plus d'argent…

— Concarneau n'est pas très loin de Combrit, mais suffisamment pour que Marie ne risque pas de croiser le comte ; même si les probabilités qu'ils aient pu fréquenter les mêmes lieux sont infimes, ajouta Le Braz.

— Il me vient une idée, fit Dantec en se levant et en s'approchant de la fenêtre borgne.

Puis il regarda au-dehors comme si un complément d'inspiration s'y trouvait. Il n'y avait que la pluie de novembre et le jour déclinant. Ni Quentin ni Le Braz n'interrompirent son introspection pluvieuse…

— Voici ce que je crois… dit le commissaire.

Il ne revint pas s'asseoir, mais commença à tourner autour de la table, lentement, en se frottant pensivement le menton. Les deux hommes le suivaient du regard.

— Et si la veuve Morvan avait eu une autre *mission* que celle de poster cette lettre, ou de la remettre en main propre ?

— Mais elle ne pouvait pas la poster, personne ne savait où se trouvait cette Marie…

— Précisément, fit Dantec. Il ne figure que : *Pour Marie* sur l'enveloppe. Mais ne pas pouvoir la poster ne signifie pas ne pas pouvoir la remettre…

— Bien entendu, dit Le Braz, la cuisinière pouvait très bien savoir que Marie se trouvait à Concarneau. Elle pouvait l'y avoir vue, en allant au marché aux poissons, sur les quais, pour quelque préparation culinaire.

— Voilà ! Et elle en informe le comte. Puis, lorsqu'elle est congédiée, qu'il choisit de rester seul en sa demeure tel un ermite retiré du monde des humains, il lui confie une autre mission.

— La retrouver… conclut Le Braz.

— L'hypothèse est séduisante, dit Quentin, mais comment cela ? La veuve Morvan peut avoir croisé Marie sans forcément l'aborder pour autant, juste après qu'elle se fut enfuie du manoir. Elle peut même l'avoir vue à un stade avancé de sa grossesse, ou pourquoi pas, avec son enfant en bas âge. Mais ensuite, pourquoi ces villes, ces dates ?

— Eh bien, répondit Dantec, parce que, tout bonnement, quel travail peut espérer faire une servante sans éducation, qui ne sait ni lire ni écrire, à part servir ? Pas dans une maison de maître, surtout si son enfant est né ; alors ailleurs, dans une auberge, ou pire…

— Et il est malheureusement inconcevable qu'elle soit revenue dans sa famille, enceinte, avec la honte qui l'accompagne, surtout dans une famille pauvre qui a déjà vu sa fille partir parce que les parents ne pouvaient plus nourrir toute la maisonnée, compléta Le Braz. Et j'ajouterai que lorsque la cuisinière l'a éventuellement croisée à Concarneau, il est possible qu'elle fût à un stade avancé de sa grossesse mais l'enfant ne pouvait être né…

— Et pourquoi cela ? questionna Quentin.

— Tout simplement parce que, dans la lettre, répondit Dantec, le comte ignore si elle a enfanté, et se questionne sur le sexe potentiel de l'enfant qu'elle portait, en s'enfuyant. Donc, la piste de la disparue s'égrène, de ville en ville, et à chaque information fournie au comte, la cuisinière est très grassement payée… On peut donc exclure un quelconque chantage, comme je l'avais envisagé un moment. Il n'y a aucun levier de pression sur Keramblain en la matière. Il n'a plus d'héritier, visiblement plus aucune famille, il considère s'être déshonoré en laissant partir Marie et l'enfant qu'il lui avait conçu, il se fiche comme de son premier million de passer pour un noble qui a trahi son rang et a engrossé une servante. Et puis, fichtre, nous sommes au XXe siècle !

Certes, mon cher commissaire, songea Le Braz sans l'exprimer, *mais nous ne sommes pas à Paris, nous sommes en Basse-Bretagne, et, pour le peu de noblesse qu'il y reste, il faudra des décennies avant que le « qu'en-dira-t-on » ne passe après les exigences du « rang », de la caste, si tant est que cela advienne… Nous sommes un peu aux Indes, ici. Les « kshatriya », les nobles, ne se mêlent pas au sang impur et subalterne des « harijan », ils demeurent malheureusement les intouchables. Ils ne font encore que se côtoyer, et cela ne concerne pas que les nobles…*

— Bref, ajouta Dantec, tirant Le Braz de ses considérations tristement sociales et réalistes, oublions le chantage et optons pour la *Mission:* retrouver Marie pour le comte. Et partons du principe, car je me garderai de surestimer la loyauté des Morvan, mère et fils, du moins en omettant le curé, qui reste à l'écart et dont on peut envisager la probité, partons du principe, donc, que tous les lieux ne sont pas forcément vérifiés comme étant le parcours de Marie et de son éventuel enfant. Pour faire rentrer l'argent, la mère Morvan a pu broder…

— Je suis d'accord avec vous, dit Anatole. Il y a tout de même quelque chose qui se tient dans cette sorte d'itinéraire.

— À savoir ?

— Le début : Concarneau, peu sujet à caution. Brest, dernière destination en France, puis un éventuel départ pour Terre-Neuve. Et le questionnement final : les trois points d'interrogation. Ce questionnement n'était en aucun cas destiné au comte. C'était celui de la veuve Morvan. Et à mon sens, il ne peut signifier que deux choses, qui sont restées à l'état d'interrogations sans réponse, du moins jusqu'à récemment : la première pouvant être « Où peut-elle bien être allée après Terre-Neuve ? » et la seconde : « Y est-elle encore, ou en est-elle revenue ? »

— Revenue en Bretagne, vous voulez dire ?

— Précisément. L'enfant a grandi, elle n'a plus envie de fuir, elle n'a plus envie d'aller plus loin, elle a atteint le pays de l'autre côté de la Fin des Terres. Elle y meurt, peut-être. Ou elle en part. Seule ou accompagnée de son enfant…

— Mais que vient faire le nom qui figure en huitième position, dans la liste, *Reine des Anges*, dans tout cela ? questionna Quentin.

— Cela, mon cher brigadier-chef, répondit Le Braz, valide l'hypothèse du départ pour les Amériques. Les *terre-neuvas* partaient en campagne de pêche des ports bretons pour Terre-Neuve, notamment de Brest. Mais nos déductions me font confirmer mon intuition initiale, en voyant cette liste. L'armateur, Léon Carfantan, que j'ai rencontré à Lannion il y a quelques années, a armé plusieurs navires pour la pêche au long cours. Il transportait aussi des émigrants bretons qui voulaient s'en aller gagner leur vie aux Amériques ou fuir la France, pour quelque raison. On n'était pas trop regardant sur les motifs de leur départ du moment qu'ils payaient le voyage. Bref, le nom de ses trois derniers navires m'est revenu : le premier se nommait *Le Péchon*, le deuxième l'*Amélie* et le troisième, et dernier, *Reine des Anges*. Marie, si elle est bien partie pour Terre-Neuve, le fit fort probablement à son bord…

— Mais pourquoi en serait-elle revenue ? demanda Quentin.

— Pourquoi les gens partent-ils, pourquoi reviennent-ils ? fit songeusement Anatole. Ils partent souvent, comme les Anaons, parce que leur heure est venue de partir, et ils reviennent, comme Marie, peut-être parce qu'ils ne parviennent pas à trouver la paix tant que leurs comptes avec cette vie ne sont pas apurés, tels les Anaons qui ne peuvent quitter le purgatoire… Marie est décrite comme un ange, c'est l'image que le comte nous donne d'elle, c'est ce qui l'a inspiré, dans ses souvenirs et sa culpabilité; cette parenthèse de bonheur idéalisée. Mais il y a autant d'anges déchus que d'anges célestes. Lorsque l'on vous chasse du paradis, comme ce fut le cas de Marie, on peut rester un ange, mais dans ce cas, si les Ténèbres vous appellent, si votre Dieu vous a trahi, cela se nomme différemment. On devient un démon, et c'est le Diable qui vous guide. Alors, tout ce qui compte, c'est de voir mourir tous ceux qui vous ont trahi. Si Marie est toujours vivante, si son enfant est toujours vivant, si cet enfant est un garçon et qu'il est devenu un homme, alors il est son bras vengeur, son glaive…

— Sa faux… conclut Dantec.

La pièce était quasi plongée dans l'obscurité, le jour était tombé et aucun des trois hommes n'avait pris la peine d'y donner de la lumière. Un silence lourd de nouvelles certitudes avait pris place dans cette pénombre. Dantec le rompit.

— Il y a un lieu dans cette liste qui correspond au parcours hypothétique de Marie, la servante. Et dès demain, nous nous y rendrons; nous y trouverons son nom de famille, j'en suis certain, tout autant que je suis convaincu qu'elle y a résidé avec son enfant. Et, dans ce lieu, nous avons l'un de nos trois meurtres connus. Il y a probablement un lien entre elle et Pierre Goadec…

— Huelgoat, un lieu maudit entre tous pour ceux auxquels le Diable murmure à l'oreille, dit Le Braz dans un souffle.

CHAPITRE 3

« Quelquefois, quand la lune est claire
et la nuit silencieuse, on prétend qu'une voix jeune
et pure s'élève tout à coup,
dominant le tumulte des eaux
et chante une chanson si belle
que les étoiles dans le ciel font halte pour l'écouter.
La tradition veut que ce soit Ahès,
devenue une Mary Morgane qui,
à la clarté de la lune, dans la nuit, chante.
Des gens l'ont vue, au fond du gouffre,
toute blanche,
sa chevelure d'or flottant dénouée sur ses épaules.
Elle tend les bras, comme pour supplier.
Elle cherche à échapper à ce qui la possède… »
Le Huelgoat, d'après la tradition en Cornouaille,
recueilli par Anatole Le Braz.

25 novembre 1901. Vers Huelgoat.

Anatole Le Braz n'aimait pas *An Uhelgoad*, Le Huelgoat, comme on dénommait cette enclave au cœur des Monts d'Arrée, centre de l'*Argoat*.

Les rares fois où il s'y était rendu, lors de quelques *collectages*, il avait ressenti la force des lieux, du chaos rocheux, des arbres aux troncs tordus et tendant leurs ramures.

Cette force n'était pas bonne. Elle était ancienne, très ancienne. Et elle n'aimait pas les Hommes.

Bien sûr, en plein été, ou au printemps, l'endroit était profondément *romantique*. Un lieu de villégiature apprécié des visiteurs. Mais, pour un homme tel que Le Braz, qui ressentait les choses cachées derrière les choses, qui avait appris à les entendre avec respect, à les apprivoiser – si tant est que cela fût possible –, Le Huelgoat ne le trompait pas, même paré de verdure et laissant chanter sa Rivière d'Argent entre les blocs rocheux jetés là, comme autant de dés gigantesques, formés de granit à cordiérite caractéristique, une roche plutonique, dont l'origine datait de l'orogénèse. Une montée unique, venue des profondeurs, à la manière d'une montgolfière, qui remontait à deux milliards d'années.

Rien d'aussi ancien, même disséminé en un lieu aussi splendide, ne peut aimer les humains…

Anatole Le Braz décrivait précisément le ressenti que lui procurait cet endroit, dans ses *carnets secrets* :

J'avais le souvenir de mes promenades en forêt de Huelgoat. Le sentiment de solitude, le silence, troublé uniquement par le léger bruissement de l'eau.

En certains lieux, je n'entendais aucun chant d'oiseau. En certains lieux, bien que marchant seul, je ne me « sentais » pas seul…

C'était une sensation étrange, inquiétante. En périphérie de mon regard, il me semblait entrevoir quelque chose. Mais lorsque je tournais la tête, il n'y avait rien.

Alors, presque malgré moi, j'amplifiais ma foulée…

Il ignorait encore, lors de cette première enquête en compagnie de Dantec, à quel point ce ressenti allait se montrer, plus tard, prémonitoire.

Pour l'heure, les deux hommes se rendaient à Huelgoat pour glaner des informations sur Marie, l'amour perdu du comte de Keramblain, trouver le chaînon manquant qui pouvait confirmer sa présence en ces lieux, et ils espéraient, enfin, apprendre son nom et ce qui pouvait la relier, éventuellement, aux meurtres, au-delà de leurs intimes convictions.

« L'intuition est une chose, disait Dantec, les preuves, les faits, en sont une autre. Sans eux, le reste ne vaut rien… »

Comme ils en étaient coutumiers, ils partirent juste après le lever du jour. Il n'y avait qu'une vingtaine de kilomètres entre Brasparts et Huelgoat, mais la route était exécrable, les avait prévenus le brigadier-chef Quentin. Le Braz songea à son dos meurtri de nouveau dès qu'il posa les fesses sur le siège de la De Dion. Par bonheur, un timide soleil avait fait son apparition quand ils prirent la route.

Se rendre en Huelgoat, sous la brume et la pluie, n'aurait fait que renforcer la détestation qu'Anatole éprouvait pour cet endroit.

Pourtant, depuis 1850, la population s'y était considérablement développée. Un essor touristique avait permis la construction de trois hôtels. Et la gendarmerie, bien que moins importante que celle de Brasparts, avait été également rénovée.

Dantec avait ordonné au brigadier-chef d'organiser trois rencontres pour le lendemain. Fort heureusement, les deux gendarmeries étaient pourvues du téléphone, la ligne de Huelgoat avait à peine un an.

Le commissaire demanda à voir le maire, le prêtre de la paroisse et le garde champêtre qui avait remplacé Pierre Goadec. Il lui fut confirmé par Quentin que ce remplaçant connaissait Goadec, bien qu'il fût fort probable qu'il ne le portât pas dans son cœur avant son meurtre, car il avait aussi postulé mais Goadec avait eu la préférence du maire pour la validation par le préfet.

Le Braz, un peu naïvement, s'était étonné que cet homme n'ait pas été interrogé ; il lui semblait qu'il aurait eu un mobile. Ce à quoi Dantec lui avait répondu en riant :

« S'il fallait suspecter tous ceux qui jalousent quelqu'un qui a obtenu ce qu'ils n'ont pu avoir, nous pourrions considérer comme suspecte la quasi-totalité de la population mondiale… »

Anatole se le tint pour dit…

Le maire dut se faire prier pour accorder un rendez-vous au commissaire. À nouveau, Le Braz servit de sésame. Monsieur Joseph Féjean, maire et également notaire de l'agglomération, était un passionné de culture celtique et un grand admirateur d'Anatole. Il se trouvait que c'était la servante de monsieur Féjean qui avait découvert le corps horriblement mutilé de *Pierrig ar Diskonter*, Pierre le Guérisseur, l'une des deux autres *renommées* du garde champêtre, la troisième, moins vantée, étant la *sorcellerie*.

Les vingt kilomètres séparant les deux bourgs furent franchis en à peine moins de trois heures, et, soit Anatole avait pris goût malgré lui à l'automobile, soit la discussion qu'ils eurent, Dantec et lui, durant le trajet fit que le temps passa comme une lettre à la poste.

Le Braz questionna le commissaire sur l'enquête menée après le meurtre de Goadec.

Comme il s'y attendait, elle n'avait rien donné.

— Un crime de rôdeur, de vagabond, avait lâché Dantec du bout des lèvres. Affaire classée ! Pas de meurtres identiques, pas de mobile identifié…

— Mais, enfin, aucun rapprochement avec le meurtre de la veuve Morvan, un an auparavant ?

— Parce que vous vous imaginez que les gendarmes se parlent, et bien davantage, qu'ils demandent l'aide de la Police tant qu'elle ne leur est pas imposée ? D'un côté nous avons une fermière, autrefois cuisinière, mais bien vue de toute une bourgade ; de l'autre nous avons un ancien soldat, devenu une sorte de notable à sa façon : un garde champêtre, doté lui-même de certains pouvoirs de Police par le maire et le préfet. Si le brigadier-chef qui était en poste avant Quentin n'avait pas fait du zèle en envoyant les deux rapports constatant les crimes à Brest, jamais la Sûreté n'en aurait été informée et nous ne serions pas assis, vous et moi, dans cette automobile.

— Mais, au fait, pris dans le feu de l'action depuis notre rencontre, je ne vous ai jamais demandé ce qui avait permis de tisser le premier lien entre ces deux crimes. Plus précisément, ce qui vous a *contraint à* requérir mon aide. Sans faire de misérabilisme, je vous avouerai que je suis encore dubitatif quant à son utilité…

— Je vais vous répondre, mais avant je tiens à vous dire qu'en ce qui concerne la dernière partie de votre interrogation, vous êtes totalement dans l'erreur…

Anatole se tut, attendant la suite.

— Je vous ai lu, Tole, j'ai lu *La Légende de la Mort* dès sa parution. Vous vous trompez sur moi, et j'en suis essentiellement responsable. Vous êtes persuadé que je suis devenu un Parisien qui a tout oublié de ses origines ou qui s'efforce de le faire. Quant au brigadier-chef Quentin, je ne suis pour lui qu'une sorte de *Breton défroqué* arrogant. Arrogant, je puis l'être, laïcard, je le suis, et j'en assume la connotation péjorative. Mais, Anatole, j'ai dû composer avec mon tempérament pour en arriver où je suis. N'allez pas croire que le chemin d'un fils de Bretagne, aussi travailleur, et, j'ai la faiblesse de le penser, doué pour résoudre des enquêtes, soit pavé de roses, à la capitale. Nous restons des gueux en sabots, même lorsque notre famille a réussi tout ce qu'elle a entrepris, comme ce fut le cas de la mienne. Nous sommes, et nous restons toujours, pour les autres, ceux de la France qui dirige, des idiots, des imbéciles… Et rares sont les exceptions, croyez-moi. Vous en faites partie, et je pense que ce n'est que le début pour vous; vous êtes appelé à une grande notoriété, fiez-vous en confiance à mon intuition. Parce que vous êtes aussi un auteur et un poète, le monde entier vous connaîtra. Monsieur Ernest Renan, que vous admirez et avez côtoyé, heureux homme que vous êtes, vous a ouvert la voie. Mais qui, en dehors des frontières de la Bretagne, connaît vraiment *Fañch an Uhel*, François-Marie Luzel, votre ami et mentor décédé il y a neuf ans, baptisé – avec le mépris qui caractérise les *Belles-âmes* parisiennes – *folkloriste?* Qui, une fois franchies les limites de Haute-Bretagne, nom que j'exècre car il range les *Bas-Bretons* que nous sommes dans la plèbe d'une région pourtant une et magnifique, a lu ses *chants, contes et légendes?* Il faut dire que nous nous tirons nous-mêmes dans les pattes, avec nos vaines querelles, comme celle du Barzaz-Breiz, menée par Luzel lui-même…

Le Braz, ébahi et profondément touché par cette longue tirade, était resté totalement silencieux, et pour tout dire, fasciné. L'on se trompe souvent sur les hommes en se fiant à de premières impressions. La sympathie immédiate qu'il avait éprouvée pour Dantec ne résidait pas que dans l'inexplicable mystère des *atomes crochus*. Sous le vernis d'orgueil, durement acquis, du commissaire, il n'avait pas su reconnaître le compatriote sincère qu'il était.

— Vous serez le pont entre les rives, Anatole, ajouta Dantec. Vous serez notre ambassadeur en France, dans toute la Celtie, et j'en suis certain, dans le monde entier.

— Vous me voyez à la fois très reconnaissant de la confiance que vous me portez, mais aussi très embarrassé de ne savoir si je saurai m'en montrer digne…

Le Braz, véritablement ému, s'éclaircit la voix.

— Mais cela ne me dit pas comment vous-même avez établi le premier lien entre ces deux meurtres.

— Cela? Oh, c'est très simple, dit Dantec. Après vous avoir lu, j'ai tenté de raisonner comme vous l'auriez fait: j'ai cherché un *intersigne* dans les rapports de la gendarmerie… Or, il y en avait un, reliant ces deux meurtres que rien ne paraissait devoir unir. Il a échappé aux gendarmes, mais, grâce à vous, il m'a immédiatement sauté aux yeux, si je puis dire.

— La faux sculptée retrouvée sur les deux cadavres, dit Le Braz à voix basse.

— Plaît-il ? demanda Dantec d'une voix forte, car la De Dion amorçait la descente vers Huelgoat, et le moteur tournait en surrégime.

Anatole mima du bras le geste du Faucheur, puis écarta légèrement les deux mains pour désigner la taille du petit instrument symbolisant la marque du meurtrier.

— Exactement, dit Dantec, d'une voix affermie. Ce qui a symbolisé leur vie ôtée est cela même qui a donné naissance à notre collaboration, et, oserai-je le penser, à notre amitié.

Tout était dit. Le Braz opina gravement et passa la main doucement dans sa barbiche. En contrebas brillait, sous le soleil fortifié de novembre, le lac de Huelgoat et, sur sa droite, se tenait le massif forestier dissimulant les pierres multimillénaires.

Anatole ne craignit pas leur proximité.

Désormais, et pour la première fois, il n'était plus seul dans sa quête des Mystères bretons…

CHAPITRE 4

25 novembre 1901. Huelgoat. Mairie.

Leur premier entretien se tint avec le maire. Du point de vue de Dantec, ce rendez-vous fut fort décevant. Monsieur Féjean fit savoir d'entrée qu'il avait peu de temps à leur consacrer, et il en passa l'essentiel à poser des questions à Anatole.

Il les reçut dans son grand bureau de la mairie, un peu comme s'ils avaient sollicité une aide dont il savait d'avance qu'elle leur serait refusée…

Le Braz fit de son mieux pour tenter de graisser les rouages, en répondant courtoisement aux interrogations de l'élu ; sur ses méthodes de collectage, le temps que lui avait pris la rédaction de *La Légende de la Mort*, ses projets actuels et à venir…

C'est à peine si Féjean regardait Dantec. Le Braz commençait à connaître suffisamment son compagnon, assis à ses côtés, pour sentir que la marmite était au bord de l'ébullition et que le couvercle de politesse qu'il s'efforçait d'afficher n'allait pas tarder à sauter. Ce qui se produisit au bout d'une dizaine de minutes…

En plein milieu d'une nouvelle question adressée à Anatole, Dantec se pencha en avant et asséna une de ses désormais fameuses tapes du plat de la main sur le bureau du maire.

— Bon, fit-il en contenant difficilement sa nervosité, j'ai cru comprendre, monsieur le maire, que vous êtes assez pris. Figurez-vous que cela tombe bien, nous aussi ! Nous en sommes à trois cadavres, au minimum, l'un des meurtres s'est produit dans votre commune, vous avez été le premier sur les lieux du crime et vous connaissiez fort bien Pierre Goadec, la victime…

— Enfin, monsieur, je ne le connaissais pas tant que cela, rétorqua Féjean, l'air choqué par cette interruption qu'il jugeait visiblement cavalière.

— Ce sera « monsieur le commissaire », si vous n'y voyez pas d'inconvénient, et je veux croire que vous n'en verrez aucun, compte tenu de votre qualité officielle à laquelle s'ajoute votre expertise de notaire.

— Monsieur le commissaire, je n'aime guère votre ton…

— Et moi, monsieur le maire, je n'ai pas fait vingt kilomètres pour perdre mon temps. Pierre Goadec a été nommé par vous garde champêtre…

— C'est le préfet qui les nomme, monsieur. Enfin, monsieur le commissaire si vous y tenez. Moi je propose, le préfet dispose…

— Ne finassons pas, je vous prie. Auriez-vous proposé la nomination de Goadec si vous ne l'aviez pas estimé digne de remplir la fonction ?

— Bien sûr que non !

— À la bonne heure ! Nous progressons. Donc vous le connaissiez suffisamment pour nous dire quelques mots sur l'homme et, éventuellement, ce qui aurait pu causer son assassinat ; avait-il des *ennemis*, des personnes qui auraient trouvé des raisons d'attenter à sa vie, aussi horriblement que cela fut le cas ?

— Bien sûr que non !

— Essayons de faire mieux que « bien sûr que non » comme réponse, voulez-vous ? Et je vous promets que dans moins de quinze minutes, nous serons sortis de votre mairie. C'est à peu près le temps que vous avez passé à converser avec notre ami Le Braz… N'y voyez aucune jalousie de ma part, mais maintenant, c'est mon tour.

Le maire tripotait nerveusement des objets sur son bureau, Anatole comprit qu'il était à deux doigts de les envoyer paître. Il n'était pas certain que la méthode d'approche d'Alan soit la bonne, mais le notable était drapé dans sa notabilité, et à vrai dire, il n'en voyait pas d'autre. Dantec porta le coup fatal.

— Ma mission ici est on ne peut plus officielle. Elle préempte tous les pouvoirs de Police, quels qu'ils soient, détenus par qui que ce soit. Je vous demande donc un minimum de collaboration, car, dans le cas contraire, je me verrais dans l'obligation de remonter cela jusqu'à la préfecture…

— Inutile d'aller jusque-là, tempéra le maire. Je sais peu de choses, et je vais vous les dire. Et, ensuite, je vous demande d'avoir l'obligeance de ne pas insister et de me laisser vaquer à mes obligations.

— Je n'y manquerai pas, lâcha Dantec, avec le sourire du chat du Cheshire dans *Alice au pays des merveilles*.

Effectivement, les explications du maire furent succinctes, mais, visiblement, il n'en dissimula aucune, de l'avis de Dantec lorsqu'ils sortirent de la mairie, précisément quatorze minutes plus tard, après une brève poignée de main échangée. Même Anatole fut, semble-t-il, tenu pour responsable d'avoir emmené chez Féjean ce fonctionnaire de Police irrévérencieux… Il n'eut pas droit à un adieu chaleureux.

Peu certain qu'il fasse l'acquisition de mes prochaines œuvres, se dit Le Braz.

En résumé, Goadec jouissait d'une excellente réputation : il avait brillamment servi la France outre-mer, présentait un dossier militaire élogieux, on ne lui connaissait aucun ennemi – la thèse du crime de rôdeur, mentalement fort dérangé, difficile de ne pas l'admettre, fut validée par le maire, ce qui n'avait rien de surprenant compte tenu de l'absence de véritable enquête. Lorsque Dantec évoqua le célibat de Goadec, l'éventuelle présence d'une femme dans sa vie, Féjean fit mine de s'offusquer, arguant du fait que le rôle d'un maire n'est pas d'enquêter sur la vie privée de ses administrés.

Tu parles, Charles! avait pensé Dantec.

Le Braz parvint toutefois à obtenir la réponse la plus pertinente à une question formulée de façon faussement anodine. Alan admira, une fois de plus, le talent d'Anatole en matière de relations humaines.

— Monsieur le maire, pardonnez ma curiosité, mais est-ce que les autres talents de Pierre Goadec étaient aussi appréciés qu'il m'a été rapporté ?

— De quels autres talents parlez-vous donc? répondit le maire, ses yeux révélant qu'il avait parfaitement compris.

— Oh, vous savez bien. Ses connaissances de ce qui est susceptible de soulager le corps aussi bien que l'esprit…

— Si vous faites allusion à ses capacités de *diskonter*, de guérisseur, je me dois d'admettre que j'y ai eu recours en quelques occasions – il m'arrive de souffrir d'horribles migraines que la Faculté attribue à mes vertèbres cervicales – et il est parvenu plusieurs fois à me remettre cela en place, à mon grand soulagement, malheureusement provisoire…

— Fort bien, je comprends. Mon dos me cause parfois bien de la peine, surtout après mes périples à bicyclette – bref regard vers Dantec, car, en réalité, Anatole pensait à leurs voyages en automobile. Et si j'avais sous la main un tel praticien, je ferais tout comme vous. Bien entendu, j'imagine que vous n'avez jamais eu recours à lui pour *son autre talent*…

Ce n'était pas une question, mais ce fut fort bien amené. Le visage du maire pâlit. Le Braz n'en tirerait pas davantage. On ne parle pas de ces choses-là. Du moins pas avec un maire et un notaire. Mais cela n'empêche pas qu'on les connaisse…

Une fois qu'ils furent sortis de la mairie, force fut de reconnaître que le maire ne leur avait rien appris qu'ils ne sachent déjà. La tentative de Le Braz s'était montrée infructueuse, quant à celle de Dantec de titiller le maire par l'autorité, totalement inefficace.

Cependant, Dantec fit remarquer à Le Braz qu'à part les lacunes en matière d'enquête et sa connaissance plus que probable de l'activité de *leveur de sorts*, et autres compétences occultes de Goadec, le maire ne leur avait certainement rien caché d'essentiel.

Ils sortirent donc, globalement bredouilles.

Fort heureusement, il s'avéra que leur interlocuteur suivant allait se montrer beaucoup plus disert sur Goadec.

Et le dernier, bien davantage encore sur les *chaînons manquants* de l'enquête.

Cela était indispensable. Car le temps faisait plus que passer, désormais, il pressait.

Telle une automobile sans freins sur une route à forte pente descendante, la sensation d'un terrible dénouement approchait à grande vitesse…

CHAPITRE 5

25 novembre 1901. Huelgoat. Église Saint-Yves.

Dantec décida de laisser son automobile stationnée devant la mairie. Le bourg était peu fréquenté ; quelques charrettes passèrent, des paysans à pied. Tous regardaient l'engin du commissaire avec curiosité. Le centre Finistère comptait très peu de véhicules à moteur. La mairie était proche de l'église, son élégant clocher dominait la rue, quant à l'Hôtel & Café de France, où ils devaient rencontrer le nouveau garde champêtre, il se trouvait à deux pas des deux édifices.

Dantec et Le Braz s'étaient mis d'accord. La conversation avec le curé serait essentiellement menée par Le Braz. Dantec avait proposé, craignant avec justesse que son athéisme soit un frein. Anatole avait accepté avec soulagement…

Il était convenu que le prêtre les attende au presbytère. Celui-ci était également situé non loin de la mairie. Dantec fit tinter la clochette près de la grille donnant accès à la demeure du serviteur de Dieu. Ils patientèrent quelques secondes, attendant que la porte en bois de la maison s'ouvre. Mais personne ne vint.

— Il doit bien y avoir une bonne, ici. La paroisse est prospère, fit Le Braz.

— Peut-être le curé lui a-t-il donné sa journée pour que nous soyons plus tranquilles, commenta laconiquement Dantec. Les bonnes de curés ont des jours de congé, non ?

— Vous vous y connaissez en servantes du culte, maintenant ? sourit Anatole.

Le Braz tenta sa chance en carillonnant une nouvelle fois.

Peut-être que l'appel des cloches, aussi petites soient-elles, ne peut être entendu si un athée les fait tinter…

Mais le résultat fut identique. Aucune âme en vue.

— Allons voir dans l'église, proposa Le Braz.

— Si vous y tenez, répondit Dantec avec une certaine réticence.

— Vous n'allez pas vous transformer en statue de sel, et je doute que la colère divine ne vous foudroie, dit Anatole. Ne craignez rien, homme de peu de foi, ce n'est que la maison de Dieu, après tout.

Dantec soupira. Le Braz avait parfois le don de l'exaspérer.

L'église paroissiale Saint-Yves avait été construite à partir de 1591 et restaurée au XIXe siècle. Ils entrèrent. L'édifice comprenait une nef avec bas-côtés de quatre travées, une travée formant faux transept et un chevet à noues multiples. Sur le chevet se lisait l'inscription « *1591/rebâti par Hierome Lagadec*

Fabrique en 1698 ». Au-dessus des fonts baptismaux figurait un groupe ancien du XVIIIe siècle : saint Yves et les plaideurs. Le Braz désigna à Dantec les statues de sainte Catherine, saint Raphaël et saint Corentin ; ce qui eu le même effet que s'il lui avait montré des vêtements pour dames chez une modiste : cela ne l'intéressa pas le moins du monde.

Pourtant, tout de même, saint Corentin, appelé aussi *Kaourintin* ou *Kaour*, le premier évêque de Quimper au Ve siècle, était considéré comme l'un des sept saints fondateurs de Bretagne continentale. Il y avait des limites à la mécréance…

Un bruit venant du fond de l'église se fit entendre.

— Le prêtre est dans la sacristie, dit Anatole. Après tout, nous n'avions pas fixé d'heure précise. Dieu passe avant nous…

— Si vous pouviez arrêter de parler de Dieu à tout bout de champ, Anatole, je vous en serais infiniment reconnaissant.

— Infiniment, infiniment ; parti comme vous l'êtes, je vous trouve bien présomptueux d'évoquer l'éternité…

Un petit homme en soutane sortit effectivement de la sacristie et vint vers eux. Deux ou trois vieilles bigotes en prière, agenouillées, que les deux hommes n'avaient pas vues, se levèrent à son passage, non sans difficulté, et se signèrent. Le petit curé eut à leur intention un signe, que le commissaire jugea amical. En réalité, il esquissait dans l'air le signe de croix en guise de bénédiction.

— C'est Dieu que l'on célèbre ici, ou son serviteur qui salue son public ? chuchota Dantec.

— Je crains que vous ne soyez déjà damné… répondit Le Braz sur le même ton.

Le visage du prêtre respirait la bonté alliée à une sorte d'autorité naturelle qui impressionna même le commissaire. Il s'approcha. Dantec le dominait de quasiment une tête et Le Braz encore plus. Pourtant une aura inexplicable émanait de cet homme.

— Je suis le père Albert Gallet, se présenta-t-il en leur tendant la main, dont la poigne était ferme et franche. Bienvenue dans la maison du Seigneur.

Dantec ne soupira pas. Cela n'avait rien à voir avec le silence qui régnait dans l'église Saint-Yves. Le petit curé l'impressionnait plus qu'il ne l'aurait souhaité. Anatole s'en rendit compte.

Tout n'est peut-être pas perdu pour son âme éternelle, après tout...

— Pardonnez-moi, je ne savais pas à quelle heure précise vous viendriez...

— Je vous en prie, mon père. Nous sommes navrés de vous déranger, répondit Le Braz.

Ils avaient convenu entre eux, par précaution, pour ce qui était de la partie *religieuse*, que ce serait Anatole qui mènerait la danse.

— Je vous propose de nous rendre au presbytère, nous y serons mieux. Je vous précède.

Les deux hommes le suivirent. À peine eurent-ils franchi le seuil de l'église Saint-Yves que le prêtre se tourna vers eux.

— De plus, comme je l'ai compris, c'est Pierre Goadec qui vous amène ici, ainsi que les deux anges déchus qui ont partagé un moment sa misérable existence; je ne souillerai pas un lieu consacré en vous parlant d'eux dans mon église...

Le Braz et Dantec se regardèrent, à la fois interloqués et terriblement pressés d'entendre ce que le père Gallet avait à leur dire...

CHAPITRE 6

25 novembre 1901. Huelgoat. Presbytère. Révélations.

Le presbytère était de dimension modeste et sobrement meublé. À Huelgoat, les prêtres s'étaient succédé, assez rapidement et nombreux, depuis la seconde partie du XIXe siècle. Le père Gallet était l'exception qui confirmait la règle. Il présidait à la destinée catholique de la paroisse depuis quinze ans. Ce fut une véritable chance pour l'enquête. Un prêtre récemment arrivé aurait été incapable de leur fournir les informations, plus que précieuses, qu'ils allaient recueillir.

Ils s'installèrent dans la petite salle à manger. Le prêtre leur proposa un verre de grenadine, à la grande surprise de Dantec qui s'attendait probablement à ce que les curés ne boivent que du vin de messe et ne mangent que du pain. Les deux hommes refusèrent poliment la grenadine – une boisson d'enfant et d'été pour Dantec; quant à Le Braz, il détestait cela –, mais acceptèrent volontiers un verre d'eau.

Anatole posa quelques questions sur l'église et la paroisse pour entamer la conversation. Il parla des rénovations de l'église paroissiale et en déplora certaines, avec l'assentiment du père Gallet. Il évoqua l'ancienne chapelle Saint-Vinec et celle de la Coudraye, aujourd'hui disparues. Il cita le Moulin-de-la-Croix, à l'orée du chaos rocheux, sis sur l'ancienne voie des forçats, au XVIIe siècle. La maison des Goadec se situait à une centaine de mètres de la croix du Moulin. Elle était proche également de l'étang, creusé par des ouvriers allemands au XVIIIe siècle, appelés en France pour l'exploitation des mines de plomb argentifère du Huelgoat et de Poullaouen.

Dantec admira la subtilité de l'itinéraire d'Anatole, mais il commençait, comme à son habitude, à trouver un peu longue la durée des banalités d'usage qui, pour Le Braz, n'en étaient pas : il ne manquait jamais une opportunité de glaner des informations sur le patrimoine breton. Le commissaire profita du passage d'un ange dans la conversation pour rentrer dans le vif du sujet ; assez maladroitement d'ailleurs.

— Monsieur le curé, si vous le permettez, je me dois d'abord de vous informer que rien de ce que vous pourrez nous dire ne sera trahi s'il s'agit ou si cela rentre dans le secret de la confession que vous auriez pu recueillir auprès de Pierre Goadec lorsqu'il venait... enfin... lorsqu'il venait à l'église, vous voir...

Il était rare que Dantec trébuche en démarrant une conversation officielle, mais là, il avait fait fort. Le Braz le regarda en se retenant de secouer la tête et de prendre la parole. Le père Gallet eut, heureusement, un sourire amusé.

— N'êtes-vous point breton, au moins d'origine ? demanda-t-il.

Cela rappela à Le Braz une question posée par lui-même à Port-Blanc ; il devinait sans peine la suite…

— D'origine, oui, et depuis de nombreuses générations, tenta de se rattraper Dantec.

— Et vous arrivez tout droit de Paris pour rétablir la vérité et l'ordre en Bretagne, si j'ai bien compris ?

— L'ordre, je l'ignore, mais la vérité, oui, on peut dire cela… du moins en ce qui concerne les affaires criminelles qui nous amènent à vous rencontrer, monsieur le curé Gallet.

L'agacement affleurait ; une nouvelle fois, Anatole craignit le pire.

— Bien, fit le père Gallet. Nous sommes sauvés, alors. Mais comme cela doit faire un bon moment que vous n'avez pas mis les pieds dans une église ou parlé à un serviteur du Christ, je me dois de vous rappeler deux choses.

— Je vous écoute, dit Dantec.

— Tout d'abord, appelez-moi « mon père » et non « monsieur le curé Gallet ». Vous verrez, on s'y fait vite et, de plus, c'est beaucoup plus court… et je vous appellerai « mon fils » ou « monsieur le commissaire », si vous y tenez…

— Va pour « commissaire », si je puis choisir, répondit Dantec, un peu penaud.

— Parfait alors, et va pour « mon père », comme vous dites…

— Et la seconde chose est la plus importante. Si j'avais reçu Pierre Goadec en confession, si lors de ces moments intimes entre le confesseur et celui qui demande grâce à Dieu, il y avait eu quoi que ce soit de révélé qui puisse être susceptible de vous intéresser dans votre enquête, eh bien, ma foi, il n'y aurait pas eu d'entretien et je ne vous aurais même pas reçus. Mais j'imagine que si vous l'ignorez ou que votre expatriation parisienne vous l'a fait oublier, monsieur Le Braz, lui, le sait certainement.

Anatole n'eut pas besoin d'opiner du chef; c'était pour le père Gallet une évidence et non une question.

— Donc vous n'aurez rien à trahir de ce que vous entendrez, car je n'aurai rien à trahir de ce que je n'ai jamais entendu…

Dantec eut un moment de flottement inhabituel. Le Braz vola à son secours.

— Mon père, dit-il, j'imagine donc que vous n'avez jamais reçu Pierre Goadec en confession.

— Vous imaginez bien, mon fils.

Un regard vers Dantec…

— Si cela était le cas, je ne vous aurais d'ailleurs pas accueilli en parlant de lui comme je l'ai fait, commissaire. Goadec n'a jamais mis les pieds à l'église durant tout le temps où j'y ai exercé mon ministère et celui où il était vivant, très probablement. S'il lui avait pris l'envie saugrenue de se confesser, j'aurais sans doute dû annuler toutes mes confessions et mes offices durant une journée. Car il en aurait eu des choses à dire, et, malgré ma foi en Dieu et en ma prêtrise, je vous avouerai que je n'aurais certainement pas eu l'envie – ou même le courage – de les entendre toutes…

— Pourriez-vous alors être plus précis? demanda Dantec. Mon père…

— Goadec était un mauvais homme, commissaire. Et ne croyez pas que je juge mes semblables en fonction de leur fréquentation de l'église. Avant d'être ici, j'occupais des fonctions d'aumônier au bagne de Cayenne. Et avant cela aux prisons de Brest. Celle de

Pontaniou, où les détenus ne sont que des militaires de la marine ou des ouvriers de l'arsenal, et la prison civile, pour les détenus de droit commun, celle du Bouguen. De Cayenne, j'ai rapporté une mauvaise fièvre qui me cause bien des tourments, mais aussi, pour quelques bagnards, une vision de ce qu'est l'enfer dans l'esprit et l'âme de certains hommes. Il y a des hommes comme cela, aussi, dans les prisons de Brest. Je ne vous dis pas que leurs conditions de détention sont humaines, pour la plupart, elles ne le sont pas. Je ne vous parle pas d'innocents injustement punis ou incarcérés, ceux-là, ma présence était leur seule consolation et la leur fut pour moi la quintessence, la récompense, d'avoir choisi d'être prêtre. La plupart des hommes méritent d'être sauvés ; le Seigneur dit qu'ils le méritent tous. Mon évêque sait ce que j'en pense, aussi n'ai-je pas à craindre son courroux si mes propos arrivaient jusqu'à lui. Un homme tel que Pierre Goadec doit se trouver en enfer à l'heure qu'il est…

L'air de la pièce paraissait avoir fraîchi de plusieurs degrés, malgré le feu dans l'âtre.

— Vous faites allusion à ses pratiques de *sorser,* ses connaissances en matière de sorcellerie et de sciences occultes ? questionna Le Braz.

— Monsieur Le Braz, je ne vous ferai pas l'injure de douter de votre connaissance de notre Bretagne, bien que je ne puisse en dire autant de tout le monde…

Bref coup d'œil à Dantec, qui, fort heureusement, écoutait avec attention, mais contemplait le fond de son verre d'eau.

— Tout le monde est un peu *sorser* en Bretagne, reprit le curé. Soit par la pratique, soit par la croyance. Nous autres, les Celtes, restons des païens christianisés de force. Il a fallu nous *apprivoiser,* mettre des croix sur nos menhirs, canoniser en saints d'anciennes divinités familières qui n'existent nulle part ailleurs pour qu'elles ne disparaissent pas et que les Bretons fréquentent les églises, quitte à punir ces mêmes saints, si la pluie ne vient pas, si la récolte n'est pas bonne. Ce besoin de croire est ce qui fait votre talent de collecteur et aussi votre métier, désormais, monsieur Le Braz. Que Goadec ait détenu chez lui un *Agrippa*, ce livre qui ne veut pas mourir, et que l'on ne doit pas garder sous son toit sous peine d'infortune, n'est pas ce qui caractérisait le plus le versant sombre de l'ancien garde champêtre. Dans ce domaine, il était un peu, à sa façon, lui aussi une sorte *d'officiant*. Et l'on venait le voir de loin…

— Mais alors, de quoi parlez-vous, si ce n'est pas cela qui a causé sa fin ? questionna Dantec.

— Commissaire, Goadec était craint bien plus qu'il n'était respecté, je vous prie de me croire. Il n'a jamais franchi visiblement les limites de la loi ; il n'était pas comme ses pauvres diables que j'ai rencontrés à Cayenne ou à Brest. Mais, d'une certaine façon, il était pire qu'eux…

Tous ces sous-entendus, même s'ils étaient intelligemment formulés, commençaient à nouveau à venir à bout de la patience de Dantec. Mais le prêtre était un prêtre, pas le moins du monde un suspect. Il n'y avait rien à espérer obtenir sans faire preuve de patience, justement…

— Vous parlez donc de sa nature humaine, et non de ses connaissances en magie, blanche ou noire, mon père ? dit Le Braz.

— Plus noire que blanche, mon fils, bien plus… Mais, effectivement, je parle de l'homme. Il était, profondément, viscéralement, mauvais.

— N'est-ce pas délicat, pour un prêtre, de porter un tel jugement sans preuves concrètes ? ne put s'empêcher de demander Dantec.

— Les preuves concrètes d'une âme noire sont fort difficiles à obtenir de la part d'un homme que tout le monde semble estimer, commissaire. Mais j'ai vu ce qu'il a *fait* de deux êtres qu'il aurait pu sauver d'eux-mêmes. Et cela m'a suffi. Il aurait pu les prendre sous son aile, les remettre sur le bon chemin, celui de la sagesse, de la bonté, du pardon. Au lieu de cela, il les a pétris comme de la glaise déjà corrompue, y a insufflé sa propre malveillance, et en a fait l'incarnation du Mal.

Le temps était suspendu. Entre Dantec et Le Braz, une énergie, une tension communicative circulait en silence, tel un arc électrique. Anatole prit la parole.

— Les deux *anges déchus* auxquels vous faisiez allusion dans l'église, ce sont ces deux êtres ?

— Oui, mon fils. Je parle bien de Mari Manech et de son fils Erwan.

CHAPITRE 7

Extrait des carnets secrets d'Anatole Le Braz.

Histoire de Mari la servante et de son fils unique, Erwan ; telle que recueillie par moi-même, Anatole Le Braz, auprès du père Albert Gallet, le 25 novembre 1901, en présence du commissaire Alain Dantec.

Ce fut par une belle journée de novembre 1901, qui faisait suite à de nombreux jours sombres et pluvieux, que la lumière se fit enfin sur le mystère qui tissait entre eux les trois meurtres obscurs. Les deux premiers avaient amené le commissaire Dantec à solliciter ma modeste collaboration, le troisième survint alors que nous l'avions à peine débutée. Jorj Morvan, tué à Brasparts, par l'Ouvrier de la Mort, nom un peu théâtral, je me dois de l'admettre, que nous avions attribué à l'assassin. Chaque criminel de cette envergure se voit presque toujours affublé d'un nom qui le caractérise, plus ou moins. Lorsque ce ne sont pas les journaux à sensation qui le lui trouvent, c'est, le plus souvent, la police qui le lui donne…

Nous assumons, Dantec et moi, la « paternité » de « l'Oberour ar Maro ».

Cependant, nous faisions, en grande partie, fausse route.

Dantec m'a appris, au fil de nos enquêtes, qu'il n'y a pas de meurtre sans mobile, sans cadavre, et, bien entendu, sans assassin. Mais il m'a appris également qu'entre cette théorie et la réalité, il existe toute une palette de nuances, toutes aussi sombres les unes que les autres.

Nous étions sur la piste d'un criminel audacieux, violent, intelligent et insaisissable. D'un meurtrier presque impossible à identifier.

Nous avions quelque suspicion sur la possibilité qu'il n'ait pas agi seul.

Le père Gallet ne nous parla pas des meurtres, mais des meurtriers.

Personne, jamais, n'était venu demander l'aide de ce prêtre. Pas plus que celle du garde champêtre qui avait remplacé Pierre Goadec après qu'il eut été horriblement tué. Et, personne, non plus, avant Dantec, n'avait pris la peine de questionner Jorj Morvan après la mort de sa mère, Yvonne Morvan, que tous appelaient "la veuve Morvan".

Ce que nous apprit le père Gallet fut la pièce du puzzle qui permit de donner un sens à toutes les autres et d'en distinguer l'ensemble.

Par un jour de printemps, une toute jeune femme arriva à Huelgoat, tenant un enfant par la main. Elle était belle comme un ange, droite et fière, mais elle avait quelque chose d'étrange dans les yeux. Ils étaient d'une couleur magnifique, très claire, mais difficile à décrire. Elle semblait changer en fonction de la lumière. Plus tard, tous ceux qui la côtoyèrent s'accordèrent à dire, en termes certes moins poétiques, qu'il y avait en ce regard comme la lumière enfuie d'une étoile morte.

Le père Gallet eut ces mots : "Quelque chose en elle était éteint, quelque chose dans ses yeux faisait peur."

Elle s'appelait Mari Manech et son fils se nommait Erwan : Yves.

Elle trouva une place à l'Hôtel de France, comme serveuse.

Elle logea dans une modeste chambre qui lui coûtait la moitié de ses gages, avec l'enfant. L'enfant ne parlait presque pas. Il était fort difficile de lui donner un âge. Il avait probablement moins de dix ans, mais il en paraissait cinq de plus, à cause de sa très grande taille. Il n'était ni laid ni beau. Il ne souriait jamais. Son visage était inexpressif, comme fait de cire. Il était inquiétant, pour un jeune enfant. Il ne parlait qu'à sa mère, et encore, en chuchotant. Et elle lui répondait de même.

On les voyait peu ensemble. L'enfant n'allait pas à l'école. Il n'avait pas de camarades de jeu, il passait le plus clair de son temps dans leur petite chambre. Certains disaient que l'enfant était un peu simple d'esprit, d'autres disaient que non. Ils prétendaient qu'il allait, seul, du côté du chaos, de la Roche Tremblante, du camp d'Artus, l'oppidum des anciens Gaulois, les Osismes. Il se rendait au Gouffre, où bien des adultes ne voulaient aller, car l'on disait que les grondements montant des profondeurs de l'abîme sont les gémissements éternels, les plaintes des amants que la fille du roi Gradlon, la princesse Ahès, y précipitait quand ils avaient cessé de lui plaire.

Un paysan l'y avait croisé, une fois. Il avait raconté que l'enfant lisait un livre, à voix haute, qu'il avait précipitamment dissimulé sous son vêtement avant de s'enfuir à la hâte. Personne ne crut qu'un enfant puisse lire un livre, surtout un gamin qui n'allait même pas à l'école. Ils avaient tort.

Personne ne sut en apprendre davantage sur Mari Manech.

On ne s'occupait guère des étrangers, du moment qu'ils semblaient bretons et qu'ils étaient venus pour travailler et non pour voler.

Mari se rendit plusieurs fois à l'église. Rarement toutefois, et toujours très tôt, avant de prendre son service. Elle paraissait y prier, en silence, en contemplant fixement Jésus sur sa croix. Elle n'assistait jamais aux offices, et lorsqu'elle était dans l'église, c'était toujours seule.

Pas une fois le prêtre ne l'y vit avec son fils.

Il tenta, à deux reprises, de nouer avec elle un dialogue.

Il lui demanda son nom, une fois. Elle le lui dit, puis parut immédiatement le regretter. La seconde fois, il lui demanda si elle désirerait une confession, afin de pouvoir assister à la messe et communier. Elle ne remit plus jamais les pieds dans l'église. Il la croisait, parfois, dans la rue principale ou au marché. Elle détournait aussitôt le regard, comme si elle craignait qu'il pût lire en elle.

Puis, alors que l'automne approchait, elle fit la connaissance de Pierre Goadec.

Il venait rarement au Café de France ; c'était un homme qui ne buvait pas, ou très peu. Il se pavanait dans son costume de garde champêtre. Le prêtre n'avait pas besoin de délier les langues. Lorsque l'on entend, en confession, les plus noirs péchés comme les plus modestes, il est inutile de questionner pour entendre.

Mari la servante démissionna de son emploi début octobre.

Elle emmena son fils, ils quittèrent la petite chambre, et on ne les revit plus dans le bourg. Personne ne s'en soucia, bien évidemment.

L'abbé Gallet connaissait l'histoire de la famille Goadec ; il n'était pas encore le prêtre de la paroisse lorsque les parents de Pierre Goadec décédèrent, le corps brisé, au fond du Trou du Diable, mais les langues avaient jasé. Pour de nombreuses personnes, l'accident n'en était pas un. Certains disaient que Pierre Goadec avait invoqué des "forces", qu'il pratiquait "l'Art", et qu'il avait attiré quelque sinistre entité sur ses parents, les poussant à la folie pour prendre possession de leur demeure, les faisant mystérieusement tomber dans l'abîme, si tant est qu'un démon les y ait précipités.

Il était militaire au moment des faits ; les ragots n'alimentent pas les enquêtes, surtout lorsqu'elles ne sont basées que sur des superstitions…

Pierre Goadec avait passé une grande partie de son temps militaire au-delà des océans.

Il y avait appris beaucoup de choses. Il avait côtoyé les Indiens micmacs à Terre-Neuve, des sorciers vaudous en Haïti. On lui faisait une réputation de "Manitou", pour ceux qui se voulaient le plus lettrés, de "Baron Samedi" pour d'autres.

Goadec faisait peur ; il n'était pas aimé, il était craint.

Mari et son fils Erwan n'avaient pas quitté Huelgoat. Pierre Goadec avait étendu son emprise néfaste sur l'esprit dérangé de la jeune femme et sur le cerveau malléable, mais à l'intelligence hors du commun, de son enfant.

Ils avaient habité avec lui, chez lui, à l'insu de tous, sauf du prêtre, qui aperçut Mari à deux reprises, sur le pas de la porte du garde champêtre, à la tombée de la nuit, alors qu'il allait rendre les derniers sacrements.

Il n'en avait parlé à personne ; à quoi bon ?

Mais il avait ses convictions dont il ne parla pas davantage. Jusqu'à ce que nous le rencontrions. Personne ne lui avait jamais posé de questions après la mort de Pierre Goadec.

Ce dont le prêtre était convaincu, c'est que l'ancien garde champêtre, qui, s'il avait été un autre homme, aurait peut-être pu ramener dans la lumière ces deux esprits égarés. En réalité, il avait fait tout le contraire. Il les avait tenus sous son emprise, avait poussé Mari au-delà des limites de la folie, en l'initiant aux potions et aux sortilèges.

Quant à l'enfant, en excellent militaire qu'il avait été, il lui avait appris à devenir une machine à tuer.

Voici ce que nous dit le père Gallet.

Il avait raison sur tout, sauf sur un point, essentiel : Mari s'était servie de Goadec, et non le contraire. Elle avait tiré de lui tout ce qu'elle avait besoin de savoir, pour elle et pour son fils. Et puis, un jour, elle avait quitté la maison, avait fait une escale à Brest, puis avait embarqué avec Erwan pour Terre-Neuve.

Ils y étaient restés de longues années. Elle avait approfondi ce qu'elle devait savoir. Et elle était revenue, pour se venger, et pour faire disparaître toute trace de son passage.

Et Pierre Goadec en faisait partie.

CHAPITRE 8

25 novembre 1901. Huelgoat. L'auberge.
Révélations finales.

Après les révélations du père Gallet, Dantec fut sur le point d'annuler le rendez-vous avec le nouveau garde champêtre. De son point de vue, les deux hommes en savaient assez. Il proposa d'aller à la gendarmerie et de contacter les gendarmes de Pont-l'Abbé. Il semblait à présent évident que le comte de Keramblain était en grave danger. De plus, personne ne savait, à commencer par Dantec, où pouvaient se trouver Mari Manech et son fils, qui, désormais, devait frôler les trente ans.

Puis Dantec se ravisa et se rendit avec Le Braz à l'auberge.

Le garde champêtre les y attendait. Dantec avait tenu à ce que la rencontre ne se fasse pas à la mairie. Il voulait que le bonhomme ne se sente pas contraint de calquer son attitude et ses réponses sur celles du maire. Ce qui, bien évidemment, aurait été le cas. Visiblement, le dénommé Colin ne les avait pas attendus pour écluser quelques godets. Un pichet aux trois quarts vide trônait devant lui, sur une table, et il devisait en breton d'une voix forte, avec des compères. Heureusement, ce n'était pas un jour de marché, car il aurait fallu forcer la voix pour se faire entendre et Dantec avait cela en horreur.

Il était plus un homme au ton calme, parfois glaçant, mais persuasif, qu'un *aboyeur*, comme certains de ses collègues de la Sûreté.

Lorsque les deux hommes entrèrent, une sorte de silence se fit.

Le garde champêtre Colin continua à parler, mais comme il tournait le dos à l'entrée, il ne comprit pas immédiatement ce qui avait causé ce silence. L'allure de Dantec et de Le Braz était peu familière et leurs visages encore moins. L'un comme l'autre avaient leur tenue de *voyageurs routiers* ; cela sembla aux habitués de l'établissement aussi incongru que s'ils étaient arrivés en habits de journalier un jour de noces. Colin prit conscience du silence ; il se tourna, puis fit signe aux deux compagnons de venir à la table. Cela ne plut guère à Dantec, remarqua Le Braz, qui s'attendait à un peu de déférence…

— Ces deux messieurs sont avec moi, dit Colin, bien qu'il ne connaisse ni Alan ni Anatole. Mais, à cette époque de l'année, il y avait peu de chances qu'on les confondît avec des touristes…

Après avoir été dévisagés de pied en cap par la petite assemblée, probablement dissuadée de faire une quelconque remarque en voyant le visage peu accommodant du commissaire, la conversation reprit, en échangeant des regards, mais à voix basse.

Il n'y avait pas besoin d'être enquêteur pour en deviner le sujet.

— Allons nous installer à l'écart, dit le garde champêtre, nous serons plus tranquilles.

La voix était mesurée. Colin avait à l'évidence deux visages: celui de ses fonctions et celui qu'il réservait à ses compatriotes communaux.

— Je ne bois pas lorsque je suis en service, dit-il en montrant le pichet plus qu'entamé. J'ai demandé ma matinée au maire lorsque j'ai su que nous devions nous rencontrer.

Anatole songea, par-devers lui, qu'une fois la matinée écoulée, et leur entretien probablement bien avant, la journée ne serait pas pour autant terminée...

Colin était un homme petit et râblé, au visage rougeaud mais non dépourvu de charme, glabre, ce qui était plutôt rare pour un représentant de l'autorité et un garde champêtre en particulier. Il avait une bonne quarantaine, mais en paraissait dix de moins lorsqu'il souriait. Ce qui était le cas en ce moment même. Un sourire aimable, mais matois. Le Braz et Dantec n'avaient jamais vu Goadec vivant, Alan avait juste eu sous les yeux une photographie prise après sa mort, à la morgue. Le corps en deux parties, comme celui du fils Morvan.

Il n'y avait rien de commun entre les deux gardes champêtres, ni dans la taille ni dans l'allure, si tant est que l'on puisse comparer un cadavre à un bon vivant.

— Vous boirez quelque chose? demanda Colin.

— Un bon café, n'est-ce pas, Anatole? répondit cordialement le commissaire. Nous sommes partis de fort bonne heure et cela nous fera du bien!

Le Braz nota le changement avisé d'attitude de Dantec. En excellent professionnel, il misait sur la connivence plutôt que sur l'intimidation. Le fossé hiérarchique entre Colin et lui était grand ; il fallait le combler par le rapprochement.

— Bon, bon… ma foi, je ne vous promets pas qu'il sera bon ! Ce n'est pas ce qui se fait de mieux ici, et de plus, je n'en bois jamais ! s'esclaffa le garde champêtre.

Ce à quoi Dantec répondit par un sourire forcé. Le *rapprochement* avait ses limites…

— Cela ira très bien, dit Le Braz avec sincérité.

Il avait eu son lot de cafés bouillis à longueur de journée, au-dessus de l'âtre, dans certaines fermes lorsqu'il y en avait. Son estomac, fort heureusement, était *vacciné*.

— Émile, du café pour ces deux messieurs ! héla le garde champêtre. Et tant que tu y es, rapporte-moi donc un pichet de vin.

L'assemblée se tourna comme un seul homme vers les deux hurluberlus bizarrement attifés qui buvaient du café à l'auberge au lieu d'un bon cidre ou d'une rasade de piquette. L'aubergiste apporta les cafés dans une bouilloire à la propreté approximative, avec deux tasses qui avaient plutôt l'air de bolées, et les posa devant les deux compagnons en les regardant avec une curiosité teintée de mépris. Il posa également le vin devant Colin, puis s'en fut.

Anatole servit Dantec, puis lui-même, en prenant garde de ne pas se brûler. Alan porta la *tasse* à ses lèvres, prit une gorgée, se brûla copieusement la langue et la gorge, puis reposa avec une grimace le récipient sur la table. Anatole sembla apprécier la chaleur bienfaisante et sirota en prenant soin de souffler légèrement entre chaque rasade. Jusque-là, rien d'important n'avait été dit.

— Cela a dû être une franche déception, dit Dantec en rompant le silence.

— Je ne vous le fais pas dire, répondit Colin en secouant la tête.

Le Braz n'avait pas la moindre idée de ce dont il pouvait bien s'agir.

— C'est moi qui aurais dû avoir ce *titre* et la fonction, ajouta Colin. Je n'ai pas quitté An Uhelgoad depuis que je suis né. Je connais tout le monde, tout le monde m'apprécie, au moins autant que l'était Goadec. Pas pour les mêmes raisons. Et c'est peu dire. Et je suis quelqu'un sur qui l'on peut toujours compter. La preuve, puisque maintenant, le garde champêtre, c'est moi…

Anatole comprit. L'angle d'attaque de Dantec était surprenant mais efficace.

La connivence, jouer sur la frustration, délier la langue sans brusquer.

— Je comprends, dit Dantec avec une sincérité qui frôlait le prix d'académie théâtrale.

— Vous savez, ajouta Colin, Goadec devait savoir des choses que certains ne voulaient pas qu'il raconte…

Après les révélations du curé, c'était le moins que l'on puisse dire, songea Le Braz.

— Je ne vous demanderai pas qui, mais j'en ai une petite idée, dit Alan avec un clin d'œil à l'attention du garde champêtre.

— Vous avez fini par vous décider à enfin enquêter sur sa mort, je veux dire *en haut lieu* ?

Dantec marqua une courte pause avant de répondre, pesant ses mots.

— Nous enquêtons sur plusieurs choses. Et la mort de votre *prédécesseur* en fait partie, effectivement…

Le terme de « prédécesseur » n'avait pas été choisi au hasard.

Il ouvrit un peu plus la serrure.

— Je me dis que vous devez aussi enquêter sur la veuve, et puis sur ce qui vient d'arriver à son fils, évidemment.

— Vous avez parfaitement raison… vous êtes très perspicace…

Du grand Dantec.

— Mais j'ai besoin de vous, voyez-vous, garde champêtre Colin. Ou Gildas, si vous ne voyez pas d'inconvénient à ce que je vous appelle par votre prénom ?

— *Ma doue*, non ! Au contraire. Ce sera un plaisir ! En quoi je peux vous aider ?

— Parfait, alors, Gildas ! Parlez-moi de Pierre Goadec. Qui était-il vraiment ? Et, si c'est possible, je vous en serai profondément reconnaissant et je ne manquerai pas de mentionner votre aide précieuse dans mes rapports, parlez-moi de la femme et de l'enfant qui ont vécu avec lui…

— Qui ont vécu avec lui ?

— Allons, Gildas, ne vous faites pas prier. Le père Gallet nous a appris des choses sur eux. Nous savons qu'ils ont vécu ici quelque temps et qu'il se peut bien qu'ils aient également habité chez votre prédécesseur, avant de disparaître…

— C'est bien possible, fit laconiquement Gildas. Et il y a un sacré bout de temps, plus de quinze ans, je dirais, qu'on ne les a pas revus dans le bourg. Alors, qu'ils aient habité avec Goadec, oui, ça se peut bien. C'est ici qu'il l'a rencontrée, à l'auberge, elle était serveuse. Bien jolie mais pas aimable : un vrai glaçon. Je ne sais pas ce qu'il y a eu entre eux ; c'était étrange, à ce que j'en sais. Pas une belle histoire, enfin, d'amour, si vous voyez ce que je veux dire.

— Je vois très bien, lâcha Dantec en échangeant un regard avec Le Braz.

— Je pensais que vous veniez me parler de Goadec, mais vous avez l'air bien plus intéressé par sa donzelle et son épouvantail de gamin, je me trompe ?

— Peu importe que vous vous trompiez ou non, répondit sèchement le commissaire. Vous avez des informations à me donner sur eux, ou pas ? Et pourquoi *épouvantail* en parlant du petit ? C'était bien son fils, n'est-ce pas ?

— Ma foi, oui, des informations, j'en aurais bien deux, à vrai dire. Mais j'ai la gorge sèche…

Le Braz fit un geste à l'aubergiste, qui rapporta un pichet de vin et le posa devant Colin. En moins de temps qu'il n'en fallut pour le dire, il se versa une copieuse rasade et l'engloutit cul sec.

— Ces messieurs reveulent du café ? demanda l'aubergiste avec un sourire en coin.

— Ça ira, mon brave, répondit Dantec sans se retourner. Ce qui ne nous tue pas nous rend plus forts, à ce qu'il paraît, mais je ne vais pas tenter une nouvelle fois ma chance avec vous aujourd'hui…

Le bonhomme retourna derrière son zinc en méditant sur le sens de cette phrase, dont visiblement il n'avait pas saisi l'ironie.

— Pour en revenir à vos deux lascars… reprit le garde champêtre. Et d'une, je ne sais pas si le gamin était bien son fils, mais ça en avait tout l'air. Et si je l'ai appelé l'épouvantail, c'est parce qu'il fichait vraiment la trouille, ce gosse-là. Et pour le reste de ce que je sais, rapport à votre autre question, il y a des bruits qui courent depuis deux ans, à peu de choses près. On raconte que la maison de Goadec ne serait pas vide. *On* y aurait vu des lumières, la nuit. Des lumières sourdes, chandelles ou lampe à pétrole lampant.

— Et personne n'est allé vérifier? Les gendarmes sont au courant?

— Les gendarmes s'en fichent, je suis allé les prévenir des "*ouï-dire*", mais entre eux et moi, ce n'est pas le grand amour... Ça ne l'était pas non plus avec Goadec, de ce que j'en sais. Ils le respectaient un peu plus parce qu'il avait servi, qu'il était militaire, comme eux, sauf qu'il avait vu la mort de près, plus d'une fois, apparemment. Ça risque pas de leur arriver, y'a peu de chances. Tant qu'il n'y a pas de plainte, que rien ne disparaît, les pandores n'aiment pas trop qu'on les dérange pour rien... D'ailleurs, on ne peut pas dire qu'ils se soient démenés pour Goadec, *paix à son âme* – si c'est possible –, sinon vous ne seriez pas là...

Sur ce, Colin fit une ébauche de signe de croix qui se termina dans une nouvelle gorgée de piquette.

— Pour ce qui est des deux autres, je ne sais pas si c'est le fait que vous en parliez, mais on dirait bien que vous les attirez...

— Qui ça, les gendarmes? fit Dantec, qui perdait un peu le fil.

— Mais non, pas les gendarmes, commissaire! Les deux Anaons, là... Mari et son rejeton!

— Comment cela? demanda Le Braz, qui sentit un frisson courir sur sa nuque.

— Ma foi, ça vaut ce que ça vaut, et je ne suis sûr de rien. Faut dire que j'ai eu peine à la reconnaître, bien qu'elle n'ait pas vraiment beaucoup changé: toujours cette allure de Dame Blanche; belle mais froide comme la pierre. Quant à son gamin, ma foi si c'est bien lui, il est méconnaissable, dame oui !

— Qu'est-ce que vous nous chantez là ? dit Dantec en blêmissant.

— Je vous chante qu'il me semble les avoir croisés ce matin, en revenant de la Croix du Chaos du Moulin, sur une drôle de charrette tirée par un postier breton ; une sacrée belle bête, soit dit en passant. Dans leur équipage, ils avaient rien des deux moitiés de vagabonds qui ont disparu il y a belle lurette. Et puisqu'on en parle, maintenant que j'y pense, j'ai eu l'impression qu'ils revenaient par le chemin vicinal qui conduit à la demeure de Goadec, justement.

— Vous êtes certain qu'il s'agissait d'eux ? questionna Le Braz.

— Aussi certain que vous avez pris la couleur de deux linceuls, messieurs. Elle, je la reconnaîtrais entre mille, quant à son rejeton, il a toujours la même face de cire, mais il est encore plus grand et effrayant que l'Ankou ! Il lui manquait plus que la charrette… Mais que je suis bête : on dirait qu'il l'a !

Et Colin, déjà bien entamé par l'alcool, partit d'un grand rire. Qui s'interrompit aussitôt. Un branle-bas se fit entendre dans la rue, devant l'hôtel. Le Braz reconnut le bruit de la carriole à chevaux des pompiers, de leur avertisseur ainsi que celui de la pompe électrique. À cet instant précis, un homme fit irruption dans l'auberge.

— Y'a le feu ! hurla-t-il.

— Où donc ? s'exclama l'aubergiste.

Le bonhomme avisa le garde champêtre avec deux inconnus.

— C'est la baraque de ton ancien collègue qui est en flammes, dit-il. Paraît qu'elle est déjà brûlée au trois quarts… celui qui a fait ça devait savoir s'y prendre, une maison inhabitée ne prend pas feu comme ça. Encore des gitans, sûrement…

Dantec se leva si brutalement qu'il renversa sa chaise. Il attrapa Le Braz par la manche et le tira à lui. Le Braz fit un adieu rapide à Colin, et les deux hommes sortirent de l'auberge.

— À ma voiture ! fit le commissaire en avançant à grands pas. Nous savons tous les deux qui a pu faire ça, et qui a habité là, incognito, depuis des mois. En prenant le temps d'aller à plusieurs reprises à Brasparts pour surveiller Morvan, avant d'achever leur sale besogne.

— Vous voulez vous rendre chez Goadec, ou ce qu'il reste de sa maison ? questionna Le Braz en se portant à la hauteur du commissaire.

— Non, il n'y a rien à espérer trouver là-bas, à part une maison bientôt en cendres. Je veux aller à la gendarmerie, demander que l'on joigne le comte de Keramblain, et, si possible, que l'on place son manoir sous surveillance. Leur œuvre sinistre est quasi accomplie. Mais il leur reste encore un dernier chapitre à écrire…

Dantec fit démarrer la De Dion, qui ne se fit pas prier.

— Ils ont pratiquement une matinée d'avance sur nous ; si vous pensez qu'ils ont comme projet de l'assassiner…

— Ce n'est pas un *projet*, Anatole. C'est leur dernier acte, celui d'une vengeance qui aura pris près de trente ans. Mais le *lever de rideau* sur ce tragique épilogue ne se fera pas avant que la nuit soit la plus noire. Ils savent que nous sommes à leurs trousses et ils ne prendront aucun risque. Depuis le début, depuis le tout début, *elle* n'en a jamais pris aucun. De plus, ils sont prisonniers d'une dramaturgie qu'ils se sont imposée : frapper, au cœur des ténèbres, dans une mise en scène symbolique, dit Dantec, perdu dans ses pensées.

Avant de prendre la route, Dantec se tourna vers Le Braz et, le regardant avec une profonde sympathie, lui lança :

— Anatole, les choses se gâtent, je le crains. Je ne sais pas comment tout cela se terminera, mais je pense vous avoir fait courir assez de risques comme cela.

— Que cherchez-vous à me dire, Alan ? Parlez franchement.

— Eh bien, je suis venu solliciter votre aide pour comprendre des éléments qui me dépassent, voyez-vous, dans la nature humaine. L'influence que certaines choses peuvent exercer sur sa psyché…

— Voilà que vous vous mettez à parler comme Sigmund Freud, vous m'inquiétez…

— Vous comprenez très bien ce que je veux dire, Anatole. Vous êtes un intellectuel, pas un aventurier. Nous avons affaire ici à des criminels doublés d'êtres à l'esprit machiavélique et gravement perturbé…

— Ma foi, n'est-ce pas le lot de tous les criminels ?

— Ce que je veux dire, Anatole, c'est que je n'ai jamais eu l'intention de mettre votre vie en péril, de quelque manière que ce soit. Or, cela a déjà été le cas une fois, et bien que je ne sache pas ce que les prochaines heures nous réservent, il me semblerait plus raisonnable que nos chemins se séparent ici et que vous alliez retrouver votre famille.

— Je comprends parfaitement ce que vous avez en tête, Alan, et votre sollicitude me touche sincèrement. Mais laissez-moi vous dire ceci : je côtoie la mort depuis ma plus tendre enfance, l'Ankou me frôle depuis mes dix ans, depuis que ma mère est morte. J'ai perdu la majeure partie de ceux que j'aimais depuis lors. L'Ouvrier de la Mort, le véritable, et non ce détraqué qui se prend pour lui, ne se contente plus de glaner leur vie avec parcimonie et régularité au fil des années : il vient d'en faucher une dizaine d'un coup, il y a moins de quatre mois. Alors, autant je crois en Dieu, autant je crois en d'autres choses, plus secrètes. Vous n'êtes pas entré dans mon existence par hasard. L'Ankou prendra ma vie quand mon heure sonnera. Mais cela ne sera pas pour tout de suite. Je suis certain que je ne ferai pas un vieillard cacochyme, et figurez-vous que je m'en réjouis. Je suis attendu, *de l'autre côté*. Et les retrouver tous sera pour moi une grande joie. Mais cela n'est pas pour maintenant ni avant de nombreuses années. Alors, trêve de tergiversations. Allez mettre la main sur ces deux âmes égarées avant qu'elles ne fassent plus de dégâts et n'oubliez pas que je suis votre porte-bonheur. Après tout, je vous ai déjà sauvé la vie une fois ; vous pourriez encore avoir besoin de moi…

Dantec ne fit aucun commentaire. Il se contenta de hocher la tête et il tendit la main à Le Braz, qui la lui serra vigoureusement. Puis il demanda :

— Tole, combien y a-t-il de kilomètres entre Huelgoat et Combrit ?

— Environ quatre-vingts… Cela va nous prendre au moins quatre heures, il est grand temps de nous mettre en route.

— Parce que vous croyez qu'un postier breton peut courir plus vite qu'une De Dion-Bouton ?

— J'espère que non, Alan, j'espère que non… soupira Le Braz.

CHAPITRE 9

« *Elle partit pour ne point revenir ;*
longue, si longue, fut son errance,
Rien ne pouvait calmer sa haine ;
si long, son désir de vengeance,
Elle ne vécut que pour l'accomplir :
Longues ou brèves, furent les souffrances,
De tous ceux qui l'avaient offensée.
Et lorsqu'il n'en resta plus qu'un,
Elle garda le pire pour la fin… »
Complainte de Mari la servante.

Voyage au cœur de la nuit.

Erwan fouettait le cheval, qui ressemblait à une vague noire déferlant sur la route cahoteuse ; le mors lui entaillait la bouche, crêtée d'écume blanche.

L'on eût dit l'un des cavaliers de l'Apocalypse, à moitié debout sur le banc de la charrette. Sa taille gigantesque faisait s'arrêter les rares êtres humains qu'ils croisaient, certains se détournaient à leur passage, et c'est à peine si les autres équipages, qu'ils doublaient ou venant en sens inverse, avaient le temps de les détailler.

L'univers avait créé une parenthèse dans laquelle ils étaient seuls, comme des fantômes juste entrevus; le sillage d'une colère ancienne, d'une vengeance trop longtemps mûrie. Il y avait du malheur, passé mais encore à venir, dans l'itinéraire de ces deux êtres. En vérité, il n'y avait que cela. Du malheur…

On pouvait croiser leur route, mais il ne fallait pas s'y attarder; il ne fallait pas qu'ils vous remarquent trop longtemps.

Il ne fallait pas interférer.

Il n'y avait rien de bon à les connaître.

À l'arrière, dans la charrette, Mari Manech était dans sa sphère. Les cahots ne la dérangeaient pas, elle en avait l'habitude. Souvent, c'était elle qui guidait l'attelage. Elle avait beau être une femme, elle n'était pas plus tendre avec l'animal.

Chaque coup porté était comme un soulagement qui calmait la colère en elle.

Celle avec laquelle elle était née, sans le savoir. Celle que le destin avait réveillée, et dont elle n'aurait jamais pu imaginer, enfant ou toute jeune fille, à quel point elle était puissante, violente. Lorsque le couvercle de ce qu'elle portait en elle s'était soulevé, il ne fut plus jamais possible de le refermer. Jamais complètement. Parfois, à peine posé, mais à l'intérieur, le magma brûlait toujours sous l'apparence du calme, celui que les règles de la vie en société imposaient.

Pour ne pas attirer l'attention, surtout. Sur elle, et sur son fils.

Concarneau, Quimper, Châteauneuf-du-Faou, Carhaix-Plouguer, Huelgoat, Brest, Terre-Neuve, Huelgoat… Combrit, manoir de Keramblain.

Tel avait été son périple, et il était sur le point de s'achever.

La destination finale, le point d'orgue de la trajectoire d'une vie perdue, qui avait causé également la perte de plusieurs autres, et en avait gâché irrémédiablement une : celle de son propre fils, Erwan, perdu à jamais pour le monde des Hommes. Perdu, comme elle, pour l'éternité, condamné à errer dans les limbes.

Quel est l'avenir de ceux qui ont trop longtemps vécu dans la colère, la rancœur et la folie ? Qu'espérer en matière de rédemption ? Est-elle seulement envisageable ? Il n'y a pas d'avenir pour les maudits, à part leur propre malédiction menée jusqu'à son terme. Et ce terme était proche.

Elle aurait peut-être pu pardonner au comte.

Elle aurait sans doute pu épargner la vie de ceux à qui son fils et elle l'avaient ôtée.

Dans un autre monde, peut-être. Mais pas celui qui dirigeait la sarabande dans sa tête, depuis qu'elle était toute petite, encore ignorante de ses fêlures irrémédiables.

On ne répare pas un vase mal pétri, surtout lorsque l'argile est déjà fragile.

Si sa trajectoire biaisée n'avait pas croisé celle de Goadec ; si cet homme avait réussi à la comprendre, la rassurer, l'apprivoiser, au lieu de s'imaginer qu'il pouvait en faire sa *chose*, avant qu'elle n'en fasse la sienne, tout aurait pu être différent. Peut-être…

Mais il était mauvais et elle n'était pas bonne. Il savait des choses qu'elle avait devinées, mais jamais apprises. Il n'avait rien d'un enchanteur, mais tout d'un sorcier. Il n'était pas Merlin ni elle Viviane. Mais, tout comme eux, au fil du temps passé avec elle, il se laissa doucement tirer vers le gouffre amoureux. Pas elle, la ressemblance s'arrêtait là. Il lui apprit tous ses sortilèges. Mais elle ne l'enferma pas pour l'éternité dans une prison d'air, non, elle le tua. Elle le fit tuer par son fils, mais c'est elle qui porta le premier coup et jeta le chien terrorisé sous la Roche Tremblante qu'Erwan avait décollée du sol, bien plus que n'auraient pu le faire tous les *droch* stupides qui voulaient épater leurs donzelles écervelées.

Et puis, Erwan s'était *occupé* de son maître, lorsqu'il était venu à sa recherche.

Il n'aurait jamais dû parler. Elle l'aurait laissé tranquille. Après tout, ce n'était pas pour lui qu'elle était revenue, qu'elle avait quitté Terre-Neuve. Elle était venue finir sa *quête*. Pour Terre-Neuve, de toute façon, il fallait qu'ils partent. Le poison qu'elle avait instillé depuis sa plus tendre enfance dans le cœur et l'âme d'Erwan avait fait son œuvre, là-bas aussi, même si ce n'était pas la première fois.

Elle lui avait appris le mauvais côté de la nature humaine, Goadec lui avait appris à tuer.

Alors, il avait tué.

Pas des caribous, comme il avait coutume de le faire, en guidant les chasseurs et en décimant ces animaux sans défense, pour l'amour du *noble sport*, qu'elle avait en horreur. Non, après une dispute avec un Indien micmac, avec lesquels il passait pourtant beaucoup de temps, trop sans doute, il lui avait tranché la gorge et quasiment la tête, d'un seul coup bien ajusté et porté avec toute sa force. Et, de la force, il en avait…

Le meurtre était sans mobile, mais comme il concernait un *autochtone,* à qui les côlons avaient volé leurs terres depuis près de deux cents ans, les autorités anglaises auraient pu en faire peu de cas. Mais Erwan récidiva avec un officier anglais, venu pour un simple interrogatoire. Erwan n'aimait pas parler, à part avec les *Peaux-Rouges*; il ne parlait qu'avec sa mère, et si peu. Il l'écoutait, bien davantage…

Elle lui avait appris à lire, à écrire, après avoir appris elle-même, à une vitesse qui avait stupéfié la femme chez qui elle avait servi, à Quimper; une vieille aveugle, très aisée, qui l'avait acceptée avec son bébé, après qu'elle eut quitté Concarneau à la hâte. Cette femme fut l'une des rares personnes pour qui Mari avait eu ce qui pouvait ressembler à de l'affection, après le manoir. Mari n'avait jamais vraiment aimé personne. Elle avait *adoré* le comte, ce qui n'était pas pareil, pour elle. Comme tous ceux qui n'éprouvent pas de sentiments, elle s'était bercée d'adoration. Mais il l'avait trahie.

Comme l'avait trahie Goadec, comme l'avait trahie Yvonne Morvan, l'ancienne cuisinière, qu'elle soupçonnait d'avoir monté le comte contre elle, alors qu'il n'en était rien. La veuve, que le comte avait envoyée à sa recherche, la traquant comme une bête sauvage, pour laver son honneur maudit, sans doute, la faire disparaître, ou la faire condamner de l'avoir adulé, la privant de son fils, le seul homme de sa vie.

Pierre Goadec connaissait Jorj Morvan. Jorj Morvan avait parlé à Goadec de la *mission* de sa mère. Il s'était même vanté, pour l'argent. Et Goadec s'était empressé de réclamer sa part, en échange d'informations sur Mari. Mais il n'avait jamais rien dit de vraisemblable, à part quelques dates, et les lieux qui précédaient Huelgoat. Il avait juste pris l'argent. Et Mari le lui avait dérobé, car, après tout, d'une certaine façon il était à elle. C'était sa vie et celle de son fils, l'enjeu, non ?

Avec cet argent, elle avait acheté son passage pour Terre-Neuve.

Elle y était restée près de quinze ans : servante, de nouveau, dans plusieurs auberges pour trappeurs et chasseurs, dans des hôtels, ne restant jamais plus de deux ans au même endroit.

Personne ne la cherchait, là-bas, mais l'habitude de toujours fuir était prise ; pour elle, c'était une question de survie. Avec l'argent qui restait, elle avait acheté leurs passages de retour. Si Erwan n'avait pas tué, ils seraient peut-être restés davantage : ce pays sauvage et ces gens rugueux et sans préjugés lui convenaient.

Mais les meurtres d'Erwan avaient précipité la fuite, non sans peine, car les embarquements étaient surveillés, son fils était recherché.

Ils durent gagner d'abord Saint-Pierre-et-Miquelon, bastion français au cœur des eaux anglaises, avant de rejoindre Brest. Cela leur prit presque un an.

Une fois leurs pieds posés sur la terre bretonne, la flamme de la vengeance avait repris force et vigueur. C'était le 1er février 1899. Puis ils avaient quitté Brest, à bord d'un attelage que Mari avait payé comptant, avec pour le tirer un superbe cheval breton noir, auquel ils ne donnèrent jamais de nom.

Ils avaient assez d'argent pour ne plus travailler, entre ce qu'ils avaient gagné à Terre-Neuve et la somme qui restait de l'argent pris à Goadec. Mari décida d'aller d'abord au Faou. Ils y louèrent une vieille masure. Elle voulait prendre son temps, mais son plan était mûri. Un jour, en avril, jour de foire et de pardon, Erwan fit à nouveau des siennes. Il partit à l'orée du jour, avec la carriole. Elle trembla de le savoir seul dans cette foule hostile. Il ne se serait rien passé s'il ne s'était avisé de s'occuper de son avenir, alors qu'il n'en avait aucun. Mais peut-être qu'il l'ignorait encore…

Ce jour-là, il tua une *somnambule*, une diseuse de bonne aventure dans sa roulotte.

Il réussit à échapper aux gendarmes, de peu. Lorsque Mari le vit rentrer, ce géant au visage d'enfant malade, contrit et penaud, et qu'elle lui demanda pourquoi il était parti et ce qu'il avait, il répondit simplement, de la voix douce et faible qui jurait avec le reste de lui :

— Elle m'a menti, comme tous les autres, *mammig*, alors je lui ai rompu le cou…

Le lendemain, ils quittaient le Faou, mais d'abord elle alla acheter les *plantes*.

La première sur la liste était Yvonne Morvan.

Ils trouvèrent un meublé à Brasparts, loin du centre. Ils s'y terrèrent durant deux mois. Erwan ne sortait que la nuit, elle que pour leur acheter de quoi manger.

Et puis, dès le début de l'été, ne craignant plus qu'Erwan soit retrouvé, alors qu'en réalité personne n'était à sa recherche, ils observèrent.

Mari savait où était la veuve Morvan, dans sa campagne. Ce fut Erwan qui la suivit jusqu'au marché, ce fut lui qui murmura, en août, à son oreille, tel l'Ankou de La Roche-Maurice, gravé dans la pierre de l'ossuaire, dont sa mère lui avait parlé. L'Ankou qui n'est pas un tueur, non, juste un *ouvrier*, pas comme les autres, certes.

Il dit à l'oreille de la veuve Morvan, avant de disparaître, comme le bon *homme des bois* qu'il était, la même chose que ce qui était gravé sur la pierre de l'ossuaire. Il lui murmura, comme lorsqu'il parlait à sa mère, mais de sa voix sombre, celle qu'il prenait quand il tuait des bêtes ou des gens :

— Je vous tue tous !

Et, juste avant cela, pour qu'elle le vît brièvement, dans le brouhaha du marché, alors qu'il paraissait invisible aux yeux de tous sauf à ceux de sa proie, il avait revêtu son masque de peau cousue, celle d'un caribou qu'il avait tué de ses mains alors qu'il s'abreuvait dans l'eau claire.

Un masque effrayant, le même que portaient les sorciers micmacs, les *Pouwowin*, lors des cérémonies rituelles. Le masque qu'il revêtirait, deux mois plus tard, la nuit de la Toussaint, après avoir toqué à la fenêtre de la chambre d'Yvonne Morvan, afin de porter le coup fatal à son esprit que, dès le lendemain, grâce aux potions et aux herbes versées dans le puits, Mari commencerait d'envoûter...

Une autre année s'était écoulée ; ils avaient attendu, comme des araignées dans leur toile. Ils n'avaient pas besoin de la présence du monde, leur monde, depuis la naissance d'Erwan, c'étaient eux...

Rien ne pressait, cela aurait pu attendre, Mari était encore jeune et Erwan dans la force de l'âge. Peut-être Goadec aurait-il pu espérer vivre encore quelques années.

Mais un jour de septembre, par un malencontreux hasard, il croisa Erwan à Brasparts, et contre toute attente, malgré les années écoulées, de l'adolescent à l'homme qu'il était devenu, Erwan sut que le garde champêtre l'avait reconnu...

Alors, un an jour pour jour après la mort de la veuve Morvan, ils choisirent la même nuit, celle où les morts côtoient les vivants, pour s'occuper de Goadec.

Ce n'était plus qu'une question de temps avant que, cette fois, on ne finisse par remonter la piste jusqu'à eux.

Ils observèrent, à nouveau, comme ils savaient si bien le faire.

Les gendarmes, ils ne les craignaient guère. Mais cet étrange policier arrivé dans son automobile, et cet homme qui l'accompagnait, dont Mari sentait qu'il savait voir les choses cachées derrière les choses, oui, ces deux-là pouvaient leur causer du tort.

Si le fils Morvan n'avait pas commencé à parler, peut-être aurait-il pu survivre.

Mais ils le virent, à la gendarmerie. Il savait peu, mais il en savait trop.

Erwan allait enfin pouvoir utiliser *l'outil* sur lequel il avait travaillé avec un grand talent, car il était doué pour les choses que l'on crée afin de tuer. Il avait choisi le bois d'if pour le manche, il avait lui-même forgé, poli et aiguisé la lame ; depuis que sa mère lui avait parlé de l'Ankou, il attendait d'en incarner le rôle. Il avait disposé la lame comme sur les images qu'elle lui avait montrées, tournée vers le ciel.

Les petites faux de bois qu'il avait sculptées durant les longues journées qui précédaient son sommeil sans rêves avaient enfin fait place à une arme redoutable.

Il s'était glissé dans la chambre de la Morvan pour en placer une dans sa main, en s'assurant qu'elle était bien morte, comme sa mère le lui avait demandé.

Elle ne l'était pas tout à fait. Son corps était agité de légers soubresauts, mais la fin était proche. Il avait hâté son trépas, miséricordieux, comme il l'aurait fait d'une bête qu'il avait chassée, en plaquant sa grande main froide sur son visage jusqu'à ce qu'elle ne bouge plus. Elle fixait de ses yeux mourants son masque de peau, à quelques centimètres de son visage, le regard rempli d'une terreur sans nom.

Puis il avait regagné la fenêtre, l'avait souplement enjambée. Il vit entrer le fils de la morte dans la chambre et le regarder, de l'autre côté du carreau brisé. La peur dans ses yeux, à lui aussi. Il l'aurait bien tué à mains nues, mais sa *mammig* n'avait rien dit à son sujet, et, désormais, il ne tuait plus sans son ordre, elle le lui avait fait jurer sur sa tête à elle. Et personne ne lui ferait trahir ce serment.

Mais elle lui avait dit que la faux magnifique qu'il avait conçue servirait, très bientôt...

Alors, il s'était entraîné, à l'écart, en forêt, sur des branches de plus en plus grosses, puis il revenait et aiguisait, aiguisait.

Un jour, il réussit à surprendre un cerf, le vent portant devant la bête, pour ne pas qu'elle le sente. Il ne fit craquer aucune branche, comme il l'avait appris à Terre-Neuve. Lorsque le sixième sens atavique de l'animal l'alerta, il était trop tard, Erwan avait projeté la grande faux devant le cou de la bête, puis l'avait ramenée vers lui en un éclair, et la tête du grand cerf tomba à terre, juste avant que son corps ne suive.

Ce jour-là, il avait poussé un cri sauvage, comme le guerrier qu'il était devenu.

La faux n'avait pas servi, pour Goadec; son long couteau de trappeur et sa force avaient suffi pour lui trancher la tête.

Puis il avait accompli le rituel des morts micmac, avec la pierre séparant le corps, pour que l'âme ne revienne pas l'habiter. La croix de sang sur la pierre, c'est sa mère qui l'avait tracée, la faux en if dans la bouche, c'était sa marque, à lui.

Il avait recommencé avec le fils Morvan.

La vitesse de la carriole, le bruit de la lame sifflant dans la nuit, la tête roulant dans l'herbe, comme il avait aimé…

Mari pensait à tout cela, tandis que le manoir de Keramblain se rapprochait, foulée après foulée.

Ils feraient une halte, mais brève, pour que le cheval se repose un peu.

Les deux autres devaient être sur leurs traces, maintenant.

Ils ne trouveraient rien dans la maison de Goadec, elle devait être en cendres à l'heure qu'il était.

Et l'automobile, elle aussi, aurait besoin de repos…

Qu'importe, s'ils se mettaient en travers de leur route, enfin de la sienne, se dit-elle, eh bien, ils périraient tous les deux, eux aussi.

Et, quelle que soit la fin de l'histoire, pour Mari, ce qui devait être accompli aurait été accompli.

Lorsque l'on n'a pas de passé et que le présent n'est qu'un songe, qui se soucie de l'avenir ?

CHAPITRE 10

25 novembre 1901. Combrit. Finistère. Manoir de Keramblain. Dix-sept heures trente.

Le jour commençait à tomber lorsque les deux gendarmes arrivèrent devant la grille du manoir de Keramblain, au guidon de leurs bicyclettes pliantes *Svelte*, fabriquées par la Manufacture d'Armes et Cycles de Saint-Étienne. L'aîné des deux pestait contre ce nouveau moyen de transport, sans allure ni prestige, qui mettait les mollets à rude épreuve, et regrettait vivement son beau cheval, envoyé prématurément à la retraite.

Il regrettait tout autant le splendide uniforme qu'il avait porté durant ses premières années de service. Si cela continuait ainsi, ce prestigieux corps militaire ne ressemblerait plus à rien ; il n'évoquerait, aux yeux du peuple et des délinquants, que moquerie et mépris.

Il faut dire que le brigadier Le Roux avait d'éminents ancêtres, mais du côté de sa mère, malheureusement. Il n'avait jamais aimé son nom, qui évoquait désormais cette boisson fade : la chicorée.

Brigadier Chicorée, l'avaient surnommé ses collègues ; il n'en avait jamais ri…

Heureusement, pour venir de Pont-l'Abbé jusqu'à Combrit, la route n'offrait qu'une pente légère, et le retour à bicyclette se ferait aisément. Son jeune collègue, fraîchement engagé, trouvait ce mode de transport « sensationnel » ; pour rien au monde il ne serait monté sur un cheval. *La nouvelle gendarmerie a du souci à se faire*, songea Le Roux.

Il avait arrêté la *bécane* devant le portail du manoir ; son collègue avait mis pied à terre avec souplesse, lui, un peu moins. Encore quelques années et ce serait la retraite, il était temps.

Le brigadier jeta un œil sur le portail puis sur la longue allée, qui menait jusqu'à la grande demeure. Il ne put s'empêcher de frissonner. Il n'avait pas mis les pieds au manoir depuis près de trente ans – lorsque l'épouse du comte était morte – et il lui sembla que l'ensemble : grille, pelouse, allée, et ce qu'il apercevait de la bâtisse dans la pénombre qui gagnait, avait vieilli de deux siècles, comme si une décrépitude inexorable s'était abattue sur les lieux, telle une épidémie.

Son sentiment était renforcé par la raison de leur présence : l'appel qu'ils avaient reçu en début d'après-midi, venant de la gendarmerie de Huelgoat. Leur interlocuteur était le brigadier-chef de la caserne.

Il appelait sur ordre d'un commissaire de la Sûreté, un certain Dantec. Le chef de brigade avait semblé masquer difficilement sa gêne de devoir transmettre des directives émanant d'une autre autorité que celle de la Gendarmerie…

Mais l'affaire était grave : plusieurs meurtres, une ancienne servante du comte et son fils soupçonnés plus que sérieusement d'en être les auteurs, une histoire de vengeance, et la vie du noble en danger…

Une protection était nécessaire.

Rien de tout cela n'était très clair pour Le Roux, mais les ordres étaient les ordres, même s'ils étaient parfois difficiles à accepter, surtout lorsque c'était un *étranger* qui les donnait.

Telles étaient les pensées du gendarme alors qu'il avançait à pied dans l'allée, le guidon à la main, tandis que la jeune recrue à ses côtés jetait des regards inquiets et surpris à la ronde : sur les herbes folles de la grande pelouse qui n'avait plus rien d'une pelouse, sur les arbres centenaires dégarnis de leurs feuilles, sur la façade dévorée par le lierre et le liseron, qui occultait même certaines fenêtres et dont on devinait les dégâts causés à la maçonnerie que les plantes sauvages pénétraient sans respect.

Le Roux n'était ni un tendre ni un homme à qui l'imaginaire jouait des tours. Mais il était breton. *Il y a ce que l'on sait et ce à quoi l'on croit.*

Ce manoir était malade, et ce qui vivait entre ses murs devait puer la mort, le chagrin à plein nez. On le sentait rien qu'en approchant.

Les quatre larges marches du perron étaient jonchées de feuilles mortes, de maigres branches charriées jusque-là par la récente tempête ; une mousse verte avait élu domicile sur la pierre.

Ils arrivèrent au seuil de la grande porte de bois brun, à double battant. Le Roux avisa une sonnette sur le côté droit du mur. Il sonna. Dans les profondeurs du manoir, un bruit grêle se fit entendre. Ils patientèrent quelques secondes, mais personne ne vint.

Il était connu de la gendarmerie que le comte vivait seul désormais, qu'il avait renvoyé toute sa maisonnée, qui n'était pas bien nombreuse. À la grande époque, ils étaient cinq au service de la famille : un métayer, une gouvernante, une cuisinière et deux servantes, dont la *fameuse* Marie Manech, celle que l'on soupçonnait d'être une meurtrière.

Le brigadier Le Roux connaissait la famille Manech, mais ils étaient quasiment tous morts. Ils vivaient autrefois dans une ferme, du côté de Saint-Marine. Les parents étaient décédés une dizaine d'années auparavant, deux frères et sœurs de Mari étaient morts avant d'avoir atteint dix ans, deux autres avant la trentaine ; il devait rester une fille, qui était partie faire la bonne à Paris, et un gars, qui était marin, mais que Le Roux n'avait jamais revu.

La pluie commença à tomber d'un coup, sans prévenir : froide, cinglante, poussée par le vent, faisant voler les feuilles sur leurs guêtres et agitant les branchages morts, qui se tordaient sur les marches.

Le Roux frissonna ; il sonna de nouveau.

— Va jeter un œil sur l'arrière du parc, dit-il à son jeune subordonné. Il y a peut-être quelqu'un derrière...

— Ça m'étonnerait, brigadier, répondit-il.

— Je ne te demande pas si ça t'étonne, je te demande d'y aller.

Le jeune gendarme le regarda avec surprise : la voix de son supérieur s'était faite rude et il n'en avait pas l'habitude.

Ça devait être à cause de cette maudite baraque. Lui non plus ne se sentait pas à son aise, d'être là...

Le Roux courba sa main, l'appuya contre la partie la plus claire du vitrail qui ornait la partie supérieure de la porte, jeta un œil à l'intérieur. Tout était sombre, mais, après un bref moment, il distingua une silhouette, grande et frêle, avançant, lentement, comme si elle glissait sur le sol.

À cet instant, une main se posa sur l'épaule du brigadier ; il sursauta vivement avant de se retourner.

C'était le gendarme Guégan. Il tirait une drôle de tête.

— T'avise plus de me surprendre comme ça, dit Le Roux. Qu'est-ce qui t'arrive ? T'en fais une bobine…

— C'est la désolation, là-bas derrière, brigadier. Tout est en friche. On dirait le parc d'un château hanté… c'est à peine si l'on voit l'Odet, en bas de la pente, avec la brume.

— Allons, allons, qu'est-ce que tu me chantes ? fit Le Roux pour reprendre le dessus sur lui-même. On n'est pas dans une histoire à dormir de…

À ce moment précis, la lourde porte s'ouvrit en grinçant, et un fantôme apparut sur le seuil.

— Que me voulez-vous, messieurs ? fit le spectre d'une voix grave.

CHAPITRE 11

25 novembre 1901. Manoir de Keramblain.

Le cœur de Le Roux battait un peu vite et le jeune Guégan était pâle comme un linge.

Le brigadier se reprit et assura sa voix.

— Pardonnez, Monsieur le Comte. Désolés de vous déranger.

— Il y a bien longtemps que plus rien ne me dérange, brigadier, répondit le comte en avisant les galons. Votre visage me semble familier, que puis-je pour vous ?

— Il y a bien longtemps que je ne suis venu au manoir, répondit Le Roux, vous devez me confondre avec quelqu'un d'autre…

— Je ne pense pas, je n'oublie jamais un visage. En revanche, j'ignore votre nom.

— Je suis le brigadier Le Roux, de la gendarmerie de Pont-l'Abbé.

Le Roux regardait le comte de Keramblain avec stupéfaction et tâchait de ne pas le montrer ; quant au gendarme Guégan, il semblait transformé en statue de sel.

Le comte ressemblait effectivement à un spectre : grand, d'une maigreur effrayante, vêtu d'une vieille robe de chambre qui devait avoir connu sa splendeur vestimentaire il y a fort longtemps, des joues hâves, une longue crinière blanche rejetée en arrière.

Mais il avait gardé néanmoins cette allure et ce regard aristocratiques qui faisaient de *ces gens-là*, même si leur espèce était en voie de disparition, des êtres que des siècles de domination et de richesse avaient maintenus à part du reste de l'humanité ; en Bretagne comme ailleurs. Passée la première impression, on notait que l'œil était vif, le cerveau alerte et l'on sentait même, malgré la vêture surannée et élimée, un zeste d'eau de Cologne.

Les vieux nobles ne se laissent jamais totalement aller, songea Le Roux.

— Vous n'avez pas répondu à ma question, relança Keramblain. Que puis-je pour vous ?

— Eh bien, Monsieur…

Le jeune Guégan avait ouvert la bouche pour commencer à répondre, devançant Le Roux avant qu'il n'ait eu le temps de l'arrêter. Le comte le stoppa d'un geste péremptoire, de sa longue main blanche.

— Jeune homme, c'est à votre supérieur que je m'adressais, pas à vous… Je vous écoute, brigadier.

Le Roux se jeta à l'eau. Il expliqua ce qu'il savait, c'est-à-dire peu de choses, et pourquoi ils étaient ici : informer et protéger. Le comte l'écouta avec attention. Son visage de marbre s'anima à trois reprises : la première lorsqu'il prononça le nom de Mari Manech, la deuxième lorsqu'il l'informa que les présomptions étaient fortes qu'elle soit une meurtrière et la vie du comte en danger. Et la dernière, lorsqu'il lui apprit que le commissaire chargé de l'enquête était convaincu que le fils de *la Manech* était probablement son complice.

La première réaction du comte fut, étonnamment, une joie qui illumina son visage, en apprenant que l'ancienne domestique était toujours en vie. Le Roux se demanda bien pourquoi… La deuxième fut une profonde tristesse, lorsqu'il lui fut dit qu'elle était une criminelle. Et la dernière, une sorte d'étrange soulagement en apprenant qu'elle avait un fils.

Il y eut un moment de silence, puis le comte parla, et sa voix était calme, posée :

— Je n'ai pas besoin que l'on me protège, brigadier. Si ce qui m'attend est ce que vous dites, c'est que le destin en a finalement décidé ainsi.

— Je crains de devoir tenir compte des ordres que j'ai reçus, Monsieur le Comte. Ils émanent d'une autorité qui m'est supérieure et les enfreindre nous attirerait des ennuis… Quant au *destin*, notre mission n'est pas de laisser les meurtres que nous pourrions empêcher s'accomplir. Nous sommes ici pour vous protéger, nous vous protégerons.

— Soit. Je comprends, et je m'incline. Les ordres sont les ordres, n'est-ce pas… Et vous êtes donc censés attendre ici, en ma compagnie ?

— Oui. D'autres gendarmes devraient nous rejoindre. Quimper a été prévenu, et le commissaire chargé de l'enquête est en route. Il ne devrait pas tarder. Mais nous pouvons également vous emmener en lieu sûr, si vous le souhaitez.

— Sur le guidon de votre bicyclette ? fit le comte en souriant pour la première fois, comme s'il se fichait de tout cela, n'éprouvait pas la moindre crainte.

— Euh… bien sûr que non, Monsieur, dit Guégan. Vous avez probablement le téléphone ? Nous pouvons faire venir une voiture rapidement.

— C'est très aimable, répondit Keramblain en regardant avec sympathie le jeune gendarme. Mais je suis chez moi, ici, je n'en bougerai pas. Et j'attends ce moment depuis si longtemps… Et, non, je n'ai pas le téléphone. Je n'en ai nul besoin. Je n'ai personne à appeler et plus aucun membre de ma famille qui puisse en avoir le désir…

Guégan tourna les yeux vers son supérieur d'un air dubitatif. *Le comte attend une servante meurtrière avec impatience. Il a perdu la boule*, signifiait son regard.

Le Roux, de son côté, savait que le comte avait perdu ses deux fils et qu'il était le dernier survivant de sa lignée. En réalité, cela n'était pas le cas, mais il l'ignorait.

Le dernier des Keramblain était en chemin pour tuer son père…

— Monsieur le Comte, nous monterons la garde à l'intérieur, près de l'entrée, en attendant les renforts, si vous n'y voyez pas d'inconvénient ?

— Je vais vous installer dans la petite cuisine qui donne sur l'avant, vous pourrez vous y restaurer si vous le souhaitez. Les seules visites que je reçois désormais sont celles destinées à me sustenter, une fois par semaine. Vous aurez une vue dégagée sur l'entrée. Vous pourrez y voir la nuit profonde qui règne à l'extérieur, et ce qui se déplace parfois, dans le parc, en s'imaginant que je ne le vois pas…

La tête ne va pas aussi bien que je l'ai cru, songea Le Roux.

Keramblain accompagna les deux gendarmes dans la cuisine. Il s'apprêta à faire de la lumière, mais

Le Roux lui demanda une lampe sourde et le comte en désigna une, sur une étagère. Puis il dit :

— Je vous laisse, messieurs, je serai dans mon bureau. Prévenez-moi si vous voyez vos collègues arriver ou ce fameux commissaire de la Sûreté.

— Apparemment, il ne vient pas seul, répondit Le Roux. Il est accompagné d'un civil, et j'ignore pourquoi. Un certain Le Braz…

— Le Braz, Anatole Le Braz ? interrogea le comte dont le visage s'illumina un bref instant.

— Oui. Vous le connaissez, Monsieur ?

— Non, mon ami, pas personnellement. Mais je l'ai lu. Ma foi, si l'ambassadeur de la Mort lui-même vient en ma demeure, ce doit être pour une bonne raison, et ce sera un grand plaisir pour moi de faire sa connaissance ! Sur ce, je vous laisse.

Et, sur ces mots, le comte de Keramblain s'éloigna dans le corridor sombre.

— Votre bureau n'est pas trop loin, Monsieur ? S'il y a quoi que ce soit, nous avons besoin de vous trouver rapidement, demanda Le Roux.

— S'il y a *quoi que ce soit*, vous aurez vite fait de me trouver, brigadier, soyez-en assuré, répondit le comte. Mon bureau est au bout du couloir, au rez-de-chaussée.

Puis il disparut dans la pénombre, sa voix atténuée prononçant, pour lui-même, ces derniers mots :

« Elle n'a donc jamais eu ma lettre… Qu'il en soit ainsi. Que vienne la délivrance… »

Le Roux alluma la lampe sourde et en cacha la lumière vers l'extérieur. Il ouvrit le placard que lui avait désigné le comte, en sortit du pain et de l'andouille. Et remplit un pichet d'eau à l'évier.

— Asseyons-nous et patientons, dit-il à Guégan.

J'espère que nous n'attendrons pas les autres trop longtemps, je n'aime pas cet endroit.

Le jeune gendarme secoua la tête. Lui non plus ne l'aimait pas, pas du tout…

Le Roux se coupa une belle tranche d'andouille et un morceau de pain.

Allez, fais ton devoir. Et garde la tête froide. Encore quelques années de patience, et tu pourras aller à la pêche autant qu'il te plaira : tout ça sera terminé… pensa-t-il.

CHAPITRE 12

25 novembre 1901. Manoir de Keramblain. Vingt-trois heures trente.

Les heures s'égrenaient, avec une lenteur de plus en plus difficile à supporter.

La haute pendule comtoise trônant dans la cuisine, à la croix sculptée dans le bois et à la vitre du balancier entourée de clous en cuivre, sonna la demie de vingt-trois heures. Le bruit lancinant du balancier, richement orné, marquait avec la plus grande lenteur le passage du temps.

Le Roux et Guégan avaient déjà rechargé plusieurs fois la lanterne. Aucun renfort n'était arrivé. Le commissaire Dantec non plus.

Pour Dantec, cela pouvait se comprendre ; bien qu'ayant une automobile, tout pouvait se produire sur la route. Une panne, une crevaison de pneumatique, un accident. Avec ces machines, comment se fier…

Pour les gendarmes, cela était inexplicable.

Quimper n'était pas si loin et, en ce qui concernait Pont-l'Abbé, leur caserne, bien qu'ils n'aient attendu aucun renfort de ce côté, deux ou trois de leurs collègues auraient pu venir voir si tout allait bien.

Mais il s'avérait que leurs collègues étaient convaincus que le manoir de Keramblain était équipé d'une ligne téléphonique, alors qu'il n'en était rien. Donc, n'ayant reçu aucun appel, ils en déduisirent que le brigadier et Guégan n'avaient pas besoin d'aide et que les renforts de Quimper étaient arrivés. Quant à la gendarmerie de Quimper, ce fut encore plus simple : le capitaine considéra que cette affaire ne justifiait pas le déplacement de renforts. À Pont-l'Abbé, ils pouvaient bien se débrouiller seuls. Après tout, de quoi s'agissait-il ? D'une servante à moitié folle accompagnée de son rejeton, qui avait ôté la vie à une femme sans défense, en pleine cambrousse des Monts d'Arrée et s'en était pris par surprise à deux pauvres bougres…

Rien qu'une gendarmerie ne soit en mesure de gérer. Surtout avec le soutien d'un *fameux commissaire*, débarquant tout droit de Paris pour rétablir l'ordre et la justice dans les campagnes.

Plus on montait dans la hiérarchie, davantage le fossé se creusait entre Gendarmerie et Police ; plus les querelles intestines prenaient le pas sur l'intérêt commun, et plus il se transformait en une profonde crevasse.

Donc, les deux gendarmes étaient là, montant une garde qui leur paraissait aussi inutile que solitaire depuis près de cinq heures. Et ils ignoraient s'ils devraient y passer la nuit.

Le Roux n'avait plus faim, ils avaient englouti toute l'andouille et le pain et attaqué une moitié appétissante de poulet rôti. Il y avait du vin, dans l'armoire. Guégan était tenté, mais Le Roux avait refusé qu'ils en boivent. « Nous sommes en service ! » Ce n'est pourtant pas l'envie qui manquait, surtout qu'il avait l'air bon. Un bordeaux…

Sous prétexte d'aller jeter un œil dehors, le brigadier était tout de même allé bourrer et fumer sa pipe à trois reprises.

La lumière éclairait le perron et il se sentait comme une sentinelle exposée et entourée d'obscurité. Au-delà du cercle de lumière, le vent soufflait, les branches craquaient, dessinant des arabesques inquiétantes sur le ciel à peine illuminé par la pleine lune.

À chacune de ses sorties, il sentait monter en lui une tension inexplicable. Guégan ne fumait pas, mais Le Roux le fit sortir tout de même deux fois, pour qu'il s'aère un peu et que la somnolence ne le gagne pas.

Le comte s'était manifesté à deux reprises, telle une ombre débarquant sans un bruit dans la cuisine où ils étaient cantonnés.

— Tout va bien, messieurs ? avait-il demandé.

— Tout va bien, Monsieur le Comte, tout va bien.

— Vous n'étiez pas censés recevoir des renforts ? questionna-t-il la seconde fois.

Il était environ vingt-deux heures.

— Ils ne devraient pas tarder, avait répondu Le Roux, un peu agacé.

Car, en réalité, une petite voix qu'il avait envie de faire taire lui soufflait qu'il ne viendrait personne et qu'ils étaient bons tous les deux pour passer la nuit ici.

— Vous pouvez aller vous reposer, si vous le souhaitez, Monsieur. Nous veillerons, soyez sans crainte.

— Sans crainte? répondit Keramblain dans ce qui se rapprochait le plus d'une sorte de rire étouffé. Il y a belle lurette que je ne crains plus rien, brigadier. Même pas de mourir, voyez-vous. Et pour ce qui est de dormir, je somnole moins de trois heures chaque nuit. Mon bureau est mon antre, désormais : le vaisseau dans lequel je navigue en solitaire toutes les nuits et la plus grande partie du jour.

De belles phrases, mais même pas de téléphone ! À quoi sert d'être riche si l'on ne peut pas vivre avec son temps... pensa Le Roux en s'efforçant de sourire poliment.

Et pas de jeu de cartes non plus, ça leur aurait passé le temps. Mais quel gendarme trimballe avec lui son jeu de cartes ? Hors de question, naturellement, de demander à *l'aristo* de leur en prêter un.

Ils n'avaient pas revu le comte. Il devait être à la barre de son fameux *navire*, en train de scruter l'horizon de sa bibliothèque, que Le Roux imaginait vaste, remplie de livres auxquels il ne trouverait probablement pas le moindre intérêt.

Soudain, un bruit inhabituel retentit. Cela venait des profondeurs du couloir, de la grande porte d'entrée. On eût dit un grattement, contre le carreau des vitraux.

— Va voir, dit Le Roux. C'est peut-être le commissaire qui débarque.

— Mais on n'a pas entendu d'automobile, répondit Guégan.

— Eh bien, il l'a peut-être garée à distance ; ils seront venus à pied, par le parc, pour inspecter les lieux.

— On n'a pas vu de lumière non plus, rétorqua Guégan.

— Écoute, je ne te demande pas de me faire une théorie, trancha Le Roux. Je te demande juste d'aller voir ce qui se passe.

— C'est peut-être rien qu'une branche, dit le jeune gendarme en se levant à contrecœur.

Il alla regarder à la fenêtre de la cuisine. Dehors l'obscurité était totale…

— Eh bien, si c'est juste une branche, tu vas voir et tu reviens. Et prends ta carabine, on ne sait jamais.

Ces dernières paroles ne furent pas pour rassurer Guégan. En traînant les pieds, il ramassa la carabine mousqueton Berthier 1892 posée le long du mur à côté de celle du brigadier, vérifia que le chargeur de trois cartouches était en place, passa la lanière par-dessus son épaule et se mit en devoir d'emprunter le couloir.

Un nouveau grattement se fit entendre.

— Prends la lampe, dit Le Roux. Tu en profiteras pour jeter un œil dehors, tout le long de la bâtisse. Et reviens me faire signe à la fenêtre que tout est en ordre avant de rentrer…

— Vous êtes certain que vous ne voulez pas qu'on y aille tous les deux ? tenta Guégan.

— Mais, bien sûr… et on laisse le comte tout seul. Allez, arrête de nous faire perdre notre temps, vas-y, bon sang !

Les secondes s'égrenèrent au rythme du grand balancier. *Tac…tac, tac…tac, tac…tac*

— Je ne vois personne dehors, fit la voix de Guégan, sortant des profondeurs du corridor.

Le Roux se leva en soupirant. *Ce jeunot n'aurait pas tenu longtemps devant les Prussiens, en 70…* Puis il se souvint qu'il avait fait dans son pantalon, la première fois qu'il avait entendu les balles siffler à ses oreilles, alors qu'il était à peine plus jeune que le gendarme.

— Va jeter un œil et reviens. T'as rien à craindre, t'as une arme et il n'y a sûrement personne, dit-il d'un ton apaisant, en souvenir de ses propres craintes.

— D’accord, brigadier, d’accord. Je sors. À tout de suite…

Trois coups brefs se firent entendre à la fenêtre de la cuisine. Le Roux revint précipitamment. Une pie se tenait dressée sur ses deux pattes, à la fenêtre, dans l’obscurité. Il la distinguait à peine. Elle défia du regard le gendarme, puis tapa de nouveau trois coups et s’envola en croassant.

Le brigadier sentit un souffle froid courir sur sa nuque. *Ça ne dort donc pas, ces fichues bestioles…*

Le Roux entendit la lourde porte d’entrée s’ouvrir puis se refermer.

Le silence retomba, hormis le rythme lourd du balancier. Il semblait battre plus lentement, comme un cœur de cuivre dans une cage thoracique de bois et de verre…

Un long moment s’écoula. C’est du moins ce qu’il parut à Le Roux.

Il colla son visage contre la vitre. Puis il aperçut un halo lumineux, qui approchait, en dansant à l’extérieur, par la droite. Même s’il s’y attendait, il eut un sursaut en voyant, quelques instants plus tard, le visage jovial de Guégan de l’autre côté de la fenêtre, balançant la lampe devant lui.

— *On dirait que je vous ai fichu les jetons, brigadier*, dit la voix du jeune gendarme, étouffée par le vitrage. Il semblait tout heureux, et rassuré, d’avoir accompli sa mission sans encombre. *Il n’y a personne dehors, ça devait être le vent…* ajouta-t-il.

La lueur de la lampe fut soudain absorbée par une grande ombre, qui se profila derrière Guégan, jusqu’à le dominer entièrement.

— Attention, il y a quelqu’un derrière toi ! hurla le brigadier.

L'air étonné de la recrue fut la dernière chose qu'exprima son visage.

Un sifflement se fit entendre, un objet brillant fut projeté devant le visage de Guégan, puis ramené violemment en arrière. Il y eut un bruit sourd au sol puis, avec effarement, Le Roux vit le corps du gendarme vaciller et le sang gicler de son col, désormais sans tête. Le corps de Guégan glissa lentement sur le côté ; dans un dernier geste réflexe, ses mains griffèrent le carreau.

Face à Le Roux, un géant se tenait. Ses deux yeux brillaient farouchement derrière la vitre. Le reste du visage n'était qu'un masque de peau cousue.

Le Roux attrapa sa carabine puis se précipita dans le couloir en hurlant.

Le comte ne sortit pas de son bureau ; le brigadier éprouva une bouffée de colère. Ils étaient là, tous les deux, pour lui. Guégan avait donné sa vie alors qu'elle aurait dû s'étendre longuement devant lui, pour de nombreuses années. Il était fiancé, il aurait dû se marier au printemps.

Et ce salaud de comte ne pointait même pas son museau pour savoir ce qui se passait.

Mais son sens du devoir reprit le dessus.

— Ne bougez pas d'où vous êtes et enfermez-vous à clé ! cria le gendarme.

Il pointa sa carabine devant lui et ouvrit la porte d'entrée à la volée. Malgré le poids du lourd battant, l'adrénaline qui coulait à flots dans ses veines fit que le bois percuta le mur intérieur et revint lui heurter le coude.

Juste sur le seuil, dans la faible lumière du perron, se tenait une femme. Elle aurait pu avoir vingt ans à peine comme cinquante ou soixante. Il était impossible de lui donner un âge précis. Elle était de petite taille et d'une beauté à couper le souffle, mais rien sur son visage de marbre ne trahissait la moindre expression, la moindre émotion. La lampe faisait danser une lueur dans son regard froid.

Il faillit lui demander ce qu'elle fichait là, puis il réalisa *qui* elle était.

Il épaula lentement son arme, tandis qu'elle restait immobile, à le regarder.

— Ne bougez pas, madame. Surtout, pas un geste…

Ne tenant pas compte de l'injonction du brigadier, elle avança lentement jusqu'à lui, franchit la très faible distance qui les séparait, puis, de sa main droite, elle prit le canon de l'arme et l'éleva jusqu'à son front. Sans cesser de regarder le brigadier un instant, elle colla le canon glacé sur sa peau, s'appuya gracieusement dessus, en baissant un peu la tête.

Seule la distance de l'arme les séparait désormais.

— Ne faites pas cela, madame. Reculez, reculez…

Elle n'en fit rien. Elle maintint sa tête au contact de la carabine et porta lentement son index droit, gracile et blanc, à ses lèvres.

— *Shhhh*, fit-elle à voix basse, *voici venu le temps de la délivrance…*

Le Roux était tétanisé, comme hypnotisé.

Alors, Mari Manech porta sa main gauche à sa bouche et en ouvrit la paume, comme si elle s'apprêtait à lui envoyer un baiser. Elle souffla rapidement sur ce que sa main renfermait et une poudre recouvrit le visage de Le Roux. Par réflexe, il prit une profonde inspiration. Sa vue se troubla immédiatement, son cerveau s'embruma ; le sol vint à sa rencontre et il le heurta violemment du buste et de la tête.

Sa carabine frappa le sol dans un bruit métallique.

Le corps du brigadier était paralysé. Il fixait le plafond de l'entrée, recouvert d'une brume blanche. Une silhouette se pencha sur lui, une très grande silhouette. Elle portait un masque étrange sur lequel le brigadier voyait courir des formes gracieuses et d'autres effrayantes : des animaux, des hommes revêtus de peau, des êtres qui n'existaient pas dans notre monde.

La silhouette tenait dans sa main un grand poisson d'argent.

Une toute petite partie de l'esprit de Le Roux sut à qui appartenait cette silhouette, mais cette infime portion de lui n'était plus aux commandes…

Le poisson dansait, virevoltait devant ses yeux, à gauche, à droite.

Je suis un très bon pêcheur, tu peux danser tant que tu veux, j'ai tout mon temps, pour moi, c'est la retraite : je finirai bien par t'avoir…

Comme s'il l'avait entendu, le grand poisson fit une dernière pirouette et descendit, comme pour regagner les eaux profondes.

Dans les eaux rouges, qui éclaboussèrent son visage dans une dernière sensation à la fois chaude et glacée.

De la lame étincelante de son grand couteau à dépecer, l'Ouvrier de la Mort venait de lui trancher la gorge d'une oreille à l'autre.

Tandis que Mari Manech et son fils Erwan entraient à l'intérieur du manoir de Keramblain, à quelques centaines de mètres de là, le silence et l'obscurité de la nuit furent rompus par le moteur et les lanternes d'une automobile…

CHAPITRE 13

25 novembre 1901. Manoir de Keramblain. Vingt-trois heures quarante-cinq.

Le commissaire Dantec arrêta la De Dion-Bouton devant le perron du manoir.

La porte en était grande ouverte et l'on distinguait une forme, allongée, à l'intérieur, dans une nappe sombre. À la lueur des phares de l'automobile, Le Braz avait aperçu en arrivant une autre forme humaine, une lampe couchée à ses côtés, qui lui rappela un fort mauvais souvenir. La lampe éclairait peu mais elle n'éclairait qu'une tête.

Le reste du corps paraissait un peu loin.

— Ils sont là… souffla Dantec en mettant pied à terre, sortant dans le même mouvement le pistolet semi-automatique de son étui.

Le vent faisait claquer la grande porte du manoir contre le chambranle.

— Restez bien à mes côtés, intima Dantec à Le Braz.

— Je n'avais l'intention d'aller nulle part, répondit Anatole.

Le commissaire se dirigea vers le premier corps. La scène parlait d'elle-même. Il n'y avait plus rien à faire pour le malheureux, bien évidemment.

Dantec se pencha et ramassa la carabine.

— Prenez ça, dit-il à Le Braz. Vous vous êtes déjà servi d'une arme ?

— Non, mais lorsque le besoin s'en fait sentir, j'apprends vite.

Dantec opina, vérifia qu'il y avait bien une des trois balles dans la chambre et tendit le mousqueton Berthier à l'auteur.

— Vous épaulez, vous calez bien contre l'épaule, vous visez le haut du corps et vous tirez. Tant que ce n'est ni sur moi ni sur le comte, ça devrait aller. Je voudrais les prendre vivants, si possible, mais je ne pense pas que cette intention soit réciproque…

— Ce pauvre gendarme était seul ?

— Je ne pense pas. Mais ils ne devaient pas être plus de deux. La gendarmerie de Quimper a encore fait des siennes, ils n'ont reçu aucun renfort, ici…

— Pourquoi deux ?

— Il y a deux bicyclettes au bas des marches. Et je crains que la forme allongée dans l'entrée ne soit l'utilisateur de la seconde.

Ils montèrent la volée de marches, franchirent la porte. Elle battait d'un côté contre le chambranle mais de l'autre contre un corps. La nappe sombre qu'ils avaient aperçue en arrivant était la mare de sang dans lequel il baignait.

Le Braz détourna le regard tandis que Dantec mettait un genou à terre en prenant garde de ne pas le tacher.

— Il s'agit d'un brigadier. Ce doit être lui que nous avons fait prévenir. Les malheureux, ils ne leur ont laissé aucune chance, dit Dantec à voix basse.

Puis il contourna le corps. Il regarda à terre, ne vit rien. Il se tourna vers Le Braz qui n'avait pu s'empêcher de regarder le cadavre, en évitant de s'attarder sur la gorge entièrement tranchée.

— Vous avez vu ? chuchota-t-il à son tour.

— Vu quoi ? questionna Dantec, son Borchardt C-93 pointé vers l'obscurité du grand vestibule.

— Son visage. Il est recouvert d'une sorte de poudre rougeâtre, ce n'est pas du sang…

— Alors, c'est elle. Elle l'a drogué. Soyez très vigilant, Anatole, nous sommes en grand danger.

— Vous êtes certain qu'ils sont encore là ? questionna Le Braz, non sans appréhension.

— Ces deux morts datent de moins d'une demi-heure. Un faible résidu de sang suinte encore des blessures. Ils sont ici, n'en doutez pas. À compter de maintenant, je vous demanderai de faire le plus parfait silence et, je le répète, restez bien derrière moi, mais décalez-vous légèrement sur ma gauche si vous deviez faire feu. Si la moindre menace se précise, n'ayez aucune hésitation. Pour le brigadier, je jurerais qu'il a eu une hésitation fatale ; quant à son collègue, il a certainement été pris par surprise. Et nous avons un autre problème…

— Lequel ?

— Le brigadier a sa cartouchière, mais sa carabine n'est pas là.

— Il l'a peut-être laissée ailleurs.

— J'en doute fort. Ils l'ont sûrement prise… Avançons et essayons de trouver le comte. Espérons qu'il a réussi à se réfugier en lieu sûr dans cette immense baraque.

Et, sur ce, en faisant signe à Le Braz de garder strictement le silence, le commissaire se mit en route, empruntant le corridor vers la droite, celui où se trouvait la cuisine.

CHAPITRE 14

25 novembre 1901. Manoir de Keramblain. Minuit.

Juste après qu'ils eurent tué le brigadier dans l'entrée, Mari avait entendu le véhicule. Le commissaire était là. Elle n'avait pas un instant à perdre. Elle avait vécu trop longtemps dans l'attente de ce moment. Elle savait parfaitement où se trouvait le bureau du comte; elle n'avait rien oublié de la topographie des lieux, de la disposition de toutes les pièces.

Keramblain passait déjà la majeure partie de son temps, trente ans plus tôt, dans cette grande pièce, son sanctuaire. Il y lisait, y travaillait, y faisait les comptes du domaine.

Il l'y avait même aimée, fougueusement, une fois, lui donnant le rouge aux joues et le feu au corps. Cela était resté gravé dans sa mémoire, entre la douceur du moment vécu et la lente douleur de son amour perdu. Elle ne savait même plus lequel de ces deux sentiments était le plus vivace.

Elle se dirigea droit vers la pièce, Erwan sur ses talons. La carabine qu'elle avait prise près du cadavre du brigadier, toute tachée de son sang, battait contre son omoplate, mais elle ne s'en soucia pas.

Il fallait faire vite, avant que les deux hommes ne pénètrent dans la demeure. Les cadavres les retarderaient un peu, mais pas longtemps. Ensuite ils chercheraient le comte, puis eux, naturellement.

Et la traque commencerait…

Elle s'attendait à ce que la porte du bureau soit fermée, mais elle ne l'était pas.

Elle se tourna vers Erwan, il tenait sa longue faux prête. D'un geste et d'un regard, elle lui intima de la baisser. Elle n'eut pas besoin de parler. Il comprenait la quasi-totalité de ce qu'elle voulait lui dire d'important sans qu'une parole soit prononcée. Leur pensée était fusionnelle depuis l'instant où il était né, et même avant cela. C'était leur bénédiction et leur malédiction : tout ensemble.

C'est à moi qu'appartient la suite, disait sa mère dans l'esprit de son fils, *pour le moment, ton rôle s'arrête là*, kalon, *mon amour, mon cœur.*

Ils entrèrent dans le bureau.

Mari retint un cri à grand-peine ; elle qui contrôlait tout perdit toute vaillance. Erwan se figea, sans comprendre ce qu'il voyait. Cela n'avait pas de sens pour lui, ce n'était pas ainsi que tout était censé finir…

À la lueur de la lampe posée sur le bureau, leurs deux regards étaient fixés sur le corps sans vie qui pendait, piteusement, au bout de la grande et solide embrasse en satin qui avait servi à attacher l'un des superbes rideaux de la pièce. L'autre extrémité était attachée à une poutre qui surplombait le grand bureau. Le comte de Keramblain était mort. Il s'était pendu. Il n'y aurait pas de *dernière rencontre*.

Elle avait lieu, mais l'un des deux amants d'autrefois n'était plus. Il n'avait pas su la garder ; il n'avait même pas su l'attendre. La vengeance de toute une vie avait échappé à Mari Manech. Son amour l'avait rejetée, une fois encore.

Il avait préféré fuir, comme le lâche qu'il était.

Malgré elle, des larmes coulèrent le long de ses joues. Il y avait de la colère, dans ses larmes, il y avait le remords des années perdues, il y avait la frustration de la réparation injustement ôtée. Et il y avait du chagrin, aussi.

Durant une seconde, elle revint trente ans en arrière. Elle fut la toute jeune femme amoureuse d'une étoile inaccessible, mais qui avait posé sur elle sa lumière, l'espace de quelques mois.

Puis elle avisa la feuille de papier, épinglée au revers de la vieille robe de chambre. Celle que portait déjà l'homme qu'elle avait aimé lorsqu'il l'avait aimée.

Autrefois, elle avait parfois senti la fleur d'oranger, dont elle parfumait ses cheveux avant de le retrouver, lorsqu'il la prenait tout contre lui.

Aujourd'hui, elle devait sentir la déchéance, la vieillesse, et la mort.

Elle désigna la feuille de vélin à son fils, de la main. Il sauta sur le bureau avec la souplesse d'un félin, sans le moindre bruit. Avec une délicatesse inattendue, il utilisa le manche de sa faux pour attirer le corps à lui, et défit le mot, accroché par une épingle de lavallière. Il eut un regard singulièrement douloureux pour le cadavre.

Dans la lumière vacillante, Mari fut frappée par la grande ressemblance entre le père et son fils.

Puis il lâcha doucement le corps, pour ne pas qu'il vacille dans le vide, descendit et donna la lettre à sa mère.

Elle ne comportait que peu de phrases.

Mari, mon amour,
Je t'ai attendue, mais tu n'en auras jamais rien su.
Ma vie s'est écoulée, emplie de honte et de regrets.
Je ne t'ai jamais méritée, tu n'aurais jamais dû croiser ma route.
Mais je refuse de mourir de ta main; c'est un honneur que je ne te laisserai pas m'accorder. Ma dernière lâcheté sera donc de mourir de la mienne.
Je sais que je n'irai pas au paradis; j'espère ne pas te retrouver en enfer.
Fuis, mon amour, fuis, et emmène notre fils loin d'ici, si cela est encore possible.
J'implore, à jamais, ton pardon.
Ton Jobig, pour l'éternité…

Le cri que Mari avait retenu en entrant dans la pièce força ses lèvres. C'était celui d'un animal blessé.

À l'autre extrémité, il fut entendu par Dantec et Le Braz.

— Ils sont avec le comte, dit Dantec.

— C'est le cri d'agonie d'une femme, répondit Le Braz.

Ils se précipitèrent dans le couloir tandis qu'Erwan Manech forçait sa mère à s'enfuir du manoir. S'ils réussissaient à atteindre leur attelage, dissimulé à l'arrière de la demeure, ils seraient sauvés.

Personne ne pouvait rattraper l'Ankou.

Jamais…

CHAPITRE 15

« *J'avais une peur horrible que l'Ouvrier de la Mort me vît ou m'entendît…* »
Anatole Le Braz. L'Ankou. La Légende de la Mort chez les Bretons armoricains.

25 novembre 1901. Manoir de Keramblain. Minuit.

La fin du voyage…

Le Braz et Dantec firent irruption dans le bureau du comte quelques secondes à peine après que les Manech eurent quitté le bâtiment par la porte au bout du corridor.

Dantec la vit, ouverte, juste avant d'entrer.

Ils distinguèrent le pendu et surent immédiatement que c'était Keramblain.

— Ils l'ont tué, c'est trop tard, dit Le Braz.

Puis il avisa la feuille de papier au sol et se baissa pour la ramasser. Il s'approcha de la lampe et lut.

— Ce n'est pas eux, Alan. C'est lui. Il s'est donné la mort…

Le hennissement d'un cheval se fit entendre, à l'extérieur.

— Vite, ils s'enfuient ! cria Dantec.

Les deux hommes sortirent en trombe du bureau et se ruèrent vers la porte donnant sur l'extérieur.

Dantec eut à peine le temps de se jeter en arrière, Anatole le percuta, emporté par l'élan.

L'attelage de l'Ouvrier de la Mort passa à quelques centimètres d'eux, manquant de les renverser. Mari Manech fouettait le cheval massif, elle croisa le regard du commissaire. Elle était pâle, comme une morte. Ses yeux brillaient de haine. À l'arrière, debout et se tenant d'une main ferme, son géant de fils lança au passage sa faux en direction de Dantec, mais il n'eut pas le temps d'assurer son coup et rata de peu sa tête.

En un éclair, le commissaire prit sa décision.

Ils n'auraient pas le temps d'aller jusqu'à l'automobile, de la démarrer et de se lancer à leur poursuite sans les perdre. Ils allaient leur échapper, une fois de plus…

Alors, il leva son pistolet, prit une profonde inspiration, ajusta sa cible.

Il attendit que l'attelage fasse un arc de cercle pour regagner l'allée. Il fallait faire vite. La lumière du bureau du comte éclaira faiblement la charrette alors qu'ils passaient devant la grande fenêtre.

Dantec fit feu à trois reprises.

La première balle se perdit. La deuxième frappa le bois de la charrette, juste en arrière du banc de guidage. La dernière atteint Mari Manech à l'épaule.

Celle-ci tenta de continuer à diriger le cheval, puis elle bascula sur le côté et tomba dans l'herbe humide.

Le cheval arrêta sa course. La charrette s'immobilisa.

D'un bond prodigieux, Erwan Manech sauta par-dessus la rambarde de bois, la faux à la main. Il se précipita vers sa mère, mit un genou à terre. Puis il poussa un cri terrifiant, qui était un mélange de fureur et de sanglots.

Il fit tournoyer sa faux, tel un dément et se dirigea vers Dantec et Le Braz.

Il ne courait pas, il marchait, mais chaque enjambée valait une foulée.

Dantec leva le pistolet vers le ciel obscur et tira une fois.

— Arrêtez-vous, Erwan Manech ! Vous êtes en état d'arrestation. Je ne le répéterai pas !

Le géant continua d'avancer.

Dantec ajusta son tir.

— Dernière sommation !

Manech était à moins de trente mètres, il avançait toujours. Sa faux était prête, ses deux mains bien assurées sur le manche. Il n'y aurait pas de coup manqué, cette fois.

Dantec appuya sur la détente. Le pistolet s'enraya.

— Tirez, Anatole ! ordonna Alan d'une voix blanche.

Anatole Le Braz passa sur le côté gauche du commissaire. La carabine qu'il portait était toujours à son épaule. Dantec le regarda avec stupéfaction. Anatole se plaça entre Alan et l'Ouvrier de la Mort, qui n'était plus qu'à quelques enjambées des deux hommes.

Puis Le Braz fit lentement glisser la carabine à terre.

— *Je vous tue tous*, dit Erwan Manech d'une voix sourde en observant Le Braz.

— Vous n'êtes pas l'Ankou. Vous ne l'avez jamais été, vous ne le serez jamais, Erwan.

La voix de Le Braz était parfaitement calme et posée.

Le géant stoppa net et regarda cet homme qui lui faisait face avec un mélange de surprise et de curiosité. Il pencha légèrement la tête sur le côté.

— L'Ankou ne tue pas, Erwan Manech. L'Ankou n'est pas un meurtrier. C'est une âme en peine, comme vous. Il ne choisit pas de faire ce qu'il fait. Est-ce que vous avez choisi de donner la mort, Erwan ? Répondez-moi ! Est-ce que vous avez *vraiment* choisi d'être un assassin ? En votre âme et conscience ?

Pas de réponse, mais Erwan Manech écoutait attentivement. Le Braz entendit que Dantec essayait de débloquer la chambre du pistolet. Il lui mit vigoureusement la main sur le poignet.

— Arrêtez ça, et jetez votre arme à terre, chuchota-t-il.

— Vous êtes malade... répondit le commissaire.

— Faites ce que je vous dis.

Dantec obéit ; il jeta l'arme devant lui.

Il calcula mentalement ses chances de débloquer son pistolet ou de se précipiter sur la carabine aux pieds de Le Braz et de faire feu. Il choisit la seconde option.

Mais avant cela, les sens en alerte et tous les muscles tendus, il accorda une petite poignée de secondes à Anatole.

Une étrange curiosité l'emportait, malgré les risques...

— Erwan, reprit Le Braz. Votre long voyage s'arrête ici. Vous n'avez jamais choisi de donner la mort. On vous l'a imposé. Celle qui vous aime le plus et que vous aimez le plus au monde ne vous a pas laissé le choix. Tous ceux qui devaient mourir, selon elle, sont morts. Des innocents sont morts. Mais ce n'est pas vous, le vrai coupable. Votre mission est terminée. Votre âme est souillée, mais elle n'est pas totalement perdue. Pour la première fois, vous avez le choix, Erwan. La paix ou l'enfer. L'Ankou ne va pas en enfer. Lorsque sa mission est accomplie, il cède la place à un autre Ouvrier et il trouve enfin la paix… L'Ankou est un mort qui a un rôle à jouer. Vous êtes vivant, Erwan. Vous n'êtes pas l'Ankou. Personne ne doit plus décider à votre place…

Erwan Manech fixa Le Braz.

Son visage d'enfant grandi trop vite, à la beauté sauvage, était inexpressif. Mais pas son regard.

Il avait parfaitement compris ce que Le Braz venait de dire.

— *La fin du long voyage*, prononça-t-il.

— Oui, Erwan : si vous le voulez, le long voyage s'arrête ici et maintenant…

Le géant se tourna lentement vers la charrette.

Dantec s'apprêta à saisir la carabine. Il n'en eut pas le temps.

— Il ment, ils mentent tous, dit Mari Manech.

Elle s'était redressée, avait épaulé l'arme du brigadier Le Roux et la braquait devant elle, vacillant très légèrement sur ses jambes, comme une chandelle dans le vent.

Du sang coulait de son épaule.

— Le voyage est fini, *mammig*. Je suis fatigué de tuer, je suis fatigué pour nous deux…

Mari, la servante au visage d'ange déchu, regarda son fils avec un amour infini. Une larme roula sur sa joue. Elle eut un triste sourire.

— Je ne les laisserai pas t'enlever à moi ; je ne les laisserai pas t'enfermer pour toujours.

— NON ! hurla Le Braz.

Mari fit feu à trois reprises.

Le grand corps d'Erwan tressauta, sous l'impact des balles, comme un pantin secoué par un marionnettiste invisible.

La longue lame de sa faux, tournée vers les cieux, accrocha un éclat de lune, la faisant scintiller brièvement.

Comme le dernier soupir d'une étoile filante.

Puis son arme tomba à terre.

Il l'y rejoignit.

Et mourut.

ÉPILOGUE

L'Ouvrier de la Mort:
Notes finales
du premier carnet secret d'Anatole Le Braz

25 décembre 1901. Port-Blanc.

Il a neigé, aujourd'hui, dans notre Trégor. La neige a commencé à tomber vers minuit, et, tandis que j'écris ses lignes, une fine pellicule blanche recouvre tout.

Le blanc : la couleur virginale, la couleur qui symbolise la mort dans certaines cultures, de l'union entre deux êtres, dans la nôtre.

Le blanc : la pureté, un symbole et un voile sur le monde caché derrière celui dans lequel nous vivons.

Il y a à peine quatre mois, ma famille était plus nombreuse. Le deuil ne l'avait pas frappée. Le noir, les ténèbres. L'absence de lumière.

Il y a un mois, à peine, un inconnu franchissait ma porte pour solliciter mon aide.

En quelques semaines, j'ai vécu avec lui des moments plus intenses que durant quarante-deux années de mon existence. Non pas que ma vie ait été insipide, tant s'en faut. Mais il est des domaines dans lesquels mon esprit et mon âme étaient de la blancheur de la neige qui recouvre mon petit jardin, les rues et les rochers de Port-Blanc.

Lors de mes collectages, j'ai très souvent côtoyé la mort, en ce qu'elle avait d'imaginaire, de transmissible, de fantasmée, le plus souvent. J'y ai attaché l'importance liée à mes recherches, à mon métier. Naturellement, la souffrance des autres m'a toujours fait éprouver de l'empathie pour mes semblables, m'a permis de tenir à l'écart ce « chien noir » issu des légendes britanniques, symptôme de l'extrême mélancolie que l'on appelle aujourd'hui « dépression » qui apporte avec lui cette impression de froid, de découragement et de désespoir.

Le « chien noir » m'a frôlé, souvent. Il a parfois refermé sur moi sa mâchoire. Mais il ne m'a jamais mordu profondément.

Avec le commissaire Dantec, je suis allé à sa rencontre. Au plus près de lui qu'il soit possible. J'ai vu à quel point notre esprit peut nous pousser au-delà des limites, franchir la faible distance qui sépare la raison de la folie, surtout lorsque nous sommes déjà fragiles, dès le plus jeune âge.

En un mois, j'ai appris davantage sur la nature humaine que durant les trente années qui me séparent de l'enfance. En ce qui me concerne, mon enfance s'est enfuie lorsque j'avais dix ans, et que ma mère m'a quitté pour toujours.

La mère d'Erwan Manech n'a jamais quitté son fils. Que serait-il devenu sans elle ? Aurait-il eu la moindre chance de rédemption alors qu'elle avait probablement instillé dans son esprit malléable et réceptif, depuis le jour de sa naissance, toutes les fêlures de son propre esprit ?

Personne ne pourra jamais le dire. Personne ne peut jamais dire pourquoi certains enfants deviennent des monstres. Pas assez aimés, trop aimés ; qui peut le savoir ?

Mari Manech a donné la vie, puis elle l'a reprise.

Pour elle, les raisons qui l'ont poussée à garder un enfant dont un autre ne voulait pas étaient sans doute très proches de celles qui l'ont conduite à lui ôter la vie pour qu'il n'en passe pas le reste à souffrir, loin d'elle, sans elle.

Cette femme est une meurtrière, et elle a fait de son fils un assassin.

Une simple lettre d'amour, de remords, de volonté de réparation aurait-elle pu changer trois vies et en épargner cinq autres si elle avait été lue ? Si l'avidité ne l'avait emporté sur le désir de faire le bien ?

J'aimerais le croire, mais je ne peux en être certain. J'aimerais croire que la veuve Morvan, en menant à bien la mission qui lui avait été confiée par un homme qui l'avait toujours bien traitée, aurait pu épargner la vie de quatre êtres humains, dont son propre fils. Et aussi celle d'Erwan Manech, tué par sa propre mère.

Mais croire, simplement croire, ne mène à rien, ne suffit en rien.

Mari Manech sera jugée l'année prochaine. Elle attend son jugement, en prison, à Brest. Elle fera peut-être partie de ces femmes envoyées au bagne de Cayenne, dont le curé de Huelgoat que nous rencontrâmes fut l'aumônier. Mais rien n'est moins certain.

Lorsque Alan Dantec me raccompagna chez moi – ce qu'il tint à faire après que j'ai été entendu à Quimper, pour ma déposition –, il me dit que le procès de « Mari la Servante Diabolique » – ainsi que l'avaient stupidement baptisée les journaux – serait un procès long et compliqué. Il y avait plusieurs raisons à cela.

La première était due à Mari Manech elle-même. Juste après avoir vidé sur son fils le chargeur entier de la carabine du malheureux brigadier Le Roux, elle s'était laissée arrêter par Dantec sans opposer la moindre résistance. Ses mains entravées, elle fut emmenée par la gendarmerie de Quimper, après que Dantec lui eut fait dans le manoir un bandage de fortune. La balle avait traversé l'omoplate, mais la douleur devait être intense. À aucun moment elle ne s'était plainte. La gendarmerie de Pont-l'Abbé avait fini par prévenir Quimper et une dizaine de gendarmes étaient arrivés peu de temps après la mort d'Erwan Manech, dans un fourgon. Fussent-ils arrivés trois heures plus tôt et ils auraient contribué à sauver la vie de trois personnes, et peut-être même le comte de Keramblain du suicide. Mais cela n'en fut pas ainsi.

Mari Manech ne prononça pas une parole lorsque Dantec l'arrêta, pas davantage quand il posa son bandage, et elle repartit, mutique, entre les gendarmes dans leur fourgon, sans même un dernier regard au corps de son fils qu'une voiture de la morgue allait venir quérir.

Elle ne prononça pas la moindre parole non plus lors de son interrogatoire, pas plus qu'elle n'en avait prononcé une à Gourmelen, l'hôpital départemental des aliénés de Quimper, où elle fut soignée de sa blessure. Le planton mis devant sa chambre-cellule n'aurait probablement servi à rien. Le corps de Mari Manech était là, mais son esprit s'était enfui, il s'était réfugié dans un lieu secret à l'intérieur d'elle-même, dont elle ne semblait plus jamais vouloir sortir. Son corps ne voulait pas s'évader, car son esprit et son âme étaient les prisonniers volontaires de cette geôle intérieure dont elle avait jeté la clé.

Un procès dont l'un des accusés est mort et l'autre mort à lui-même s'avérerait très difficile. D'autant que, bien que la culpabilité de la mère et du fils fût plus que certaine dans les trois meurtres dits de « L'Ouvrier de la Mort », il n'y en avait plus aucun témoin et aucune preuve matérielle réelle.

Personne, à commencer par Dantec, ne doutait, mais prouver était impossible.

L'empoisonnement de la veuve Morvan comportait les analyses prouvant la présence de drogues, mais sa mort elle-même était une conjonction machiavélique dont la justice ne pourrait recouper tous les éléments. La mort de son fils ne semblait laisser aucun doute sur leurs auteurs, mais Mari Manech n'aurait pu lui trancher le cou à l'aide d'une faux, et l'auteur présumé – coupable certain pour nous – était mort.

Il en était de même pour Pierre Goadec.

Il ne restait plus, sans le moindre doute raisonnable, que le meurtre des deux gendarmes, au manoir.

Cela suffisait largement pour l'envoyer au bagne, en prison pour le restant de ses jours, ou en asile de fous. Bien que, là encore, elle n'avait tué de sa main aucun des deux hommes. Donc la complicité de meurtres serait probablement la seule charge susceptible d'être retenue contre elle… Et, avec la cohorte des « aliénistes » qui allaient tenter de lui extirper ce qu'elle ne voulait plus dire, fortes étaient les probabilités que l'internement psychiatrique jusqu'à sa mort soit l'issue retenue.

Dantec m'avait expliqué tout cela, lors de la dernière soirée avant les fêtes que nous passâmes ensemble, trois jours plus tôt.

Il avait l'intention d'être en famille pour Noël, pour la première fois depuis de nombreuses années. Il me plaisait de penser que son retour en Bretagne, aussi périlleux et sombre qu'il fût, lui avait donné l'envie de renouer avec son « pays ». Ce qui lui restait de sa parentèle n'était guère grand. Sur ce point également, nous étions proches. Il avait prévu de prendre quelques jours de congé, puis il retournerait probablement à Paris, ou à Quimper, pour enquêter sur de nouvelles affaires. Il m'avait promis de venir me saluer, avant son départ pour Paris, si ses ordres l'y ramenaient, et de me rendre visite de temps à autre, s'il restait à Quimper.

Nous nous donnâmes une chaleureuse accolade, ce soir-là, puis il me regarda avant de rejoindre son automobile et me dit :

— Merci pour tout, Tole, et, qui sait, nos chemins se recroiseront-ils peut-être un jour…

— J'espère bien vous revoir, lui avais-je répondu, un peu ému.

— Certes, nous nous reverrons. Nous sommes comme des amis, désormais, n'est-ce pas ? Ce que nous avons vécu ensemble, en quelques jours, est donné à peu de personnes en ce monde. J'aime à croire que cela crée une sorte de lien indéfectible.

— Moi aussi, avais-je répondu.

Puis il avait chaussé ses lunettes d'automobile, relevé son col, et m'avait lancé en montant dans la De Dion :

— Mais ce n'est pas seulement à des retrouvailles purement amicales que je pensais, Anatole…

Il releva un instant ses lunettes et me fit un clin d'œil appuyé, puis il partit d'un bon rire et démarra.

Je viens de recevoir la dernière épreuve de correction de mon éditeur pour Le Sang de la sirène ; dès demain, le travail m'attend.

De nouveaux étudiants, de nouvelles conférences, le temps qui passe, les habitudes, la routine de la vie qui reprend son cours…

Le manuscrit est sur mon bureau. À côté des feuilles reliées sont les journaux d'hier, 24 décembre, que je lis quotidiennement et que j'avais laissés en plan : La Chronique Brestoise et L'Écho du Léon.

Machinalement, je jette un œil à la première page. Deux entrefilets me sautent aux yeux, au milieu de l'annonce des célébrations de la naissance du Christ.

Ils évoquent des morts mystérieuses, des crimes irrésolus peut-être, survenus en Basse et Haute-Bretagne et pour lesquels une enquête serait sur le point d'être diligentée.

Un léger sourire se dessine sur mes lèvres et je frise lentement ma moustache, tandis que je me mets en devoir de lire les deux articles.

Dans un coin de mon esprit, j'entends la voix de Dantec qui murmure :

« La partie reprend, Anatole, la partie reprend… »

Anatole Le Braz, à Port-Blanc,
25 décembre 1901.

BIBLIOGRAPHIE

L'œuvre d'Anatole Le Braz fut riche. Elle ne se limite pas à *La Légende de la Mort chez les Bretons armoricains*, loin s'en faut. Brillant causeur, doté d'un charme puissant, conférencier émérite, il fut également auteur de romans, poète et dramaturge. Il existe des éditions intégrales de ses œuvres qui m'ont largement inspiré pour mieux m'imprégner, non seulement de ses sources d'inspiration, mais également de l'homme qu'il fut car son écriture le reflète bien. Même si la fin du XIXe siècle et le début du XXe marquèrent des avancées littéraires importantes, son style demeure étonnamment actuel et contemporain.

Si vous désirez mieux connaître ses écrits, ses collectages, je vous conseille son intégrale en deux volumes *Magies de la Bretagne* aux Éditions Robert Laffont. On le trouve fréquemment en seconde main.

Il existe deux ouvrages pour mieux connaître sa vie (trop vite achevée puisqu'il mourut juste avant d'atteindre soixante-six ans). *Anatole Le Braz, sa vie son œuvre*, de Joseph Jigourel, est paru dans la collection Letavia Recherches. Le meilleur ouvrage biographique demeure pour moi *Au-delà de la légende... Anatole Le Braz*, de Yann-Ber Piriou paru en 1999, une collaboration entre Terre de Brume (mon éditeur pour la première version de mon roman *Légendes*) et Les Presses Universitaires de Rennes.

Bien sûr, Anatole Le Braz eut des prédécesseurs « folkloristes » bretons. On ne peut évoquer les traditions et légendes, les contes et la magie de la terre bretonne, sans citer Théodore Hersart, vicomte de La Villemarqué, l'auteur du célèbre *Barzaz Breiz*, recueil de chants populaires bretons, et François-Marie Luzel, dont l'un des amis d'enfance fut le futur peintre Yan' Dargent, dont les célèbres « *Lavandières de Nuit* », grand tableau chargé de mystère et d'effroi, ornent les murs du Musée des Beaux-Arts de Quimper. Luzel fut un modèle et un maître pour Anatole ; il le présenta à Ernest Renan et fut un de ses principaux inspirateurs, jusqu'à sa mort en 1895.

Pour la petite histoire, Anatole, « L'As » pour ses étudiants, eut comme élève un certain Max Jacob, poète et précurseur du surréalisme...

REMERCIEMENTS

Comment ne pas commencer mes remerciements par ceux que j'adresse à Anatole Le Braz lui-même. Il fut, pour ma trilogie *Légendes*, une de mes principales sources de recherche et, naturellement, d'inspiration.

Il se produit des choses très étranges, lorsque l'on écrit un roman. Durant toute l'écriture de ma trilogie, et à chaque fois que j'ouvrais un texte d'Anatole, une sorte de connexion s'établissait. Je sais qu'énoncé ainsi, cela peut paraître surprenant, voire peu crédible. Mais attendez la suite…

Une fois que *Légendes* fut terminé, et alors que je comptais bien finir un thriller ésotérique dont j'avais commencé l'écriture en même temps que Légendes (*Le Phénix*), ce qui s'imposa immédiatement à moi fut de donner vie à Anatole Le Braz dans une série d'enquêtes. Une fiction, bien évidemment, mais respectant la biographie d'Anatole, l'homme qu'il était : charismatique, humble mais éminemment cultivé, drôle et bienveillant. Un gentleman breton, que la vie n'épargna pas, mais qui respirait la foi en l'Homme et la bienveillance envers ses semblables. J'espère que vous me croirez (les auteurs ont tous un « petit grain », sinon ils ne se lanceraient pas dans l'écriture), mais dès que je commençai *L'Ouvrier de la Mort*, ce fut comme si Anatole, à de nombreux moments, était penché sur mon épaule. Comme s'il me dictait sa vision des choses et du monde dans lequel il vécut.

Ce ressenti fut pour moi l'obligation d'une forme de discipline et de profond respect. J'aime à penser que, là où il se trouve actuellement, il a pris du plaisir à cette sorte de « collaboration » entre nous.

Bien évidemment, mes remerciements s'adressent essentiellement à Jean Failler et Delphine Hamon qui me donnèrent leur confiance pour cette première enquête d'Anatole Le Braz, alors que le manuscrit n'était pas encore achevé. Ils ont cru en mon projet, ils ont cru en moi. Je remercie également toute la formidable équipe de Palémon, notamment Myriam Morizur, sans oublier l'équipe commerciale, d'une grande efficacité, qui a su tisser avec tous les libraires des liens étroits basés sur l'amour de la lecture.

Un remerciement particulier à Mathieu Rivrin, talentueux photographe qui a réalisé la photo de couverture de cet ouvrage.

Merci à tous les libraires, et merci à vous lectrices et lecteurs, qui emportez chez vous mon imaginaire. C'est pour vous que j'écris et c'est à vous que je pense en écrivant, car c'est un magnifique partage dont je rêve depuis que je suis en âge d'écrire.

Et, enfin, mais du fond du cœur, merci à toi, Marie, ma compagne. Ma première lectrice au fur et à mesure de l'avancée de mon roman. Bienveillante mais sans concession lorsqu'il m'arrivait de « rater une marche ». Je te dédie ce roman.

Inscrivez-vous gratuitement,
et sans aucun engagement de votre part,
à notre bulletin d'information
en nous retournant le coupon ci-contre.

Vous serez averti(e) des parutions en exclusivité,
pourrez bénéficier d'offres spéciales,
de cadeaux, etc.

Chaque nouvel inscrit recevra
une petite surprise…

Rejoignez-nous vite !

Et n'hésitez pas à proposer l'inscription
à vos parents et amis…

Je désire m'abonner gratuitement au bulletin d'information des Éditions du Palémon : je serai averti(e) des parutions de Gérard Lefondeur et autres ouvrages, ainsi que de l'actualité et des offres Palémon.

Nom ....

Prénom ....

Adresse ....

....

Code Postal .... Ville ....

Pour encore plus d'offres et d'infos, indiquez votre adresse e-mail :

E-mail ....@.....................

Bon à compléter ou à recopier et à retourner par courrier à l'adresse suivante :

ÉDITIONS DU PALÉMON
ZI de Kernevez
11B rue Röntgen
29000 QUIMPER

Vos données sont collectées par les éditions du Palémon afin de vous inscrire à notre lettre d'information. Le recueil des données est facultatif et limité à ce qui est strictement nécessaire pour vous faire parvenir notre catalogue et/ou notre newsletter. Vous pouvez à tout moment accéder à vos données, les rectifier, demander leur suppression ou la limitation de leur traitement. En cas de question, vous pouvez nous contacter au 02 98 94 62 44 ou sur **contact@palemon.fr**.

❐ Je consens à l'utilisation de mes données.

❐ Je souhaite m'inscrire à la newsletter.

GL01

Retrouvez l'ouvrage de Gérard Lefondeur
et tous les titres des Éditions du Palémon sur :

www.palemon.fr

ÉDITIONS DU PALÉMON
ZI de Kernevez - 11B rue Röntgen
29000 QUIMPER
02 98 94 62 44
Dépôt légal 1er trimestre 2023

ISBN : 978-2-372606-83-7

Achevé d'imprimer en janvier 2023
sur les presses de CPI Bussière
18200 Saint-Amand-Montrond
Numéro d'impression : 2069649
1er tirage

Imprimé en France